SCÈNES DE LA VIE

441

DES ÉTATS-UNIS

14736

TYPOGRAPHIE DE CH. LAHURE ET Cie
Imprimeurs du Sénat et de la Cour de Cassation
rue de Vaugirard, 9

SCÈNES DE LA VIE

DES ÉTATS-UNIS

PAR

ALFRED ASSOLLANT

⊖

Acacia — Les Butterfly
Une fantaisie américaine

⊖

PARIS

LIBRAIRIE DE L. HACHETTE ET Cie

RUE PIERRE-SARRAZIN, Nº 14

—

1859

Droit de traduction réservé

ACACIA

ACACIA,

SCÈNES DE LA VIE DES ÉTATS-UNIS.

I.

Où l'on voit l'avantage de lire Abulféda dans le texte.

L'an mil huit cent cinquante-six et le cinq juillet, comme disent les huissiers dans leur noble et beau style, un *lingot* se promenait seul, à cinq heures du soir, dans les rues de Louisville, au Kentucky. Tout le monde sait qu'il y a lingot et lingot : celui dont je parle était l'un de ces aventuriers intrépides que le gouvernement français expédia en Californie aux frais de la fameuse loterie du lingot d'or, et que pour cette raison on appela *lingots*. Il avait vu San-Francisco et ses placers; il avait trouvé de l'or, et il l'avait dépensé; il avait eu la fièvre, et il en était guéri; il avait tiré des coups de pistolet, et il en avait reçu. En somme, il se portait bien et vivait heureux, si l'on peut vivre heureux loin de Brives-la-Gaillarde.

Ce jour-là, il se promenait en rêvant à ses affaires, lorsqu'au détour d'une rue il entendit quelques coups de pistolet. « Des Kentuckiens qui s'expliquent! dit-il en haussant les épaules. Bon débarras! » Cependant la curiosité le fit avancer un peu, et il vit un homme qui se défendait, adossé à un mur, contre cinq ou six *rowdies*[1]. L'un des assaillants blessa cet homme d'un coup de poignard et tomba lui-même, assommé d'un coup de crosse de revolver. *Allah Akbar!* s'écria le vainqueur d'une voix forte.

À ce cri, le *lingot*, frappé d'une idée soudaine, fit tournoyer autour de sa tête un bâton noueux qu'il tenait à la main, et se jeta dans la mêlée. Il était temps. Le blessé avait peine à se défendre.

« Courage! » lui dit le *lingot*, et en même temps il frappa si violemment l'un des *rowdies*, qu'il l'étendit à ses pieds.

Quelques passants, encouragés par son exemple, et voyant qu'ils n'avaient affaire qu'à des voleurs, se joignirent à lui. En un instant, il demeura maître du champ de bataille. Des *policemen* emportèrent un mort et deux blessés; on dressa procès-verbal

---

1. Les *rowdies* sont quelque chose d'équivalent à nos rôdeurs de barrières.

suivant la coutume de tous les pays, et chacun retourna à ses affaires.

Cependant le *lingot*, resté seul avec son protégé, l'examinait en silence. C'était un homme très-grand, très-roide et très-bien fait, dont le visage, plein d'intelligence et de gravité, inspirait le respect et la sympathie.

« Monsieur, dit l'étranger après avoir bandé sa blessure, qui était légère, je vous dois la vie, et, comme je ne vois ici personne qui puisse nous présenter l'un à l'autre, je vais me présenter moi-même. Je suis Anglais, du comté de Kent, et je m'appelle John Lewis, ministre de l'Église chrétienne.

— Et moi, dit le *lingot* en lui tendant la main, je suis ravi d'avoir pu vous être utile. Je m'appelle Paul Acacia, né à Brives-la-Gaillarde, en Limousin, ancien sergent des tirailleurs de Vincennes, aujourd'hui citoyen des États-Unis, charpentier, fabricant de poudre, et éditeur du *Semi-Weekly Messenger* à Oaksburg, comté de Hamilton, Kentucky. Excusez ma curiosité, mais vous me plaisez, et je crois que nous ferons affaire ensemble. Vous venez sans doute en Amérique avec le dessein de convertir les Kentuckiens?

— Oui, monsieur, et de prêcher l'abolition de l'esclavage, qui déshonore ce pays, le plus libre et le plus glorieux de tous après la magnanime Angleterre.

— Et après Brives-la-Gaillarde, dit Acacia. Votre projet me plaît ; il annonce un esprit fort sensé et une rare connaissance des gens que vous allez catéchiser. De quelle Église êtes-vous ? car il y en a mille dans ce pays, et chacune d'elles est la véritable, hors de laquelle il n'y a de salut pour personne. Êtes-vous épiscopalien ?

— Moi ! que je fléchisse le genou devant Baal !

— Parfait. Alors vous êtes presbytérien ?

— Point du tout.

— Méthodiste ?

— Encore moins.

— Congrégationiste ? quaker ? morave ? luthérien ? millénite, ou mormon ?

— Je suis swedenborgien. Je viens enseigner aux hommes les mystères du ciel et de l'enfer, la Jérusalem nouvelle et le sens spirituel de la Bible, caché jusqu'ici aux profanes.

— Parbleu ! dit Acacia, s'il est caché, ce n'est pas qu'on ait manqué de le chercher. Les vieilles femmes du Kentucky ne font pas autre chose. Au reste, vous arrivez à merveille : nous avons justement besoin d'un prédicateur tout neuf, car les nôtres sont fort usés, et vous avouerez qu'il est ennuyeux d'entendre des sermons prêchés mille fois depuis le temps d'Olivier Cromwell. Voulez-vous venir à Oaksburg avec moi ? C'est un joli bourg de six mille âmes, qui n'a jamais entendu parler de Swedenborg.

L'occasion est favorable pour nous swedenborgiser tous.

— C'est convenu, dit John Lewis. Quand partez-vous?

— Dans deux heures.

— Et vous, de quelle religion êtes-vous?

— De toutes. Voulez-vous que j'aille nuire à mon commerce et perdre ma clientèle pour des querelles où je ne comprends rien?

— Quoi! vous sacrifiez sur l'autel de Mammon?

— Vous m'entendez mal. Je suis charpentier, et j'ai construit une église en bois que je prête aux fidèles pour l'exercice du culte, moyennant rétribution honnête. Or un certain Isaac Craig, *Yankee* de nation et usurier de profession, possède une autre église et me fait concurrence dans ce pieux commerce. Il imprime dans son journal que je suis papiste, et que je reçois dans mon église une centaine d'Irlandais galeux qui prient Dieu à cinq *cents* par tête. Il a raison, mais les baptistes y prêchent aussi, et les wesleyens, et les bacheloriens : chacun monte en chaire à son heure, et je veille à ce qu'il n'y ait pas d'encombrement. Si quelque congrégation garde trop longtemps là place, je ne m'y oppose pas, mais je fais double recette. Quand un quaker se sent inspiré de Dieu et parle à ses frères, je l'avertis de payer d'abord un supplément; s'il refuse, je le mets à la porte, et tout rentre dans le silence.

Chaque secte manœuvre sous mes ordres avec la
précision d'un régiment. Portez.... arme! Présen-
tez.... arme! Asseyez-vous! Mettez-vous à genoux!
Chantez le psaume xviii! le psaume xxiv! Craig a
voulu suivre ma méthode, mais il n'est pas de force.
Son troupeau marche au hasard, comme des moutons effrayés. On ne sent pas la main et le coup
d'œil du maître.

— Je vous admire, dit Lewis; mais qu'attendez-
vous de moi?

— Ah! voilà le mystère. Mon église est en bon
état, bien chauffée en hiver, bien ventilée en été,
sonore, et, je puis dire, tout à fait confortable. Je
l'ai fait peindre en bleu, blanc et rouge, en souvenir du drapeau tricolore de la France. Le bleu est
semé d'étoiles comme le pavillon des États-Unis.
Vous ne sauriez imaginer l'enthousiasme que pro-
duisit cette invention doublement patriotique. Dès
le lendemain, les unitaires et les bacheloriens quit-
tèrent Craig pour venir chez moi. Par bonheur ce
sont les plus riches congrégations du comté. Aussi
ont-elles de la musique, car mon commis joue assez
bien du cornet à piston.

— Comment! vous n'avez pas d'orgue?

— Qu'importe l'orgue et sa frivole harmonie?
Mon cher monsieur, quelque musique que vous fas-
siez, celle des anges sera toujours meilleure. Offrez
à Dieu un cœur pur, il n'en demande pas davantage,

et, s'il vous faut de la musique à tout prix, songez
que mon cornet à piston vaut encore mieux que le
flageolet aigu d'Isaac Craig, qui fait la joie et l'orgueil des méthodistes.

— Je me rends, dit l'Anglais; mais que voulez-
vous faire d'une secte nouvelle? Vos recettes en vau-
dront-elles mieux?

— Vous allez au fond des choses; je suis content
de vous. Sachez donc que je suis fort contrarié
d'avoir affaire à dix ou douze congrégations et à un
pareil nombre de ministres. Je perds du temps à
régler mes comptes avec chacun; quelquefois mon
commis me vole la moitié de la recette. De plus, la
taxe n'est pas uniforme, et varie suivant la fortune
des fidèles. Cela dérange ma comptabilité. Ajoutez
que mes ministres sont des pédants, des cuistres qui
se feraient fouetter pour un dollar et qui jettent du
discrédit sur mon entreprise. Je voudrais chasser
tous ces gens-là, les remplacer par un digne ministre de la parole de Dieu, et, comme Louis XIV
en France, établir une religion unique à Oaksburg.
Vous êtes jeune, vous êtes beau, vous êtes savant,
vous venez de loin, vous pouvez orner vos sermons
de récits merveilleux sur l'Orient et l'Occident;
croyez-moi, vous aurez la vogue. Toutes les femmes
voudront vous entendre, et chacune traîne au moins
un homme à sa suite. Nous trouverons, vous et moi,
de grands avantages dans ces conversions. Mes frais

de perception seront diminués ; je n'aurai plus affaire qu'à un *gentleman*, je ruinerai mon ami Craig, et je pourrai vous donner des appointements dignes de vous et de moi.

— Il y a des rencontres singulières, dit l'Anglais. Aurais-je pu deviner ce matin que j'irais ce soir catéchiser les habitants d'Oaksburg?

— Mon cher monsieur, dit Acacia, vous devriez être encore plus étonné de vivre.

— Dieu aide ses serviteurs, dit modestement Lewis. Il vous a envoyé vers moi comme un Judas Macchabée, pour frapper les soldats d'Antiochus. »

Chaque peuple a ses coutumes. Les Anglais citent la Bible, et nous, Molière ou Rabelais : aussi Acacia ne fut-il pas étonné de la comparaison. « Vous me faites trop d'honneur, dit-il en souriant; je suis moins Macchabée que vous ne croyez, et trop sage pour me mêler sans raison des querelles des passants.... Depuis l'invention des revolvers, la moindre dispute finit par un feu de peloton. Faut-il, pour sauver le premier venu, s'exposer à recevoir vingt balles, et perdre un quart d'heure qui vaut peut-être dix dollars?

— Pourquoi donc m'avez-vous secouru?

— Que sais-je?... Vous avez crié : *Allah Akbar !* qui est une formule arabe. J'ai cru rencontrer un ancien camarade d'Afrique, égaré comme moi au Kentucky, et je suis accouru. Vous trouvez sans

doute ma réponse plus sincère que polie : c'est que
j'ai appris la sincérité en France et oublié la politesse en Amérique.

— Eh bien! cher monsieur Acacia, après la Providence et vous, c'est au vénérable Abulféda que je
dois la vie.

— Quel est ce vénérable?

— C'est un historien arabe.

— Vous lisez l'arabe?

— Et l'hindoustani.

— Que venez-vous faire en Amérique? Ces choses-
là sont mille fois mieux payées en Europe. Tout le
monde ici connaît Washington, Jefferson, le prix
du coton, du blé, du cochon salé, le prix et le produit d'un acre de terre. Voilà qui est utile, qui repose l'esprit, qui élève l'âme. Moi-même, moi qui
vous parle, je ne suis pas sans littérature; avant
d'aller en Afrique, j'ai fait de bonnes études au col-
lége. Plus tard, j'ai lu vingt fois la théorie de l'école
de bataillon et la charge en douze temps, *l'Art de
la Charpente* de M. Kaft, et le *Manuel du Charpentier*
de MM. Hanus et Biston; j'ai lu le *Traité de la Me-
nuiserie* du savant Roubo, et composé, quand j'étais
sans ouvrage, un poëme élégiaque sur les amours
de la Varlope et du Vilebrequin; mais quant à lire
l'arabe et l'hindoustani, cela passe ma portée. D'où
vous vient cette fantaisie?

— Ce n'est pas une fantaisie, dit Lewis, c'est une

vocation. Au sortir d'Oxford, un de mes oncles, directeur de la Compagnie des Indes, me chargea de convertir les Hindous de Bénarès, moyennant deux mille livres sterling par an. Tout en prêchant des gens qui ne m'écoutaient guère, j'étudiais avec un vieux brahmine le sens intime des védas et la haute métaphysique cachée sous les symboles du *Ramayaná* et du *Bhagavatá Pouraná*. Après plusieurs discussions théologiques, je voulus baptiser mon professeur; il s'échappa de mes mains. Le lendemain, comme je me promenais seul sur les bords du Gange, cinq ou six brahmines, parmi lesquels se trouvait ce malheureux, me jetèrent dans le fleuve. Sorti de là, car je suis bon nageur, je les fis tous pendre, et je partis pour Djeddah, dégoûté des brahmines, mais non pas des Arabes. Le jour de mon arrivée, je pris un dictionnaire arabe, la *Vie de Mahomet*, par le sage Abulféda, et je fis annoncer ma visite au grand chérif de la Mecque.

— Quelle rage de sauver son prochain!

— J'obéis au précepte du Christ : *Allez et enseignez les nations.* Six mois après, je portai la Bible au successeur du Prophète. Il me reçut fort bien, me fit manger un mouton qu'il découpait avec ses doigts, et me demanda le prix du café et des Abyssiniennes sur le marché de Djeddah. Au dessert, il m'ouvrit son cœur, et me proposa d'embrasser l'islamisme ou d'avoir la tête coupée. Je montai à

cheval et partis au galop. Le consul anglais de
Djeddah me dit : « Je vous avais averti. Que Dieu
« vous assiste! » Et il me tourna le dos.

— Quel fruit avez-vous retiré de vos voyages?

— Le plaisir de vous connaître aujourd'hui. Suivez, je vous prie, mon raisonnement. C'est le cri
d'*Allah Akbar!* qui vous a trompé; vous avez cru
sauver un ancien camarade de l'armée d'Afrique.
Or comment aurais-je poussé ce cri, si je n'avais lu
dans Abulféda l'histoire du vaillant Ali, qui, prenant
à deux mains une porte de la ville de Khaïbar,
assommait dans une seule nuit plus de quatre cents
guerriers, et s'écriait à chaque tête fendue : *Allah
Akbar! Dieu est vainqueur!* Et comment aurais-je lu
Abulféda, si je n'avais été tenté de convertir le grand
chérif de la Mecque? Voilà comme tout s'enchaîne
en ce monde.

— Vous avez été plus heureux que sage, dit
Acacia. Il est sept heures, et le *stage* nous attend.
Partons. »

Et les deux nouveaux amis prirent le chemin
d'Oaksburg.

II.

D'un thé assaisonné de petits cancans de province.

La petite ville d'Oaksburg est la plus belle de toute la vallée du Kentucky et peut-être du monde entier. Ses maisons, larges et commodes, sont faites en bois de chêne et ressemblent indifféremment à des temples grecs, à des églises byzantines, à des étables, à des églises gothiques, à des comptoirs et au palais de Windsor. Elles bordent des rues droites et profondes, dont les deux extrémités aboutissent à la forêt. Au milieu de ces rues, et dans des quartiers déjà désignés pour les constructions à venir, paissent tranquillement toutes sortes d'animaux domestiques, et surtout des vaches et des cochons. Ces derniers sont chargés de balayer la ville et de faire disparaître les immondices. A cent pas des dernières maisons est le Kentucky, fleuve assez considérable, qui a donné son nom à l'État. Il coule au fond d'une vallée si étroite et si profonde, qu'on n'aperçoit d'en bas qu'un pan de ciel au-dessus de sa tête. Un pont suspendu joint ses deux rives à une hauteur de trois cents pieds.

Le *lingot* et John Lewis mirent pied à terre devant une maison de belle apparence. La porte s'ouvrit, et un jeune mulâtre s'avança pour recevoir les ordres d'Acacia.

« Dick, tout va bien dans la maison? demanda celui-ci.

— Oui, maître.

— Fais entrer ce gentleman au parloir, et prie ta maîtresse d'y venir. Mon cher Lewis, je vais vous présenter à l'une des plus belles et des plus spirituelles personnes du Kentucky, miss Julia Alvarez. Remerciez-moi d'avance, et oubliez un instant Swedenborg; elle n'aime pas les puritains.

— Si elle est loin de Dieu, dit gravement Lewis, que Dieu la ramène à lui!

— Elle n'est ni loin ni près, mon cher ami. Elle a vingt-deux ans, elle est belle, riche, généreuse et fort bonne catholique. Elle aime la messe, la musique, la danse; elle aime aussi son prochain, ce qui est fort rare en ce pays. Par malheur, elle a du sang noir dans les veines. Sa mère était quarteronne, esclave d'un Espagnol de la Nouvelle-Orléans, le señor Alvarez. Ce fâcheux mélange de sang africain l'exclut à jamais de la bonne compagnie d'Oaksburg. Tel gentleman crotté, qui devrait être heureux de baiser la semelle de ses pantoufles, la regarde avec mépris.

— Et vous avez le courage d'être son ami ? Cela est beau.

— Non. Je suis Français, et à ce titre en dehors de la loi commune. Ce qui choquerait de la part d'un Américain n'est chez moi qu'une amusante excentricité; je passe pour un original : voilà tout.

— Est-ce que vous demeurez chez cette dame?

— Oui, je suis son associé. »

Dick rentra.

« Maître, miss Julia veut vous parler. »

Acacia sortit du parloir, et l'Anglais resta seul. Il entendit un bruit léger comme un souffle; c'était un baiser : sur la main ou sur les lèvres? Le bon Lewis ne put décider la question. Ce baiser fut suivi d'une conversation à voix basse qui dura quelques minutes. Enfin Acacia revint, donnant le bras à miss Julia.

Qu'elle était belle! Sa taille était fine et souple, ses épaules larges, et son sein admirable. Tout son corps, divinement modelé par la nature, avait la rondeur et la fermeté des statues de marbre. Sa figure, pleine de joie, de grâce et de gaieté, était attrayante et voluptueuse. On devinait dans ses yeux toute l'ardeur du sang d'Afrique et d'Espagne.

« Miss Alvarez, dit Acacia, je vous présente M. John Lewis, Anglais du comté de Kent, swedenborgien de profession, et mon ami depuis vingt-quatre heures.

— Vos amis seront toujours les miens, dit gracieusement Julia. Dick, faites porter du sherry. Vous arrivez d'Angleterre, monsieur ? ajouta-t-elle.

— Oui, miss Alvarez, depuis un mois. Je viens prêcher l'abolition de l'esclavage au Kentucky. »

Julia rougit et se mordit les lèvres.

« Chut! dit le Français, ne parlons pas politique.

— Quelle bêtise ai-je dite? se demanda John Lewis.

— Comment connaissez-vous Acacia ? reprit Julia.

— Par hasard. Hier, sans me connaître, il m'a sauvé la vie à Louisville.

— Cher Paul! dit la jeune fille, qui serra tendrement la main du *lingot*. A qui n'a-t-il pas rendu service? Sans lui, je serais aujourd'hui l'esclave de l'infâme Craig.

— Bon! interrompit le *lingot*, c'est une vieille histoire que vous raconterez plus tard, si vous avez du temps à perdre. Chère miss Alvarez, ne faites pas de moi un héros. Vous savez fort bien que je ne suis qu'un spéculateur heureux; je place mes bonnes actions à gros intérêts. Je vous ai arrachée à ce coquin de Craig, mais je suis devenu votre associé; j'ai tiré John Lewis des mains des *rowdies*, mais je vais le faire prêcher dans mon église, et doubler

mes recèttes.... Mon bon swedenborgien, permettez-
moi d'agir librement avec vous. Je vais faire appeler
le contre-maître de ma fabrique de poudre.

— Faites, dit l'Anglais.

— Dick, va chercher Appleton. »

Le contre-maître parut bientôt. C'était un homme
de six pieds, maigre, sec, dur, avec des yeux bruns
enfoncés sous d'épais sourcils noirs.

« Appleton, dit Acacia, de quoi vous plaignez-
vous ici?

— De rien.

— Êtes-vous régulièrement payé?

— Je le suis.

— Quelqu'un vous a-t-il maltraité?

— Essayez, si vous l'osez, dit insolemment le
contre-maître.

— Nous verrons cela tout à l'heure. Maître Appleton, vous avez offensé gravement miss Julia Alvarez pendant mon absence.

— Je l'ai embrassée de force; elle a crié, ce mo-
ricaud est venu, et je l'ai rossé pour lui apprendre
à se mêler de ce qui le regarde. La belle affaire!
Est-ce qu'on peut offenser une négresse? »

Julia pâlit.

« Appleton, dit le Français, je vous dois cent
dollars pour vos appointements du mois. Les voici.
Dick, mets-le à la porte. »

Dick s'avança d'un air résolu. Appleton tira de sa

poche un revolver. « Si ce chien me touche, dit-il, je le tue. »

Le mulâtre recula effrayé.

« Lewis, dit alors Acacia, emmenez miss Alvarez, je vous prie ; nous allons rire.

— Non, s'écria Julia, je ne sortirai pas. Au nom du ciel, monsieur Lewis, empêchez ce combat. Ce misérable va l'assassiner.

— Rassurez-vous, chère Julia, dit le *lingot* en souriant ; j'ai dompté des brutes plus enragées que celle-là. »

Et il arma de son côté un revolver.

« Appleton, continua-t-il, écoute et comprends-moi. Si tu tires, si tu effrayes miss Alvarez, je te brûle la cervelle. »

Appleton hésita. Il connaissait et redoutait Acacia ; mais il avait honte de reculer. Le *lingot* s'avança hardiment, et lui arracha son revolver.

« Sors d'ici, misérable, lui dit-il, et rends grâce à la présence de miss Alvarez, qui m'empêche de te traiter comme tu le mérites. »

Appleton sortit plein de rage. Au moment de refermer la porte, il se retourna. « Et vous, dit-il, prenez garde, défenseur des nègres. Vous me retrouverez un jour. »

— Que signifie cette menace ? dit John Lewis.

— Ce n'est rien, répondit Acacia. Le serpent n'oserait mordre.

— Paul, dit Julia, il faut nous séparer ; c'est moi qui vous fais tant d'ennemis. On vous tuera.

— Miss Alvarez, dit le Français, si je ne suis plus votre ami, je suis encore votre associé. A ce titre, je reste. Que dirait-on en France si un ancien soldat d'Afrique refusait sa protection à une femme ? J'ai couru pendant trois ans sur les talons d'Abd-el-Kader, et je craindrais un Craig ou un Appleton ! Non, par le Dieu vivant !... Venez avec moi, Lewis.

— Où allez-vous ? dit Julia.

— Chez Jeremiah Anderson. Mon ami John est blessé, et je ne veux pas le confier au docteur Brown, le plus ignorant des mortels. Miss Deborah prendra soin de lui.

— Vous allez souvent chez Jeremiah Anderson, dit Julia ; miss Lucy est bien belle. »

Acacia parut mécontent. Il serra silencieusement la main de la jeune fille et sortit avec l'Anglais.

« Mon cher ami, dit Lewis, vous n'êtes ni le frère, ni le mari, ni l'amant de cette jeune dame ?

— Non, certes. Je suis son ami, rien de plus. »

Lewis soupira.

« C'est un ange du ciel, dit-il. Quel dommage qu'elle soit aveuglée par les ténèbres du papisme !

— Eh bien ! convertissez-la. »

Il y eut un moment de silence. L'Anglais reprit :

« Qu'est-ce que miss Deborah Anderson ?

— C'est votre médecin.

— Vous vous moquez.

— Je ne me moque pas. Miss Deborah est aussi
bon médecin et aussi gradué qu'aucun docteur des
États-Unis. Aimez-vous mieux que je vous livre à
ce charlatan de Brown, qui, sans avoir vu un amphi-
théâtre, a coupé plus de soixante jambes mexi-
caines ou *yankees*?

— Que le ciel m'en préserve ! Mais c'est un singulier médecin qu'une jeune fille.

— Ai-je dit qu'elle était jeune ? Miss Deborah n'a
point d'âge. C'est la vertu en personne, la vertu avec
des lunettes. Son front est rigide, ses yeux sont
rigides, sa bouche et son menton sont austères ; son
teint est d'un anachorète. Elle a la forme et la roideur d'une planche bien rabotée. Sa taille est droite
et inflexible comme son âme, et toutes deux comme
un mât de vaisseau. Son nez a la courbe et le tranchant du sabre. Si elle rêve quelque chose, c'est le
martyre ; si elle chante, c'est un psaume ; si elle lit,
c'est la Bible. Elle parle français, elle sait coudre,
elle sait faire des confitures ; elle est jolie malgré
sa maigreur. Si elle savait se taire à propos, elle
serait parfaite. Entrez ; vous aurez le temps de faire
connaissance avec elle et avec toute la famille. »

Miss Deborah était assise et lisait Milton en compagnie de sa jeune sœur Lucy. A la vue d'Acacia,
elle se leva, lui donna une poignée de main toute

virile, fit une révérence à son compagnon, leur montra des chaises, et se rassit elle-même.

Elle était grande, maigre, compassée, roide, vertueuse, orgueilleuse, savante, dévote, et dévouée à ses amis. Sa mère, méthodiste fanatique, l'avait envoyée de bonne heure à New-Haven (Connecticut), chez une de ses tantes, chargée de la guider dans la pratique de toutes les vertus. Malheureusement la tante de Deborah était une vieille fille que sa laideur et son humeur acariâtre avaient réduite au célibat, et chez qui le célibat aigri tournait en fureur. Elle haïssait profondément les hommes, qui l'avaient dédaignée, et déclamait contre le mariage. Elle citait sans cesse à Deborah l'exemple de ces femmes illustres qui ont honoré leur sexe par leur mépris des hommes : Jeanne d'Arc, qui délivra la France des Anglais ; la grande Élisabeth, cette vestale assise sur le trône de l'Occident. On sait en France quelle passion les femmes trop émancipées ont d'émanciper les autres femmes. Cette passion n'est rien auprès de la rage qui possède quelques vieilles sous-maîtresses d'Angleterre et d'Amérique. La lecture assidue et l'interprétation de la Bible, un mysticisme déréglé qui se rapproche de l'hystérie, l'eau glacée qui trouble les fonctions organiques, le thé qui aurait attristé la joie de Rabelais lui-même, le brouillard qui couvre ces contrées, les plus humides du globe, et qui enfante une sombre mélancolie, tout

contribue à créer cette classe de femmes aigres,
dévotes, pédantes, prêcheuses, envieuses, mépri-
santes et méprisées, dont les romans austères pa-
raissent un heureux et savant mélange du Cantique
des Cantiques et des Lamentations de Jérémie.
Élevée à cette école, Deborah apprit à citer le Lévi-
tique et l'Exode, les Proverbes de Salomon, les
quatre grands et les douze petits prophètes. Elle
dédaigna la musique profane, et, ne pouvant se
procurer la harpe du roi David, elle méprisa l'innocent piano. En revanche elle étudia la médecine,
disséqua sans sourciller dans les amphithéâtres, et
reçut son diplôme de docteur. Elle avait alors vingt-
six ans. Quelques mois après, sa tante mourut en
lui léguant quarante mille dollars, et Deborah retourna au Kentucky.

A l'époque où commence cette histoire, elle avait
vingt-neuf ans. Depuis trois ans, elle dirigeait la
maison de son frère et l'éducation de sa sœur Lucy,
plus jeune qu'elle de douze ans. Lucy était l'innocence même. C'était une ravissante et blonde beauté
du Nord transportée au Midi et dorée des rayons
du soleil. Une grâce et une modestie enchanteresses
donnaient du prix à toutes ses paroles. Elle avait
l'attrait piquant des fleurs sauvages des bois ; on ne
pouvait la voir sans l'aimer, et elle-même ne devait
aimer qu'une fois. Un cœur si pur ne pouvait appartenir qu'à un seul homme et à Dieu. A la vue

d'Acacia, elle rougit de plaisir et lui tendit la main comme sa sœur. Le *lingot*, tout hardi qu'il était avec les hommes et avec Deborah elle-même, osa à peine effleurer du bout de ses doigts cette main charmante, et s'assit en face des deux sœurs. Quand il eut présenté son nouvel ami, John Lewis raconta en peu de mots l'histoire de leur rencontre. Pendant ce récit, Lucy tenait ses beaux yeux fixés sur le *lingot* avec un mélange d'admiration et de tendresse. Deborah s'en aperçut, et répondit avec une certaine froideur :

« Il y a longtemps que nous connaissons le courage et le dévouement de M. Acacia. Le jour où il mettra le pied dans la voie du Seigneur, ce sera un gentleman accompli.

—J'en accepte l'augure, dit le Français, et, pour vous montrer ma piété, voici une Bible que je prends la liberté de vous offrir, chère miss Deborah, et qui plaidera victorieusement ma cause. Quant à vous, miss Lucy, pardonnez-moi si je vous ai jugée moins parfaite, et daignez accepter cet objet profane que je n'oserais offrir à miss Deborah. »

A ces mots, il tira de sa poche une Bible magnifique, reliée en or, et un coffret qui contenait un collier et des bracelets de perles. Les yeux de Lucy brillèrent de plaisir à cette vue, et l'austère Deborah elle-même sentit s'adoucir ses préventions. Elle jeta un regard de regret sur les perles destinées à sa sœur, et peut-être eût-elle souhaité pour elle-même quelque présent plus mondain : car quelle femme a jamais renoncé à être belle ? On trouve partout des bibles; mais où trouver des perles si grosses et si blanches, si ce n'est dans la mer des Indes, au pied des sombres récifs qui entourent Ceylan ? J'ai quelque honte de l'avouer, la sévère Deborah avait d'abord regardé le *lingot* d'un œil plus doux. Dans les premiers mois de son séjour à Oaksburg, il n'eût tenu qu'à lui d'épouser la savante puritaine; mais il feignit de ne rien voir. Il tenait de son père cette maxime, qu'il ne faut jamais épouser une dévote et mettre Dieu entre sa femme et soi. Ajoutons que la science biblique de Deborah et son humeur impérieuse lui causaient une frayeur mortelle.

Après les premiers remercîments, il expliqua l'objet de sa visite et pria miss Deborah de se charger de la guérison de l'Anglais, ce qu'elle fit avec une bonne grâce et un empressement dont Acacia fut surpris. Elle ajouta même que son frère serait charmé de lui donner l'hospitalité, et qu'elle ne ferait pas à un gentleman aussi distingué et à un digne serviteur de Dieu l'affront de l'envoyer dans un hôtel ou dans un *boarding-house*.

« Je vous remercie pour mon ami, dit le Français; mais John Lewis ne sera pas réduit à cette

nécessité. Miss Alvarez veut bien le recevoir sous
son toit.

— Je le crois, reprit sévèrement Deborah; mais
il n'est pas convenable qu'un ministre de l'Église
réformée soit reçu dans la maison d'une papiste et
d'une....

— Vous avez raison, interrompit brusquement
Acacia. Miss Deborah, je vous livre mon ami. Songez
qu'il doit prêcher dimanche prochain. »

Il se leva pour partir.

« Mon frère Jeremiah va rentrer, dit timidement
Lucy. Ne voulez-vous pas attendre le thé ? »

Il parut ébranlé, mais une réflexion secrète le
décida.

« Excusez-moi, dit-il, chère miss Lucy, je reviendrai demain. Aujourd'hui il faut que je règle quelques affaires trop négligées pendant mon absence. »

L'Anglais le reconduisit seul jusqu'à la porte.

« Que voulait dire miss Anderson de miss Alvarez ? » demanda-t-il.

Le *lingot* sourit.

« Ce sont, dit-il, des querelles de femmes, com-
pliquées de disputes théologiques. Miss Alvarez est
jeune, belle, catholique, et fille de quarteronne;
c'est tout son crime. »

En quelques instants, l'Anglais fut installé dans
la maison, et sa blessure pansée. Jeremiah Anderson entra et accueillit John Lewis comme un ami.

Jeremiah Anderson, grand et beau fermier kentuckien dont tous les traits marquaient la bonté, la
force et la dignité, était le plus jeune de six frères
dispersés aux quatre coins de l'horizon. L'un, vainqueur des Mexicains, s'était établi sur les bords du
Rio-Grande ; un autre vendait à New-York du thé
qu'il allait chercher à Shang-Haï ; un troisième
avait été fusillé à Matanzas après l'invasion de Cuba
et la mort de Lopez ; un quatrième et un cinquième
étaient fermiers à quelques lieues d'Oaksburg. Le
dernier, Jeremiah, qui avait alors vingt-cinq ans,
était le meilleur ami du *lingot*.

Quand le thé fut servi :

« Deborah, dit Anderson, vous n'avez donc pas
su retenir Acacia ?

— Lucy l'a essayé, mon cher frère, dit un peu sèchement Deborah ; mais miss Alvarez a des charmes plus puissants.

— Au nom du ciel, reprit Anderson, ne disons
de mal de personne, si c'est possible.

— Je ne calomnie personne, répliqua Deborah ;
miss Alvarez ne fait aucun mystère de sa conduite
déréglée.

— Ma chère sœur, dit Jeremiah, ne nous mêlons
pas des affaires privées d'Acacia. Miss Alvarez le
garde dans sa maison et en a fait son associé ; mais
à qui doit-elle sa fortune et sa liberté, si ce n'est à
lui ? Vous dites qu'elle l'aime ; qu'en savez-vous ? Et

si cela est vrai, qu'a-t-elle de mieux à faire ? Elle est belle, libre et fille de couleur ; qui lui demandera compte de ses actions ? Quelques sottises qu'elle fasse, aucun de nous n'est chargé de les réparer, et mon ami Paul est d'âge et de caractère à ne pas recevoir de conseils. »

Deux des assistants, John Lewis et Lucy, écoutaient Jeremiah avec une angoisse visible. Lucy pâlissait et rougissait tour à tour ; elle était tentée de pleurer, et elle retenait à grand'peine ses larmes. L'Anglais, plus maître de lui, souffrait néanmoins de cruelles tortures. Quoi ! cette admirable Julia ne serait qu'une femme vulgaire, la maîtresse d'un aventurier ! Il résolut d'éclaircir ses doutes.

« Monsieur, dit-il à Jeremiah, quel est donc cet important service que mon ami Acacia a rendu à miss Alvarez ?

— Il ne vous en a rien dit ?

— Je l'ai vu hier pour la première fois.

— C'est une plaisante histoire ; mais laissez-moi d'abord vous dire comment je l'ai connu. Ce début vous fera comprendre la suite. Un jour, j'étais à San-Francisco, en Californie. La ville venait de brûler, et avec elle un magnifique magasin de thé, de jambon, de toiles, de liqueurs et de nouveautés, qui était tout mon bien. Je fumais tristement un cigare, lorsque je vois arriver en rade un navire chargé d'émigrants de tous les pays. Avant qu'il fût amarré,

un homme descend dans une barque avec une hache,
un marteau et une scie. C'était Acacia emportant
toute sa fortune. Il était vêtu d'un vieux pantalon
d'uniforme, d'une capote grise à demi usée, et coiffé
d'un képi. Cet équipage, qui n'était pas celui d'un
lord, était relevé par l'air gai, intrépide et bon, que
vous lui connaissez. En mettant pied à terre, il marcha sur un clou, le ramassa et le mit dans sa poche.
J'avoue que ce soin ne me donna pas de lui une
haute opinion. Cependant je le suivis, moitié par
curiosité, moitié par désœuvrement. A cent pas de
là, sur les cendres encore fumantes de la ville, on
commençait à rebâtir; il aborde un entrepreneur
de bâtiments.

« As-tu de l'ouvrage pour un bon ouvrier ?

« — Ce n'est pas d'ouvriers que j'ai besoin, dit
« le *Yankee*, c'est de clous.

« — Parbleu ! dit Acacia, tu ne pouvais pas mieux
« rencontrer. J'ai tout un magasin de clous. En
« voici un d'abord.

« — A quel prix ?

« — Un dollar.

« — Non ; dix *cents*. »

« Acacia s'éloigna en sifflant.

« Que Dieu damne tes yeux et ton âme ! jura le
« *Yankee*. Tiens, voici le dollar. Va chercher ton
« magasin. J'achète tout. »

« Acacia court au vaisseau, achète toute la provi-

sion du charpentier pour deux dollars, payables
moitié comptant, moitié le soir même. Il revend
cette provision au *Yankee* pour trois cents dollars.
Sans s'arrêter, il retourne en rade, achète toute la
ferraille disponible des autres vaisseaux et la revend
le soir. Cette journée lui valut deux mille dollars,
et, grâce à lui, San-Francisco, pourvu de clous, fut
rebâti en une semaine. Je vis alors qu'il ne fallait
pas juger un homme sur sa mine. La nuit venue, il
acheta un revolver, et alla dîner dans une taverne.
Je ne sais quel secret instinct me poussait à le suivre. Je m'assis à la même table.

« Camarade, dit-il, vous êtes triste; qu'avez-vous?

« — Une misère, répondis-je. Ce matin, mon ma-
« gasin valait cinquante mille dollars. A midi, il a
« brûlé. Ce soir, je n'ai rien. »

« Il se mit à rire et demanda deux bouteilles de
claret.

« Buvons, dit-il, cela éclaircit les idées. Quel mé-
« tier savez-vous?

« — Tous.

« — Bon! voilà mon affaire. On m'avait bien dit
« que les *Yankees* ne s'embarrassaient de rien.
« Voulez-vous bâtir une maison avec moi?

« — Je n'ai ni argent, ni outils.

« — L'argent, le voilà, dit-il; quant aux outils,
« prenez ma scie, je prendrai ma hache, et demain
« nous irons chercher des planches. »

« Le lendemain, il alla droit au navire qui l'avait transporté. Matelots et passagers étaient à terre. Le capitaine restait seul.

« Capitaine, dit-il, vendez-moi cette coque vide.

« — Elle est à mon armateur.

« — Qu'importe? Pouvez-vous la ramener seul? « L'armateur sera bien aise de recevoir trente mille « dollars.

« — Elle vaut cinquante mille dollars.

« — Quarante mille ou rien, dit Acacia.

« — Marché conclu. »

« En trois jours, le vaisseau fut dépecé, vendu et transporté à terre. Cette seule affaire nous valut cent mille dollars. Acacia eut la générosité de me traiter comme un associé. Huit jours après, nous avions un magasin rempli de choses de toute espèce. Au bout d'un an, nous étions plusieurs fois million-naires. La maison *Acacia, Jeremiah Anderson and C°* était la première de la Californie. Je voulus revenir au Kentucky.

« Mon cher ami, me dit-il, je suis prêt à te don-
« ner ta part, mais ne vois-tu pas qu'avant deux
« ans nous serons la première maison de banque
« des États-Unis? N'es-tu pas fier de penser que tu
« pourras faire la hausse ou la baisse sur tous les
« marchés du monde? C'est tout ce que pouvait
« faire Napoléon après Austerlitz et Marengo;
« encore tremblait-il devant Ouvrard, lui devant

« qui tremblait l'univers. L'argent est le levier qui
« remue le monde. Tenir ce levier dans sa main,
« n'est-ce pas s'élever au-dessus de l'homme et se
« rapprocher de Dieu même ? »

— O sacrilége impiété! s'écria Deborah.

— Acacia n'est pas impie, répondit Jeremiah ; c'est
un homme qui s'enivre des rêves de son imagination. Je l'ai vu changer vingt fois de désir, et chaque
fois réaliser son désir nouveau avec une ardeur et
une rapidité inconcevables. Une seule chose lui
manque, la persévérance ; mais c'est là, dit-on, ce
qu'il est impossible de trouver parmi les naturels
du pays qui est entre la Loire et les Pyrénées. Nous
en fîmes bientôt la triste expérience. Non content
de notre commerce ordinaire, il entreprit le transport des Chinois en Californie. Des cinq navires qu'il
expédia, l'un fit naufrage près de Whampoa ; le second et le troisième furent brûlés par les Chinois
révoltés ; le quatrième échoua sur un récif, près
des îles Sandwich, et ne put être relevé ; enfin le
cinquième arriva à bon port, et nous apporta le choléra. De l'équipage, il ne restait que le cuisinier, le
mousse et deux matelots ; des passagers, rien que
trois cent cinquante cadavres qu'on n'avait pas pu
jeter à la mer. Le navire fut brûlé dans la rade. Un
mois après, notre correspondant de New-York et
celui de Stockton firent faillite. Le premier nous
offrit cinq pour cent payables en trois ans, et l'autre

ses compliments de condoléance. Acacia ne fit qu'en rire.

« Mon bon Jeremiah, me dit-il, je vois bien que « le monde restera sur sa base. Le levier qui devait « le soulever nous manque. Tout payé, il nous « reste à peine cent mille dollars. Fais ce que tu « voudras. Pour moi, je vais revoir Brives. Décidé-« ment la banque est une occupation indigne d'un « homme de ma race, et bonne tout au plus pour « des *Yankees*. Je vais vivre en paix à l'ombrage de « ma vigne et de mon figuier. »

« Quelque chose que je pusse lui dire, il n'en voulut pas démordre, et me parla si éloquemment du plaisir de revoir ses foyers, que je le suivis jusqu'à la Nouvelle-Orléans. C'est là que nous vîmes pour la première fois miss Julia Alvarez. Sous le vestibule de l'hôtel Saint-Charles, une affiche gigantesque annonçait la mise à l'encan des esclaves d'un citoyen de la Louisiane, M. Sherman, qui venait de mourir. L'héritier était un habitant du Massachusetts, nommé Isaac Craig....

— L'ennemi d'Acacia ? dit l'Anglais.

— Précisément. Le bruit courait qu'une des esclaves qu'on allait vendre, miss Julia Alvarez, célèbre à New-Orléans par sa beauté et sa grâce, avait été la maîtresse du défunt, et qu'avant de mourir il lui avait rendu la liberté et légué toute sa fortune. Malheureusement le prétendu testament ne se re-

trouva pas, et miss Alvarez devait être vendue comme
les autres. Nous courûmes au marché, et nous vîmes
miss Julia. Je ne vous ferai pas son portrait, vous la
connaissez. Elle était ce jour-là d'une beauté sou-
veraine. Ses beaux yeux remplis de larmes et ses
cheveux dénoués sur ses épaules nues attiraient tous
les regards. Jamais plus éblouissante et plus mélancolique jeune fille ne montra son cou blanc et rond
dans un marché d'esclaves. Acacia, qui sait le grec,
à ce qu'il dit, prétend qu'elle ressemblait à la belle
Polyxène, qu'on sacrifia sur le tombeau d'Achille.
Ce sont façons de parler de Brives-la-Gaillarde.
Pour moi, qui ai le cœur assez dur, j'en offris cinq
mille dollars. C'était une mauvaise affaire, mais je
m'y résignais. Du premier mot Acacia en offrit dix
mille, et emmena son esclave.

— Hélas! dit Deborah, les vices de l'homme lui
coûtent toujours plus cher que ses vertus.

— Chère sœur, dit Jeremiah, modèle de sagesse et
de piété, votre remarque est très-mal fondée. Paul
traita miss Alvarez avec autant de respect que si
c'eût été l'impératrice de la Chine. Il lui rendit la
liberté sur-le-champ. Ce n'est pas un puritain, mais
c'est un homme de cœur. Je ne sais pas s'il aime
miss Alvarez, mais je suis sûr qu'il ne l'a point dit
avant d'être sûr qu'elle l'aimait. L'amour ne s'achète
ni ne se vend; il se donne. D'ailleurs miss Alvarez
n'est pas une femme ordinaire.

— Au moins, dit John Lewis, M. Acacia devait-il épouser miss Alvarez. Le mariage est le fondement des sociétés.

— Cela était bon au temps des patriarches, dit amèrement Deborah. Les hommes d'aujourd'hui ont changé tout cela. Ils se sont arrogé sur les femmes un pouvoir souverain. Et de quel droit nous imposent-ils leurs lois? Ils sont plus robustes, je l'avoue; mais cet avantage leur est commun avec une foule d'animaux. Sont-ils plus justes, meilleurs, plus pieux, plus intelligents, plus beaux? Eux-mêmes, ils n'oseraient le prétendre.

— Ma chère sœur, reprit Jeremiah, permettez-moi de revenir à l'histoire de miss Alvarez. Toute la Louisiane fut surprise de la conduite d'Acacia. On admira ce Californien qui dépensait dix mille dollars pour mettre une femme en liberté. Si l'on avait su que c'était le cinquième de sa fortune, on se serait moqué de lui. Franchement, cette action n'avait pas le sens commun, comme la plupart des belles actions; mais, voyez le hasard, elle a refait la fortune de mon ami Paul. Le lendemain, comme il réfléchissait aux moyens de faire vivre miss Alvarez, car les jolies femmes, les chevaux de race et les palais de rois sont des objets de luxe dont l'entretien coûte fort cher, un petit homme à la figure de fouine entra dans sa chambre, et lui tint à peu près le discours suivant : « Mon cher mon-

« sieur, vous êtes fort riche, c'est-à-dire honnête
« homme; de mon côté, je suis avocat, gueux et
« mal payé, c'est-à-dire à la discrétion de celui qui
« me paye. Je crois que vous me saurez gré de vous
« apprendre que miss Alvarez est une riche héri-
« tière. — Je le sais, répondit Acacia; mais où est
« le testament? — Monsieur, continua l'avocat,
« M. Sherman (que Dieu ait son âme!), en son
« temps galant homme et bon vivant, a laissé une
« fortune nette et liquide de deux cent quatre-vingt
« mille dollars, et quatre-vingts esclaves noirs ou
« mulâtres à qui il rend la liberté en payant leur
« passage pour Libéria. L'unique légataire est miss
« Alvarez. Le jour de la mort de M. Sherman, Isaac
« Craig, son neveu, a brûlé le testament. — C'est
« un coquin, dit Paul; mais que puis-je faire à cela?
« — Monsieur, dit l'avocat, nous sommes sans té-
« moins, je vais vous parler avec franchise. Quel-
« ques mois avant sa mort, M. Sherman m'a confié
« un double de ce testament, qui est écrit et signé
« de sa main comme l'original. — Et vous me l'ap-
« portez! comment vous appelez-vous? — Mac-
« Krabbe. — Eh bien! maître Mac-Krabbe, vous êtes
« un digne homme; touchez là. Où est le testament?
« — Un instant, monsieur. Je vous donne la préfé-
« rence, rien de plus. Isaac Craig, à qui je l'ai mon-
« tré, m'en offre dix mille dollars. Certes je serais
« honteux de dépouiller miss Alvarez, mais j'ai

« quatre enfants à nourrir, les vivres sont chers,
« les logements hors de prix; j'ai acheté une petite
« plantation où je veux finir mes jours en honnête
« homme; tout cela mérite considération. — Au
« fait! dit Paul. — Le fait, le voici : donnez-moi
« vingt mille dollars, ou je porte le testament à
« Craig. — Maître Mac-Krabbe, dit Paul, vous êtes
« un coquin. — Monsieur, je cherche à vivre. Les
« temps sont durs. Au reste, appelez-moi coquin,
« mécréant, scélérat, *attorney*[1] même si cela vous
« soulage, j'y suis habitué; mais décidez-vous avant
« dix minutes. Mon dîner m'attend, et, suivant la
« belle parole d'un de vos sages :

« Un dîner réchauffé ne valut jamais rien. »

« Acacia donna les vingt mille dollars, et reçut en
échange le testament. « Pourrai-je avec cela faire
« pendre maître Craig? demanda-t-il. — Non, mon-
« sieur, répondit Mac-Krabbe, mais vous le ferez
« mourir de rage. »

« Craig voulut contester la validité du testament,
et perdit son procès. Miss Alvarez, devenue riche,
fit racheter les esclaves de M. Sherman, et leur
donna mille dollars par tête avec la liberté; mais
aucun n'a voulu accepter la liberté, ni quitter sa
maîtresse.

1. *Attorney*, procureur.

— Est-il possible? dit l'Anglais étonné.

— Pourquoi non? répondit Jeremiah. Ces pauvres gens sont fort heureux avec elle : ils mangent, boivent, font l'amour, et travaillent à leur aise dans la manufacture de poudre qu'elle a fait construire à Oaksburg. Elle veille sur eux, elle les protége contre tous les malheurs qui sont la suite de l'imprévoyance. Chacun d'eux est toujours libre de la quitter. Personne ne courra après le fugitif. Elle fait construire une école pour leurs enfants,....

— Oui, dit Deborah, et le dragon du papisme dévore ces âmes innocentes.

— En d'autres termes, reprit Jeremiah, elle a fait venir un petit abbé italien pour les catéchiser. C'est un jeune et joli prêtre, plein de grâces et de caresses; il compte devenir évêque *in partibus*. Miss Alvarez le reçoit fort bien, le fait dîner avec elle, le gorge de bonbons et de sucreries. On n'en médit pas trop.

— Et votre ami le souffre? dit John Lewis.

— D'abord je ne crois rien de ce qu'on dit; de plus, il est très-difficile de savoir si Paul a les droits d'un amant sur miss Julia, car il s'en défend avec force, et, malgré les apparences, je ne sais qu'en penser. Les services rendus expliquent suffisamment leur intime amitié. Dès qu'elle fut devenue riche, elle voulut partager sa fortune avec lui. Il a refusé. Tout au plus a-t-il consenti à devenir son associé et à gérer les affaires de la société. Paul est aujourd'hui presque aussi riche qu'en Californie, et miss Alvarez a plus de six cent mille dollars.

— Est-ce l'usage des charpentiers de faire fortune au Kentucky? dit l'Anglais.

— C'est une plaisanterie d'Acacia, ajouta Jeremiah. Il a été charpentier en effet, et très-habile charpentier. Quel métier n'a-t-il pas fait? Aujourd'hui, tous les charpentiers du comté travaillent sous ses ordres. C'est lui qui a tracé le plan et construit la plupart des maisons d'Oaksburg. Avant lui, mon père possédait une ferme de trois mille acres, isolée au milieu de cette immense forêt. Lorsque j'amenai Paul à Oaksburg, il fut frappé de l'heureuse situation de la ferme sur les bords du Kentucky, et il décida miss Alvarez à construire une manufacture de poudre qui devait fournir à la consommation de tout l'État. Les nègres de miss Alvarez la suivirent. Paul construisit plusieurs centaines de maisons qui se vendirent fort bien. Il improvisa un journal, le *Semi-Weekly Messenger*, qui paraît deux fois par semaine, et qui donne le prix du beurre, du cochon, du bœuf, du sucre d'érable, des nègres du Sud, qui annonce les représentations théâtrales, les sermons, les *camp meetings*, les cuisinières à vendre ou à louer, les nouvelles d'Europe, d'Asie et d'Afrique, la santé du président de la république et celle du rédacteur du journal. A peine trouveriez-vous des informations plus intéressantes et plus sûres dans le *New-York Herald* ou dans le *Times* de Londres.

— Dans le *Times !* dit l'Anglais en souriant avec orgueil.

— Oui, dans le *Times*. Paul n'a pas son pareil pour amuser l'abonné. Il bouche les trous du journal avec les intrigues secrètes de la cour de Chine ou les bonnes fortunes du czar Nicolas. Il sait ce qui se passe dans le boudoir de la reine Victoria et dans le harem du sultan.

— Est-ce qu'il écrit purement l'anglais ?

— Il se fait entendre. Nous prenez-vous pour des membres de l'université d'Oxford ? Il s'agit bien vraiment d'imiter le style d'Addison, de Swift ou de Macaulay ! Nous avons, Dieu merci ! bien d'autres chats à fouetter. Aiguiser un mot, arrondir une période, c'est bon pour des gens d'Europe, qui ont tout le temps d'écrire des balivernes, et de les relire après les avoir écrites. En littérature, Acacia n'a qu'un principe, le voici : l'anglais n'est que du français mal prononcé.

— Oh ! s'écria John Lewis avec indignation.

— Cela nous amuse ; nous rions des pédants de la vieille Angleterre. Au reste, le *Semi-Weekly Messenger* est fort bien rédigé. Toutes les femmes du pays déposent leurs vers dans un coin du journal, au bas des annonces. Cette innocente manie lui vaut plus de douze cents abonnés, car il n'y a pas dans tout le Kentucky moins de douze ou quinze cents demoiselles sans emploi qui font des élégies au lieu de coudre leurs robes.

— Mon frère, dit doucement Lucy, vous passez les bornes de la plaisanterie.

— Croyez-vous, chère Lucy? Eh bien! j'ai tort, et je prie Deborah de me le pardonner. »

Celle-ci se leva sans répondre et sortit de la salle.

« Jeremiah, dit Lucy, épargne un peu Deborah. Tu sais qu'elle n'entend pas raillerie. Tout poëte est irritable. »

Au même moment, on annonça M. Isaac Craig; tous les assistants parurent surpris.

C'était un jeune homme de haute taille, très-maigre, très-roide et très-vigoureux, un vrai *Yankee*. On sait que ce nom s'applique surtout aux habitants de la Nouvelle-Angleterre. Sa physionomie froide et dure tenait le milieu entre le chat et l'usurier. Il entra hardiment, le chapeau sur la tête, suivant l'usage, secoua les mains de Jeremiah et de Lucy, regarda John Lewis fixement, et dit à Jeremiah :

« Monsieur, je veux vous parler d'une affaire importante. Sommes-nous seuls? »

L'Anglais alla se coucher.

« Parlez, dit Anderson.

— Monsieur, reprit le *Yankee*, j'ai trois cent mille dollars et j'aime passionnément miss Lucy, votre sœur. Voulez-vous me la donner en mariage? »

Lucy fit un signe négatif.

« Vous voyez sa réponse, dit le frère.

— Je sais, dit Craig, qu'on y met d'ordinaire plus de façons. Excusez-moi, miss Lucy, je suis homme d'affaires. Je ne connais pas le pays de Tendre, mais je vous aime plus que tout. J'ai de l'argent pour vos fantaisies : vous irez à New-York, à Saratoga, en Europe même, autant qu'il vous plaira. Je ne vous refuserai rien, je ne vous contraindrai en rien.

— Monsieur, dit la jeune fille, je vous remercie ; je ne puis pas accepter ces offres généreuses. »

Le *Yankee* ne se déconcerta pas. « J'espère, dit-il en se tournant vers Jeremiah, que ce refus n'altérera pas nos relations d'amitié? •

— Non sans doute, répondit celui-ci.

— Ce n'est qu'une affaire manquée.

— Je le regrette, dit Anderson avec froideur ; mais Lucy est maîtresse de ses actions.

— Et nous serons toujours bons voisins?

— Comme à présent.

— Eh bien! donnez-m'en une preuve.

— Laquelle?

— On va bientôt élire un maire à Oaksburg : donnez-moi votre voix et toutes celles dont vous disposez. »

A ces mots, Jeremiah éclata de rire.

« Voilà donc l'objet de votre visite, cher monsieur

Craig? Pourquoi faire tant de détours et demander
la main de ma sœur?

— Monsieur, dit le *Yankee*, je demande l'une et
l'autre, et j'espère, en demandant beaucoup, obtenir quelque chose.

— Nous verrons, dit le Kentuckien ; rien ne presse.
Les élections ne seront pas faites avant un mois. »

Isaac sortit plein de fureur. En rentrant chez lui,
il rencontra Appleton, le contre-maître renvoyé par
Acacia.

« Eh bien ! quelles nouvelles? demanda Appleton.

— Il me refuse sa sœur et sa voix.

— Est-ce que vous aimez sa sœur?

— Moi! Suis-je un enfant? Quand je veux de l'a-
mour, je l'achète tout fait. Une fille de couleur me
plaît autant que ces filles de bonne maison et de
grandes manières. »

Appleton fit claquer sa langue.

« Je me contenterais bien, dit-il, de certaine fille
de couleur que je connais.

— Cette Julia Alvarez? Il t'en a cuit d'y porter
les doigts. Acacia veille.

— Oh! dit Appleton avec rage, quand donc le
rencontrerai-je au coin d'un bois?

— Patience! Il est sur ses gardes, et trop fort
pour que nous puissions l'attaquer ; mais je sais le
côté faible. Avant deux mois, il sera forcé de quitter Oaksburg.

— Il m'a chassé de sa maison, dit Appleton, et moi je lui brûlerai la cervelle.

— Ce n'est rien. Que dirais-tu s'il t'avait dépouillé d'un héritage ? J'ai quitté toutes mes affaires pour m'attacher à ses pas, je l'ai suivi à Oaksburg, je lui fais concurrence en tout; mais ce damné Français ne paraît pas s'en apercevoir. Il est heureux dans toutes ses entreprises. Aujourd'hui même je soupçonne qu'il n'est pas étranger au refus de Lucy Anderson.

— Si je le croyais, dit Appleton, quel plaisir j'aurais à troubler son bonheur !

— Comment ?

— Mon Dieu! dit Appleton, le moyen n'est pas nouveau, mais il est bon : quelques lettres anonymes bien placées....

— C'est le pont aux ânes, dit Craig. Adieu, je te laisse à tes idées; elles ne peuvent être qu'excellentes.

— Au moins vous me payerez bien? demanda le contre-maître.

— Cinq mille dollars pour toi le jour où tu l'auras tué.

— Bien.... Au revoir. »

III.

Amour et polémique.

A demi couchée sur un canapé, dans sa chambre,
miss Alvarez attendait Acacia. Elle était, contre sa
coutume, rêveuse et mélancolique. Le *lingot*, si
honnête homme et si délicat d'ailleurs, avait gardé
en amour quelque chose de la licence soldatesque.
Depuis l'âge de dix-huit ans, il n'avait connu en
Algérie que des Moresques, des Espagnoles ou des
Bédouines, femmes faciles que toute armée traîne à
sa suite. Sans être beau, il avait sur le visage
ce mélange de douceur et d'énergie qui plaît
aux femmes. Julia, déjà façonnée à l'amour par
M. Sherman, son premier maître, aima passionnément son libérateur et devint sa maîtresse. Si le
souvenir d'un premier amant ne l'avait retenu, Paul
l'aurait tout d'abord épousée et conduite en France;
mais le fantôme de Sherman, sans troubler son
bonheur présent, l'empêchait de croire qu'il pût être
éternel. Disons tout, car notre héros n'était point

parfait, il n'aimait plus Julia que par habitude, et,
comme elle l'avait deviné, un nouvel amour qu'il ne
s'avouait pas à lui-même remplissait déjà le cœur
du *lingot*. Ce soupçon troublait la vie, jusque-là
calme et heureuse, des deux amants.

« Il était bien pressé de me quitter et de rendre
visite à la famille Anderson, » pensait Julia.

Paul entra et embrassa tendrement sa maîtresse.

« Eh bien ! dit-il, mon Anglais est casé et ne nous
gênera pas, ma belle Julia.

— Je ne vous attendais pas sitôt, dit-elle.

— Ai-je mal fait ? veux-tu que j'y retourne ? J'é-
tais menacé d'un thé : j'ai pris la fuite. Déborah,
tout occupée d'établir la supériorité du sexe bavard
sur le sexe barbu, n'a pas fait grand effort pour me
retenir. Ce brave Lewis est une acquisition précieuse
pour elle ; il écoute admirablement, qualité rare
qui a fait la fortune de bien des gens.

— Miss Déborah était seule ?

— Oui.... je ne sais trop.

— Miss Lucy est-elle ici ?

— Je le crois. Je n'y ai pas fait attention.

— Ah ! »

Ce monosyllabe fut accentué d'une façon singulière. Paul regarda sa maîtresse et vit un nuage sur
cette figure si bonne et si belle. Il se mit à genoux
devant Julia et lui dit :

« Que signifie cet interrogatoire, ma belle ado-

rée? Te défies-tu de moi? Je t'aime de tout mon
cœur, tu le sais bien, et je n'aime que toi. Pourquoi
m'offenser par ces soupçons? Quelle preuve veux-tu
de mon amour? que je monte dans la lune? je vais
chercher une échelle ; que je t'apporte les oreilles
de Craig? je vais aiguiser mon *bowie-knife*.

— Je ne veux rien, dit Julia rassurée ; aime-moi
toujours et soyons heureux. Qu'as-tu fait à Louisville ?

— J'ai pensé à toi.

— Fort bien ; mais tu pouvais y penser ici plus
commodément.

— Eh bien ! j'ai vendu cent mille livres de poudre
à la maison Woodman, et j'ai raccolé un prêcheur
pour mon église.

— Il ne me plaît pas beaucoup, ton Anglais ; il
paraît froid comme un marbre.

— Ne prends pas garde à cela ; c'est un swedenborgien qui s'entretient tous les jours avec les
esprits supérieurs. Sais-tu qu'il t'a trouvée belle ?

— C'est beaucoup de bonté.... Quel jour doit-il
prêcher ?

— Quand il sera guéri, dans une dizaine de jours.
Il faut que je l'annonce dans mon journal.

— Je voudrais l'entendre.

— C'est facile ; son premier sermon, qui est un
spécimen de sa doctrine, doit être prêché devant
toutes les congrégations réunies. »

Le lendemain, Acacia sortit pour aller à ses affaires. Julia restée seule, reçut la lettre suivante :

« Un ami de miss Alvarez se fait un devoir de la prévenir du prochain mariage de miss Lucy Anderson avec M. Acacia. Le voyage de Louisville n'avait pas d'autre but que l'achat des présents de noces. Miss Alvarez pourra s'en convaincre en voyant au cou de miss Anderson un collier de perles de deux mille dollars qu'elle a reçu hier de son fiancé. ».

La première pensée de Julia fut de poignarder son amant ; la seconde fut de pleurer. Le *signor* Carlino Bodini se fit annoncer, et fut très-mal reçu. Le pauvre abbé, qui venait prendre tranquillement son chocolat, fut effrayé de la colère et des larmes de sa belle protectrice.

« Lisez, dit-elle sans répondre à ses compliments, et voyez sa perfidie. »

Il fit deux pas en arrière. C'était un bon petit abbé, parfumé, ambré de la plante des pieds à la racine des cheveux. Certes il n'approuvait pas la liaison illégitime de Paul et de Julia, mais il approuvait encore moins qu'on le prît pour juge entre eux : il craignait par-dessus tout de se faire des querelles. « On m'envoie, disait-il, dans ce pays de sauvages pour faire des conversions, et non pour choquer inutilement des gens irritables.

Miss Alvarez était la plus généreuse et la plus riche catholique de tout le Kentucky; Acacia, malgré son indifférence religieuse, était toujours prêt à sous- crire en faveur de l'Église catholique, la plus mal rentée de toutes les Églises d'Oaksburg : fallait-il, par un zèle inconsidéré, se fermer la porte d'une maison si hospitalière? Tôt ou tard un bon mariage couvrirait ce désordre momentané. Telles étaient les réflexions du bon abbé.

« Lisez donc, » dit l'impatiente Julia.

L'abbé lut la lettre.

« Eh bien ! reprit-elle, qu'en dites-vous ? »

Il leva les yeux au ciel, soupira et se tut.

« Peut-on trahir plus cruellement une femme ? dit Julia.

— Hélas! les hommes sont si méchants !... Je ne vois pas la signature.

— C'est une lettre anonyme, je le sais; mais le coup n'en est que plus cruel. Ma honte est déjà publique; tout Oaksburg sait qu'il m'abandonne. Est-ce le prix d'un amour si fidèle ? car je n'ai aimé et n'aimerai jamais que lui. L'ingrat ! »

Carlino pensa à M. Sherman.

« Mon enfant, dit-il d'un ton doux et insinuant, voilà le châtiment sévère, mais équitable, que Dieu réserve à nos désordres. Si vous aviez épousé M. Aca- cia, vous ne craindriez pas une rivale.

— Taisez-vous, Carlino, répondit-elle, vos sermons sont insupportables. Prenez votre chapeau et vos gants, et courez chez miss Anderson.

— Oh ! dit-il un peu étonné.

— Et voyez si elle a reçu le collier dont parle la lettre.

— Vous n'y pensez pas, chère miss Alvarez ; moi ! un prêtre ! Sous quel prétexte...?

— Avez-vous peur du contact des hérétiques ?

— Non, miss Alvarez. Décidément je ne le puis pas.

— Eh bien ! n'en parlons plus dit-elle avec indifférence. Au moins, cher abbé, vous ne me refuserez pas de déjeuner avec moi. »

L'Italien fut ravi de se tirer à si peu de frais d'un pas si difficile. Le déjeuner était exquis et fort différent de celui que la plupart des Américains, toujours préoccupés de leurs affaires, avalent sans y penser.

« Mon cher abbé, dit Julia, qu'avez-vous fait ce matin ?

— J'ai dit mon bréviaire.

— Avez-vous visité quelques coreligionnaires, ce malheureux Irlandais, Mac-Kibbens, par exemple, qui s'est fendu le crâne hier en tombant du haut d'un toit ? Il faut songer à cette malheureuse famille. Tenez, donnez-leur ces cinquante dollars.

— Oh ! vous êtes un ange.

— Je sais, je sais.... Il serait convenable, je crois, de porter une liste de souscription chez les plus riches propriétaires d'Oaksburg. Vous n'oublierez pas la famille Anderson. »

Carlino sourit.

« Pourquoi riez-vous? dit-elle. Ne faut-il pas secourir les malades? N'est-ce pas une des sept œuvres de pénitence?... Ah! voyez donc en même temps si miss Lucy a un collier. Allez et revenez sur-le-champ. Je ne sais que faire sans vous. »

Carlino s'inclina et sortit.

« Singulière commission pour un prêtre! » pensa-t-il.

Deborah le reçut fort mal. Elle haïssait et méprisait les papistes. Elle avait gardé tous les préjugés de Knox et de Calvin contre la prostituée des sept collines, la nouvelle Babylone, le pape qui est l'Antechrist, et les cardinaux qui sont les dragons dévorants dont parle l'Apocalypse. L'orgueil et la haine sont deux passions anglo-saxonnes.

Bodini se présenta d'un air humble, grave et doux, qui ne put pas désarmer l'austère méthodiste. Il s'excusa d'abord d'entrer dans une famille protestante sans y être invité. Il y était contraint par la nécessité de venir au secours d'un pauvre ouvrier blessé. Au reste, la différence des religions ne l'empêchait pas de rendre justice à l'ardente charité des membres des autres communions chré-

tiennes, et en particulier de miss Deborah et de miss
Lucy. Quel que fût le chemin, le ciel était le but commun de tous les chrétiens, et il osait espérer que miss
Deborah et miss Lucy lui sauraient gré de leur
donner occasion de montrer ces vertus aimables
qui sont le plus bel attribut des femmes. Il termina par quelques flatteries italiennes qui ne
firent pas grand effet sur la jeune sœur, mais qui
adoucirent visiblement le regard sévère de Deborah. La pauvre fille n'était pas habituée à entendre
l'éloge de sa beauté, et l'hyperbole de Carlino lui
parut la vérité même, déplacée sans doute dans la
bouche d'un prêtre, mais ce prêtre était catholique,
c'est-à-dire peu scrupuleux, suivant les idées de
Deborah. Il est si doux d'être admiré, même
quand on méprise l'admirateur !

« Monsieur, dit-elle avec une condescendance
mêlée de roideur, la bourse d'un chrétien est à tous
ceux qui souffrent. Ces sentiments sont ceux de
tous nos frères méthodistes aussi bien que les nôtres. Je vous remercie d'être venu à nous. »

Elle donna dix dollars, et Lucy autant. Carlino les
remercia avec une politesse exquise.

« Vous avez là, dit-il, une bien belle Bible.

— C'est un présent que M. Acacia m'a fait hier,
dit Deborah.

— Est-ce que miss Lucy serait moins zélée méthodiste que vous ? demanda l'Italien. Je ne vois

pas la sienne. Combien je serais heureux qu'elle voulut reconnaître l'erreur où vous vivez et embrasser la religion catholique ! Vous seriez l'ornement de ma petite Église.

— Ne prenez pas feu si vite, dit Deborah. Lucy n'a pas moins de zèle que moi pour la vraie foi mais notre ami Acacia lui a fait présent d'une parure mieux assortie à son âge et à ses goûts un peu profanes. Il lui a donné un très-beau collier de perles.

— Excusez mon indiscrète curiosité, » dit l'Italien en se levant. Et il courut chez miss Alvarez pour lui rendre compte de sa mission.

« Hélas ! dit Julia, tout est perdu, mon cher abbé. Paul ne m'aime plus. Il est entiché de cette horrible blonde aux yeux bleus qui chante des psaumes le dimanche. Comment peut-on regarder une blonde ? Et quelle blonde ! Avec un peu d'effort, on la trouverait rousse. Elle chante faux, elle s'habille mal, elle n'a pas le sens commun, elle est ennuyeuse comme la vertu. Carlino, mon cher Carlino, ne pourriez-vous pas imaginer un moyen de le dégoûter des blondes et des hérétiques ?

— J'essayerai, dit l'abbé ; mais, croyez-moi, miss Alvarez, le plus sûr est d'épouser. Dieu maudit les unions illégitimes.

— Il est trop tard, » dit-elle avec désespoir.

Le soir, Acacia revint tout joyeux. Son journal

venait de paraître, et annonçait le prochain sermon de John Lewis. Le lecteur nous saura gré de lui donner cette pièce d'éloquence :

Grande nouvelle!
Réforme de toutes les sectes chrétiennes!
Le genre humain mis en rapport avec le monde des esprits!
Vue claire et distincte de l'autre vie, par la méthode
de saint Jean et de Swedenborg!
Sermon du docteur John Lewis, missionnaire de la compagnie
des Indes orientales à Bénarès!
Progrès du christianisme dans les montagnes du Thibet!
Récit merveilleux de la fuite du docteur Lewis, poursuivi
par quatre cents cavaliers mongols dans les
gorges du Dawalagiri!
Miel et vinaigre, ou Dieu venant au secours de son
serviteur!

« Nous avons la satisfaction d'annoncer au public une nouvelle qui comblera de joie tous les vrais chrétiens. Le révérend docteur John Lewis vient d'arriver à Oaksburg.

« Ce missionnaire illustre, qui a surpassé par ses travaux extraordinaires les apôtres Pierre et Paul, consent, à notre prière, à se faire entendre dimanche 15 juillet dans Acacia-Hall. Un traité particulier assure l'exploitation exclusive de ses sermons à notre éminent concitoyen M. Acacia.

« Nous recevons de notre correspondant particulier de Londres la lettre suivante :

« Notre grand apôtre de l'Inde, le révérend John « Lewis, va partir demain pour les États-Unis. Ce

« saint missionnaire, à qui Sa gracieuse Majesté la
« reine Victoria a daigné offrir tant de fois l'évêché
« de Calcutta, avant de reprendre dans l'Inde et
« dans les montagnes du Thibet la vie de périls et
« de fatigues à laquelle il est accoutumé, a voulu
« visiter ce continent nouveau, où la race anglo-
« saxonne a porté l'Évangile. Il veut voir cette terre
« des héros et des hommes libres, qui, dans un
« court espace de trois quarts de siècle, a fourni à
« l'humanité plus de grands orateurs, de grands
« guerriers, de législateurs illustres, d'inventeurs et
« d'hommes de bien, que tous les autres peuples de
« l'univers. On croit que le savant docteur profitera
« de ce court loisir que lui laisse l'interruption de
« ses travaux apostoliques pour rédiger l'histoire de
« sa vie et des aventures effrayantes par lesquelles
« il a plu à la divine Providence d'éprouver son
« courage. Déjà nous avons eu le bonheur d'enten-
« dre le récit de sa fuite au milieu des montagnes
« du Thibet, dans les gorges du Dawalagiri. Rien
« n'est plus émouvant que cette fuite d'un homme
« de cœur poursuivi à travers les montagnes, les
« rivières, les précipices, courant au galop de son
« cheval sur le bord des abîmes, près d'être atteint
« par une troupe de quatre cents cavaliers mongols
« envoyés pour lui couper la tête, et trouvant asile
« dans une grotte profonde, semblable à celles des
« pieux solitaires de la Thébaïde. Nous renonçons à

« peindre l'étonnement de ces barbares lorsque,
« après l'avoir cherché dans tout le pays, ils se vi-
« rent contraints de retourner sans lui à la cour de
« l'empereur du Thibet, la sauvage fureur de ce
« prince impitoyable, qui leur fit couper la tête sur-
« le-champ, et le spectacle effroyable de ces quatre
« cents têtes exposées sur les murs de sa capitale.
« Ce sont des choses qu'il faut entendre de la bouche
« même du docteur. Le missionnaire John Lewis est
« encore très-jeune ; il a trente ans à peine. Il est
« grand, bien fait, d'une belle figure et de manières
« très-distinguées. C'est un gentleman accompli.
« L'expression agréable et parfaitement noble de sa
« physionomie produit le plus grand effet sur toutes
« les dames qui ont eu le plaisir de l'entendre. On
« assure que la fille aînée du grand lama l'avait
« pris en affection, et qu'elle l'avertit secrètement
« de quitter le pays, s'il ne voulait être massacré.
« D'autres disent qu'il dut plus particulièrement
« son salut à la communication constante qu'il en-
« tretient avec les esprits qui peuplent les régions
« supérieures et l'entre-deux des mondes. Sa voix
« est belle et sonore, son regard doux et pénétrant.
« Il est célibataire. »

« On nous annonce que M. Acacia, désirant aug-
menter encore la solennité de cette cérémonie, fait
venir de Louisville un orgue-harmonium, et qu'une
jeune dame d'Oaksburg, miss Lucy Anderson,

aussi recommandable par ses rares connaissances
musicales que par ses grâces et sa piété, a promis
d'inaugurer cet admirable instrument, le chef-
d'œuvre de l'industrie parisienne.

« Le prix d'entrée, ce jour-là seulement, est d'un
dollar par tête. »

C'est ainsi qu'on annonce un nouveau prédicateur au Kentucky.

« Eh bien ! ma belle Julia, dit Acacia en donnant
le journal à miss Alvarez, je crois qu'Isaac sera
bientôt forcé de quitter la place. »

Elle lut le journal et le jeta négligemment sur la
table.

« Oh ! oh ! quelque nouvel orage ! se dit le Français. Les femmes n'ont jamais fini ! Qu'est-ce qui te
rend triste ?

— Tiens, lis, répondit-elle avec le geste et l'accent de Manlius. »

Et elle lui tendit la lettre anonyme.

Il la lut, la retourna dans tous les sens, et, sans
dire un mot, fit trois pas vers la porte. Ce silence
ne faisait pas le compte de la pauvre Julia. Elle
avait compté pleurer et se mettre en colère tout à
son aise : car, entre gens qui s'aiment, il n'est
guère de querelle qui ne finisse par une réconciliation et qui ne réchauffe l'amour; mais le sang-froid
du *lingot* la désespérait. Que répondre à celui qui
n'interroge pas? que reprocher à celui qui ne veut

pas se défendre? Julia se sentait perdue, si elle lais-
sait la querelle s'éteindre dans le silence. Elle fit un
effort pathétique, et éclata en sanglots. Ce mouvement fut si prompt et si naturel, que le bon Acacia
n'eut pas le temps de fermer la porte. Il fut donc
forcé de revenir et d'apaiser la belle affligée. Il
s'assit à côté d'elle, et, tout en l'embrassant, lui
tint le discours suivant : « Chère bien-aimée, tu es
folle. Que signifie cette lettre anonyme? Que mon
bonheur fait envie à un coquin qui n'ose se montrer et m'attaquer en face. Que puis-faire à cela?
Tous les jours, aux portes d'Alger, un Arabe se
cache derrière un buisson, et d'un coup de fusil
assassine son ennemi sans être vu. C'est la méthode
des barbares. Dans les pays civilisés, l'ennemi vous
décoche une lettre anonyme, quelque bonne calomnie bien empoisonnée, qui doit tuer ou blesser
mortellement son homme. C'est un des inconvénients de la vie sociale.

— Est-ce une calomnie, dit Julia, que l'histoire
de ce présent que tu as fait à miss Lucy Anderson?
Ne mens pas, Carlino l'a vu.

— Carlino! Ah! le traître! Il payera pour tous. Je
lui apprendrai à m'espionner!

— L'abbé n'a rien fait que par mes ordres. Réponds-moi maintenant, âme déloyale et perfide, as-
tu donné ce collier?

— O sublime idiote! Carlino ne t'a pas tout dit.

Oui, j'ai donné un collier à miss Lucy, j'ai fait plus, j'ai donné une Bible à miss Deborah. Faut-il m'en accuser aussi? Jeremiah est mon meilleur ami. J'ai fait sa fortune et la mienne, et sans lui j'aurais déjà cédé la place à cette âme damnée de Craig. Miss Lucy est, après toi, la meilleure musicienne d'Oaksburg. J'ai compté sur elle pour l'orgue-harmonium dont je veux régaler le 15 juillet mes pratiques et celles de John Lewis. Ne lui dois-je pas quelque témoignage de politesse? »

La voix et le regard d'Acacia avaient plus d'éloquence que son discours.

« Hélas! dit Julia en pleurant, j'en mourrai! Paul, au nom de Dieu et de notre amour, au nom du bonheur que je t'ai donné depuis trois ans, ne m'abandonne pas! Je suis seule en ce monde, où tous me haïssent et me méprisent. Ce malheureux sang noir qui coulait dans les veines de ma mère me livre en proie à tous. Les femmes me détestent et m'envient peut-être, parce que je suis ta maîtresse, et les hommes me poursuivent de leur insolent amour. Plût à Dieu que je fusse esclave! je sentirais moins durement ma misère.

— Ame de ma vie, dit Acacia, je jure de n'aimer que toi et de ne t'abandonner jamais! Maintenant essuie tes beaux yeux; les pleurs te vont mal. Si l'Anglais vient, je veux qu'il te voie telle que tu es, c'est-à-dire la plus belle et la plus gra-

cieuse femme de tout le Kentucky. Ne me reproche plus les présents que je fais à la famille Anderson. Tu vas voir, ingrate, si j'ai songé à toi. »

En même temps il sonna.

« Dick, attelle les deux chevaux de pure race nar-
ragansett qui sont arrivés tout à l'heure de Louisville. »

Julia poussa un cri de surprise et d'admiration à
la vue de ces superbes animaux.

« Ceci est à toi, dit son amant. Crois-tu que cela
ne vaille pas un collier et une la bible? »

Ce présent scella la réconciliation. Au fond, Julia
était la meilleure fille du monde; malheureusement elle avait commis une faute grave et fait à
son bonheur une brèche qui devait s'agrandir tous
les jours : elle s'était donné une rivale. Acacia comprit pour la première fois l'amour naissant qu'il
éprouvait pour Lucy Anderson, et qu'il avait appelé
jusqu'alors, même au fond de son cœur, une tendre
amitié. Ses protestations de fidélité étaient sincères,
mais devaient-elles l'être toujours?

Le même soir, on fit à haute voix la lecture du
Semi-Weekly Messenger dans la famille Anderson.
John Lewis fut étonné de la réclame d'Acacia.

« Ce Français se moque de moi, dit-il; je n'ai jamais vu le pays des Mongols.

— Ne faites pas le modeste, répondit Jeremiah ;
Paul sait mieux que vous toutes vos aventures. Ses

correspondants du Thibet lui rendent compte de tout. Pourquoi voulez-vous cacher que vous avez fui devant les Mongols ? Je sais bien qu'il n'est pas beau de fuir ; mais songez qu'ils étaient quatre cents, et qu'à leur vue Achille lui-même eût tourné bride.

— Tout le Kentucky va se moquer de moi! dit l'Anglais. Peut-on parler ainsi d'un ministre du Seigneur !

— Croyez, mon cher monsieur, que notre ami parle de vous très-convenablement. Acacia connaît bien ses lecteurs ; il entend la réclame comme un *Yankee*.

— Mais, dit l'Anglais, comment s'y prendrait-il pour annoncer un acteur, ou un animal rare et curieux, Jenny Lind, Fanny Elssler, ou l'hippopotame du Nil ?

— Tout à fait de la même manière, mon cher monsieur. Croyez-vous qu'il y ait deux sortes de public ? »

Au même instant Acacia entra.

« Eh bien! dit-il, mon cher John, j'espère que vous êtes content de moi : le *Semi-Weekly Messenger* rend justice à votre mérite. L'annonce a fait merveille, et l'on s'arrache les numéros du journal. Je viens d'ordonner un second tirage. Craig en jaunit de fureur.

— Croiras-tu, dit Jeremiah, qu'il avait l'audace de se plaindre?

— En Angleterre, ajouta sèchement Lewis, on ne met pas la religion en parades. »

Le Français se mit à rire.

« Mon cher John, en vérité, vous êtes trop diffi-cile, répondit-il : c'est le style habituel des an-nonces, et il est bon, puisqu'il réussit.

— Il réussit! Voilà donc le dernier mot de la prudence humaine! s'écria tout à coup Deborah. In-sondable mystère de la divine Providence! L'homme impie se glorifie dans sa sagesse, et cette sagesse n'est qu'un grain de sable que la parole de Dieu, comme un vent impétueux, soulève et transporte dans le désert. Ce qui vous manque, ô hommes qui vous enorgueillissez de votre force brutale, de vos poignets robustes et de vos larges épaules, ce n'est pas le courage, car vous savez quelquefois mépri-ser la vie; ce n'est pas l'habileté, car vous savez vous enrichir; c'est le sens divin, c'est l'amour, que Dieu a réservé à la femme seule. Tant que la loi sera faite par vous et pour vous, elle sera souple comme un roseau fragile qui plie au moindre souffle.

> — .... Si Pergama dextra
> Defendi possent, dextra hac defensa fuissent,

dit gravement John Lewis. Miss Deborah, vous venez de prononcer une parole telle qu'il ne s'en est pas dit une pareille depuis l'Évangile. Oui, ce qui

manque à l'homme, c'est le sens divin, c'est l'a-
mour, que Dieu a réservé à la femme seule. Si le
monde peut être sauvé des fureurs de l'Antechrist,
il le sera par le génie et le dévouement d'une
femme. N'est-il pas écrit dans la Genèse que le pied
de la femme écrasa le serpent? Vous prophétisez,
miss Deborah, et l'Esprit divin a parlé par votre
bouche. »

Il est des compliments de toute sorte. Celui de
l'Anglais, où les citations de Virgile et de la Bible se
fondaient harmonieusement, alla droit au cœur de
la savante Deborah. Elle parut transfigurée par la
joie et l'orgueil de trouver un génie digne du sien,
d'être enfin comprise et d'avoir un disciple ! Elle regarda John Lewis avec des yeux où rayonnait l'a-
mour. La subtilité métaphysique, la sécheresse de
cœur, l'aigreur théologique, la passion de comman-
der, la haine des hommes, l'ennui d'un long célibat,
tout ce qui rendait Deborah inabordable disparut en
un moment. D'un coup de sonde jetée au hasard,
John Lewis avait fait jaillir la source vive de l'amour,
de la modestie, du dévouement, mais pour lui seul.
Le reste du monde était étranger à ce prodige et
n'en devait pas profiter.

« John Lewis, dit-elle avec le geste et l'accent
d'une reine, je n'ai pas, comme vous le croyez, la
force et la sagesse des prophètes, mais j'en ai la sincérité, et vous êtes le seul homme qui m'ait paru

monter d'un pas ferme vers les hauteurs presque
inaccessibles de l'idéal, vers le sommet du Sinaï en-
touré d'éclairs. »

L'Amérique est peut-être le seul pays du monde
où le bon sens le plus pratique puisse s'allier à la
plus fabuleuse exaltation d'esprit. Les prophètes de
la force de Deborah y sont plus nombreux que la
grêle sur les toits dans un jour d'orage, et par mo-
ments on croirait que toute la nation prophétise,
tant le style de David et d'Isaïe est familier aux
Yankees. Cependant les assistants furent frappés de
stupeur en écoutant la profession de foi de miss Anderson : tant il est difficile d'être prophète dans sa
famille ! Acacia sortit et fut suivi de Jeremiah.

« Est-ce que ta sœur veut fonder une religion
nouvelle? demanda le *lingot* à son ami.

— C'est probable. Ce maudit Anglais que tu nous
amènes va lui tourner la cervelle. Sous ombre
qu'elle est savante, Deborah ne s'occupe plus que de
l'interprétation de l'Apocalypse ; elle imite la poésie
des prophètes et nous enseigne les théories géologi-
ques de je ne sais quel Buckland, docteur orthodoxe
très-connu entre Oxford et Cambridge. Pendant ce
temps, le ménage s'en va à vau-l'eau, et, si Lucy n'y
prenait garde , la prophétesse oublierait la plupart
du temps d'ordonner le dîner de la famille. Les applaudissements de ton Anglais vont encourager cette
maudite manie.

— Très-cher, la vie est une vallée de larmes, dit Acacia à son ami. Ce John Lewis, que j'avais pris d'abord pour un homme de sens, n'est qu'un niais vertueux et fanatique. Ma spéculation est manquée. Demain je partirai pour Boston, et je serai bien malheureux si, dans cette terre promise des prédicants, je ne trouve pas un homme capable de me seconder.

— Quoi ! tu vas abandonner John Lewis ?

— Veux-tu que je me fasse écharper par les Kentuckiens pour l'amour de l'émancipation des femmes et de l'abolition de l'esclavage ?

— En vérité, dit Jeremiah, il manquait à ce pauvre homme d'être abolitioniste ; mais, après une annonce si splendide, comment vas-tu te débarrasser de lui ?

— Très-simplement. Je vais annoncer dans mon journal qu'il a reçu par le télégraphe l'ordre de retourner au Thibet, et que le grand lama offre de se convertir avec ses cent quatre-vingt-trois femmes et tout son peuple. Je donnerai à Lewis mille dollars pour qu'il parte sur-le-champ.

— Et s'il résiste, s'il dément ton récit, s'il se laisse gagner par Craig ?

— Je le dénoncerai comme abolitioniste, et je lancerai à ses trousses et à celles dudit Craig tous les propriétaires d'esclaves du comté.

— Qu'est-ce que j'entends ? dit tout à coup Jeremiah. On annonce le supplément du *Herald of Freedom*.

— Le journal de Craig ! ce doit être curieux, » dit Acacia.

Il acheta un numéro, et lut à son ami l'article suivant :

Surprenante nouvelle !
Monstrueuse tromperie de l'éditeur du Semi-Weekly Messenger !!
Révélations !!!

« Nous regrettons d'avoir à révéler la supercherie monstrueuse qu'un individu bien connu à Oaksburg et méprisé de tous les honnêtes gens a osé tenter. On devine que nous voulons parler de M. Acacia, l'éditeur du *Semy-Weekli Messenger*. Ce *gentleman* ou plutôt ce misérable *ruffian*, qui s'est fait en Californie la plus honteuse réputation, déshonore aujourd'hui la France, son ancienne patrie, et les États-Unis, sa patrie adoptive, par son audacieuse impiété. Il annonce qu'il a pris à son service un successeur des apôtres, le docteur John Lewis, et que cet émule de saint Pierre et de saint Paul a converti une partie de l'Inde à la vraie religion. Il a compté sur la distance pour empêcher les fidèles de vérifier cet horrible mensonge. Heureusement un de nos amis, qui a vu Londres et visité Newgate, reconnaît ce Lewis, et se souvient de l'avoir vu enfermé pour cause de bigamie dans cette prison infâme. Il se faisait alors appeler Robertson, et passait pour l'un des plus vils coquins de Londres. C'est un ivrogne et un débauché qui cache les vices les plus honteux sous l'apparence d'une piété profonde. Sa mine est hypocrite et repoussante, son regard faux et louche. Il est le digne compagnon de cet athée qui prête son église à toutes les religions, sans croire à aucune, et qui est l'ami des papistes, des Irlandais et des nègres. »

Suivaient six colonnes d'injures. Jeremiah regarda le *lingot* en riant.

« Voilà, dit-il, un Anglais bien accommodé. Apôtre d'un côté, ivrogne, bigame et débauché de l'autre. Qu'y a-t-il de vrai dans tout cela ?

— La vraisemblance, dit Acacia, se trouve au point d'intersection de tous les mensonges. Lewis est un honnête homme, instruit et entêté, que les Indiens de Bénarès ont noyé dans le Gange sans le corriger de l'envie de convertir ses semblables.

— Vas-tu le laisser entre les griffes de Craig ?

— Non, dit Acacia. Je le garde. Nous swedenborgiserons Oaksburg, ou le diable m'emporte ! Désormais, plus de trêve entre Craig et moi ! L'un des deux tuera l'autre, et, si j'en crois mes pressentiments, Craig n'a pas longtemps à vivre. Je vais voir Carlino, et, par lui, ameuter mes dogues d'Irlande ! Avant trois jours, tu verras un beau tapage. Adieu. »

IV.

Noirs complots.

Thémistocle, en son temps maire d'Athènes et grand homme, voulait qu'on gravât sur sa tombe : *Ci-gît l'homme qui a fait le plus de bien à ses amis et le plus de mal à ses ennemis.* Cette maxime, résumé de la politique des Grecs et des Romains, était la règle de conduite d'Isaac Craig. Il haïssait ses ennemis jusqu'à la mort, mais il servait ses amis pour en être servi à son tour. Sans peur, sans foi, sans scrupules, hypocrite et peut-être dévot (qui sait le singulier mélange d'idées que contient la cervelle d'un *Yankee?*), citant la Bible à tout propos et pratiquant l'usure, ne buvant jamais de vin par tempérance et s'enivrant de whiskey, c'était le vrai citoyen du Connecticut, tel que les gens du Sud aiment à se le représenter. Bien qu'il fût brave, il n'avait rien du courage aventureux, de la franchise et de la générosité des Kentuckiens ; mais il était riche, ce qui par tout pays, et surtout dans les sociétés nouvelles,

est une force immense ; il prêtait de l'argent sur
bonne hypothèque à la moitié des fermiers du
comté ; il était président de la banque d'Oaksburg
et tenait dans sa dépendance la plupart des marchands de la ville. Enfin, par son journal, il pouvait d'un mot ruiner le crédit financier de ses ennemis, ou les déshonorer. Dans l'Ouest, les entreprises
sont gigantesques et les ressources très-restreintes ;
une faillite annoncée devient aussitôt certaine ; chacun veut être remboursé le même jour. La Banque
de France elle-même résisterait-elle à une pareille épreuve ?

Craig, haï de tous, mais puissant par son journal
et par son argent, était pour Acacia un ennemi redoutable. Ces deux hommes se partageaient Oaksburg, et leur rivalité n'y faisait pas moins de bruit
qu'à Vérone celle des Montaigus et des Capulets ;
seulement elle n'était pas aussi poétique. Il y a beaucoup de différence entre des gentilshommes vêtus
de soie et de velours, qui s'entre-tuent pour l'honneur
et le service des dames, en débitant d'un air passionné les plus beaux vers que l'amour ait jamais
inspirés à un poëte d'outre-Manche, et deux journa-
listes en paletot qui se jettent, faute d'arguments,
leurs écritoires à la tête, et se disputent l'attention
et l'argent de cinq ou six mille badauds ; mais il faut
se contenter de ce que le ciel nous donne, et, puisque le beau soleil du Kentucky éclaire par hasard

un puritain du Connecticut, il faut peindre ce triste
et désagréable héros.

Plus heureux que son adversaire, Isaac était né
Américain et protestant. Jusqu'au jour où les écoles
primaires, les journaux, la vapeur, le télégraphe
électrique et les coups de canon, distribués dans
une sage mesure aux parties récalcitrantes de l'espèce humaine, auront cimenté la liberté, l'égalité et
la fraternité, on verra des Anglo-Saxons qui haïront
des Irlandais qui les exècrent, des ministres protestants déclamer contre l'infâme Babylone où trône le
pape, et des prêtres catholiques regretter la vieille
inquisition, malheureusement passée de mode. La
grande république des États-Unis, jusqu'ici le plus
bel exemple de fusion pacifique des races que le
monde ait connu, est encore loin de ce bel idéal en-
trevu par les philosophes. Un parti orgueilleux et
inhabile, les *know-nothings*, qui s'imagine que la
divine Providence a créé l'Amérique du Nord pour
lui seul, veut fermer ses portes aux émigrants d'Europe. C'est sur ce parti peu nombreux, mais puissant, que s'appuyait Craig. Il flattait leurs passions
pour les faire servir à ses desseins.

Le lendemain du jour où parut l'article du *Herald
of Freedom* contre Lewis, Craig, aussi résolu que
son rival à vaincre ou à périr, voulut ameuter contre Acacia toutes les passions religieuses. C'était le
côté faible du Français. Au Kentucky, comme ail-

leurs, on ne cherche pas volontiers querelle à un homme qui est riche, généreux, qui a un journal dans sa main, et qui, d'un coup de carabine Minié, tue un perroquet à trois cents pas. Aussi Paul se faisait respecter de tout le monde ; mais les ministres de toutes les sectes, même ceux qui étaient à ses gages, le haïssaient secrètement. Acacia, élevé en France dans ces idées décentes qui sont le partage d'un si grand nombre de Français, était une pierre de scandale pour toutes les communions. En religion comme en amour, on pardonne plus volontiers aux ennemis qu'aux indifférents. Craig le savait, et c'est sur l'hostilité secrète ou déclarée des pasteurs protestants qu'il fondait ses plus grandes espérances. Il alla trouver Toby Benton, le ministre de la secte des méthodistes.

M. Toby Benton, ancien épicier qui n'avait pas fait fortune, cherchait dans le sacerdoce un asile contre les tempêtes du monde et de l'épicerie. Ennuyé de mêler sans succès l'ocre au café pilé et de vendre sous le nom de bougie de la chandelle fumeuse, il s'était jeté dans le sein du Seigneur. Tour à tour morave, anglican ou presbytérien, suivant les gens à qui il avait affaire, il avait rencontré Craig et s'était fait méthodiste. Je ne le blâme pas : les wesleyens valent bien les presbytériens, qui valent bien les anglicans, qui valent bien les puséistes, lesquels ne sont guère inférieurs aux quakers. Au reste, toujours plein d'un zèle fervent pour la conversion des âmes, M. Benton composait de petits livres religieux qui se vendaient fort bien dans les wagons des chemins de fer du Kentucky parmi d'autres productions moins édifiantes, telles que l'*Art de faire sa cour aux dames*. Les livres de M. Benton se recommandaient par l'austérité de leurs préceptes. Il commentait la Bible avec une pieuse véhémence. Il comparait les catholiques à ces troupeaux de cochons que Jésus-Christ fit noyer dans le lac de Génésareth, et les autres dissidents aux Moabites et aux Ammonites. Ses coreligionnaires n'étaient rien moins que le peuple d'Israël, et lui-même, il était tantôt Moïse gouvernant les enfants de Jacob, tantôt, plus modeste, la nuée lumineuse guidant les tribus dans le désert. Tel qu'il était, avec ses petits livres, les souscriptions des fidèles et quelques spéculations assez heureuses sur les jambons qu'on envoyait à la Nouvelle-Orléans, M. Benton jouissait d'un revenu de trois mill dollars.

Dès que Craig fut entré, une négresse apport une pinte de whiskey et une boîte de cigares, et le deux amis, restés seuls, sans plus de compliments parlèrent de leurs affaires.

« Vous avez lu le *Herald of Freedom?* dit Craig.

— Je l'ai lu. C'est une belle pièce d'éloquence mais vous avez oublié l'essentiel.

— Vous m'étonnez ! Louche, bigame, échappé de Newgate, peut-on rien dire de plus fort ? L'Anglais est coulé à fond et entraîne avec lui son protecteur, ce damné Acacia, que l'enfer confonde ! »

Benton mit ses lunettes et regarda Craig en souriant.

« Suffit-il d'arracher l'ivraie, dit-il, pour faire pousser le froment ? Vous savez où est l'ange des ténèbres, et vous en avez averti vos frères. Ignorez-vous quel est l'ange de lumière, ou n'osez-vous le leur montrer ? Péchez-vous par ignorance ou par défaut de courage ?

— Bien. Vous voulez que je fasse une réclame en votre faveur. Nous nous entendrons parfaitement. Lewis vous fait concurrence, Acacia me ruine ; unissons-nous. Que le prédicateur donne la main au journaliste ! Vous avez plus d'intérêt que moi dans l'affaire.

— Moi ! Point du tout. Je prêcherai partout ailleurs aussi bien qu'à Oaksburg. C'est vous qui voulez la mort du Français.

— Pour quoi faire ? Tous les jours il arrive qu'on tire au hasard un coup de pistolet, et que, sans y penser, on tue son ennemi. Ai-je besoin de vos sermons pour justifier ce hasard ? Cher ami, ne chicanons pas comme deux avocats qui plaident à l'heure, et convenons de nos faits. Nous sommes trop *Yankees* tous deux pour nous tromper. Si vous êtes du

d

Massachusetts, je suis, moi, du Connecticut; l'un vaut l'autre. Que notre intérêt commun nous serve de lien. Le roi Salomon a dû dire quelque chose d'excellent sur ce sujet. Voulez-vous prêcher seul à Oaksburg? Réunissez contre Acacia tous vos confrères. Dites-leur, ce qui est vrai, que son dessein est de les chasser tous, que ce swedenborgien n'est qu'un papiste déguisé, un abolitioniste et un impie, qui ose blâmer les décrets de la divine Providence, et affranchir une race que Dieu même a maudite dans la personne de Cham, premier roi d'Afrique. Prêchez, criez, ameutez, faites tout ce qui vous plaira : je vous appuierai et crierai plus fort que vous. Je rendrai compte de vos sermons, je ferai l'éloge de vos livres, et, si avant un an la ville d'Oaksburg reconnaissante ne vous fait pas présent d'un presbytère et de deux cents acres de bonnes terres du Kentucky, foi de Craig, je suis prêt à vous signer un bon de vingt mille dollars.

— Et quelle est votre part dans l'affaire?

— Fort peu de chose; je suis modeste dans mes désirs. Ne remarquez-vous pas que les affaires d'Oaksburg sont mal administrées, et que l'ancien maire, qui vient de mourir, était un pauvre homme? La ville possède plus de douze mille acres de terres excellentes, qui sont incultes. Cela nous déshonore aux yeux des étrangers. Un maire sage et habile....

— Achèterait ces terres publiques à vil prix et les revendrait fort cher. Bien, je vous comprends. Comptez sur ma voix et sur toutes celles de mon église. J'espère que vous ne m'oublierez pas dans l'achat des terrains.

— Convenu. Ce n'est pas tout : il faut dès à présent élever autel contre autel, et, s'il se peut, provoquer une émeute contre Acacia et son ami Lewis. Je connais Acacia, il est d'un naturel impatient et prompt, il fera quelque imprudence, on en viendra aux mains, et.... Dieu sait ce qui peut arriver dans une bagarre : les balles ne connaissent personne.

— J'espère, dit gravement Benton, que vous ne pensez pas à le tuer ?

— Moi ! à quoi bon, très-cher ? J'aime mon prochain comme moi-même. Si, ce qu'à Dieu ne plaise, mon prochain était tué par quelque maladroit, j'en serais très-affligé ; mais je ne crois pas que cette crainte doive m'empêcher de travailler à la vigne du Seigneur et de chasser tous les papistes du comté. Un petit mal ne doit jamais empêcher un grand bien.

— Bien dit ! Ah ! cher ami, vous êtes un de ces braves enfants de Lévi, que Moïse envoya massacrer vingt-trois mille Israélites après la construction du veau d'or. Vous avez la foi et les œuvres. Dieu vous récompensera.

— Je l'espère, » répondit modestement Craig.

Et il sortit pour laisser le champ libre à son allié.

« Ténébreux coquin ! pensait Benton. Avec quel sang-froid il parle de tuer un homme ! Hélas ! pourquoi n'ai-je pas fait fortune dans la cannelle et le clou de girofle ? Cependant je ne puis pas quitter Oaksburg. Il faut que je vive, après tout ; tant pis si d'autres en meurent. Pourquoi vient-on se mettre en travers de mon chemin ? Si Acacia est tué, je ne serai pas complice du meurtre ; je le désavoue d'avance. Que le sang versé retombe sur la tête du meurtrier ! »

Après quelques réflexions de cette espèce, Benton ne pensa plus qu'à seconder Craig de tout son pouvoir. De son côté, celui-ci, qui ne comptait pas uniquement sur l'éloquence de son associé et sur ses intrigues pour venir à bout de son adversaire, prenait ses mesures avec Appleton. On verra bientôt l'effet de leurs complots.

V.

Intrigues électorales et autres.

Acacia faisait des préparatifs tout pareils. Il devinait le projet de son ennemi et guettait ses mouvements avec le sang-froid et la clairvoyance d'un ancien soldat d'Afrique. S'il avait suivi son inclination, un bon duel aurait en quelques minutes terminé la querelle ; mais le duel n'est pas de mode aux États-Unis. Là, comme en Angleterre, on ne viole pas les lois, on les tourne. Vous connaissez la ruse d'Escobard et la manière d'éviter le duel en se promenant dans un champ et en attendant son homme. Escobar était *Yankee*, ou méritait de l'être. Il est interdit de se battre en duel, mais non pas de se défendre à main armée. Deux hommes se rencontrent sur une place publique, et, sans souci des voisins, échangent une douzaine de balles. Le jury manque rarement de déclarer que chacun des deux s'est trouvé dans le cas de légitime défense. Quelquefois les passants se mettent de la partie, et la mêlée devient générale.

Acacia s'attendait chaque jour à quelque aventure de
ce genre, mais il ne voulait pas la provoquer. Il redoutait la prévention naturelle des indigènes, et surtout des *know-nothings*, contre un citoyen de fraîche
date. Sa générosité, sa gaieté, son caractère ouvert
et facile, son esprit exempt de préjugés, prompt à
se plier aux habitudes de tous, lui faisaient beaucoup
de partisans parmi les Kentuckiens; il avait d'ailleurs un ami chaud et dévoué dans l'intrépide Jeremiah, son ancien associé en Californie. Tout cela ne
le rassurait pas encore. Il voulait devenir un chef de
parti tout-puissant dans le comté d'Oaksburg, et ne
tuer Craig qu'après avoir pris ses précautions contre les suites naturelles de cette mort. Notre héros,
comme on voit, n'avait rien d'idéal, et ne doit servir de modèle à personne. Cependant, avec ses vices
et ses vertus, il n'avait guère d'autres ennemis que
les pédants ou les satellites de Craig. Je n'ose dire
qu'il eût réussi partout comme au Kentucky : les
puritains de la Nouvelle-Angleterre l'eussent mis à
l'index ; mais les gens du Sud sont plus indulgents
pour des vices dont ils ont eux-mêmes une bonne
part. La franchise d'Acacia leur plaisait, et ses
mœurs relâchées ne scandalisaient pas leur piété un
peu tiède.

Avant tout, dans la lutte qu'il prévoyait, Acacia
résolut de s'assurer un allié puissant, le bon Carlino Bodini. L'abbé, par métier et par tempéra-

ment, n'était pas belliqueux; mais il avait, comme
tous les prêtres catholiques, une influence extraordinaire sur les émigrants irlandais. Ces pauvres gens, qui sont d'ailleurs, après les nègres, la
race la plus maniable de la création, ont gardé
de leur origine celtique une disposition naturelle
à la paresse et aux batailles. Sur cent coups de
poings ou de couteau, l'Irlande en donne ou reçoit
quatre-vingt-dix. Que faire quand on aime à se chauf-
fer au soleil ? On boit du whiskey, on se querelle,
on se bat, et, si l'on est armé, on se tue. Cette population errante et malheureuse, sur qui pèsera longtemps encore, même au delà de l'Océan, le joug de
l'implacable Angleterre, obéit, comme un troupeau
de moutons, aux ordres de ses prêtres. Disons tout :
sans les prêtres catholiques, la race irlandaise serait
exterminée ou avilie depuis longtemps.

Voilà d'où venait la force de l'abbé. Heureux le
candidat qui, dans les élections municipales, peut
s'assurer le concours des poings irlandais ! son élection est certaine. Acacia le savait, et il alla rendre
visite à Carlino. L'Italien était ambitieux. L'espoir
d'obtenir, par l'influence d'Acacia, une cure, peut-
être même une mitre d'évêque, le décida. Il promit
le concours de ses Irlandais, et Acacia s'engagea
de son côté à tenir à leur disposition pendant huit
jours six tonneaux de bière, deux cents jambons et
deux barils de whiskey.

En rentrant chez miss Alvarez, Acacia trouva
Jeremiah Anderson et Lewis qui l'attendaient. La
belle Julia leur tenait compagnie. L'Anglais, plongé
dans la douce ivresse de l'amour, répondait à peine
aux plaisanteries de Jeremiah. De son côté, Julia,
qui était la coquetterie même, prenait plaisir à
troubler par ses regards son grave et naïf adora-
teur. Dès son entrée, Acacia s'en aperçut, et en fut
blessé.

« Elle ne m'aime pas, » pensa-t-il, et il ne réflé-
chit pas qu'il n'était plus lui-même l'amant des
anciens jours. Cependant il baisa tendrement la
main de sa maîtresse et serra celle de ses amis.
« Tout va bien, dit-il, et nous gagnerons la partie.

— Quelle partie ? demanda l'Anglais.

— Celle que nous jouons contre Craig. Dans ce
pays, tout est matière à élection, à discussion, à
bataille. Il ne meurt pas un chat sans que les journaux l'annoncent, et, s'il est mort d'indigestion,
expliquent au public le menu de son dernier repas.
C'est ce qui rend l'Amérique si amusante, que je
conseillerai quelque jour à tous les hypocondriaques
de l'Europe de venir la visiter. En France, Lyon
crève de rage de n'être point Paris ; mais Oaksburg
n'envie rien à personne. On s'y prêche, on s'y in-
jurie, on s'y tue comme à New-York ; personne n'a
le spleen.

— L'Angleterre ne manque ni de journaux, ni

d'élections, ni de coups de poing, dit fièrement
John Lewis.

— Il vous manque, dit Acacia, cinq ou six races
et religions ennemies pour qui tout est champ de
bataille. Chez vous, le bâton d'un *policeman* fait fuir
plusieurs milliers d'hommes. Ici le *policeman* lui-
même a des opinions politiques, et les soutient *un-
guibus et rostro*, c'est-à-dire à coups de poing et à
coups de revolver. Vous verrez cela dans trois semaines, quand on élira le nouveau maire. Jeremiah, quel est ton candidat ?

— Toi, si tu veux.

— Grand merci. J'ai d'autres affaires. Est-ce que
nous laisserons le champ libre à Craig ? Mon cher
ami, je veux que tu sois maire. Si ce coquin de
Yankee est nommé, la place ne sera plus tenable.

— Je veux vivre en paix, dit Jeremiah. Dès que
je serai maire, on criera sur les toits que je m'enri-
chis aux dépens du public, que j'emploie l'argent de
la ville à réparer ma maison et le chemin qui y mène ;
si je fais poser des réverbères, on dira que je suis
actionnaire de la compagnie des gaz ; si je fais ma-
cadamiser la ville, que je suis intéressé dans l'entreprise ; si j'envoie les *policemen* ramasser les
ivrognes dans la rue, on criera contre ma tyrannie
et mes prétoriens à un dollar par tête ; si je parle
en public, on me sifflera, ou, si l'on m'applaudit,
le journal de Craig dira que je suis sifflé ; si je bois

un verre de vin avec des amis, on dira que je scandalise la ville par mon luxe et mes débauches, et
si je ne bois que de l'eau, que je m'enivre à domi-
cile. Je serai appelé tous les matins voleur, assassin, suborneur, adultère, ivrogne et Irlandais ; deux
fois par mois je serai brûlé en effigie. Mon cher ami,
fais maire qui tu voudras : je suis prêt à combattre
avec toi; mais, pour briguer des fonctions publiques, je ne suis pas si sot.

— As-tu tout dit, Jeremiah ? Eh bien ! tu seras
maire en dépit de toi-même. C'est une lâcheté d'a-
bandonner un ami dans le danger.

— Pourquoi ne t'offres-tu pas toi-même aux suf-
frages ?

— Parce que je suis étranger, et que les *know-
nothings*, qui voteraient contre moi en faveur de
Craig, te préféreront toujours à un *Yankee*. Si Craig
devient maire, toutes mes entreprises s'en vont à
vau-l'eau, car le monde est toujours pour le plus
fort. Je serai obligé de le tuer comme un chien, en
pleine rue, et c'est ce que je veux éviter. Je veux,
si je le tue, avoir pour moi les témoins, les jurés
et le peuple. Tu prétends vivre en paix ! Imprudent !
est-ce qu'on vit en paix quand on déplaît au parti
dominant ? Tu seras obligé ou de servir Craig à
genoux, ou de résister seul après m'avoir laissé
périr. Le lion vit en paix parce qu'on craint ses
dents et ses griffes; mais l'agneau est toujours

mangé par les loups ou par les hommes. Sois lion
pour ne pas être agneau ; ou, si tu n'as pas le courage de combattre, sors du Kentucky, tu n'es pas
digne de vivre au milieu de cette race généreuse qui
a civilisé les Indiens à coups de carabine et peuplé
la grande vallée de la Virginie. Va visiter cette Europe où le soleil se lève, où les peuples engourdis
ne demandent à Dieu que le repos et la sécurité ;
va voir Paris et Londres ; tu pourras être un honnête homme et un citoyen paisible, mais tu ne seras jamais un libre et glorieux Kentuckien.

— Que dites-vous d'un si beau discours, miss
Alvarez ? dit Jeremiah en souriant.

— Je dis que Paul a parlé vaillamment, comme
il sait agir, répondit Julia. Si j'étais Kentuckien,
je ne céderais pas la place à un *Yankee*.

— Qu'est-ce que la mairie d'Oaksburg, reprit
Acacia, sinon le premier degré de l'échelle ? Qui
t'empêche de devenir représentant au congrès, chef
de parti, président des États-Unis, et de marcher
l'égal des rois ? Est-ce l'exemple de James Knox
Polk, l'ouvrier sellier, qui t'effraye, ou celui de Franklin Pierce, dont on pouvait faire un excellent
greffier, et qu'on vient de nommer président ?

— Allons, puisque tu le veux, et que miss Alvarez
pense qu'on ne doit pas reculer devant un *Yankee*,
j'accepte. De ton côté, songe à combattre vaillamment.

— L'abbé Carlino me répond des Irlandais ; avec cinq ou six tonnes de *lager-bier*, j'aurai tous les Allemands. Notre ami John se charge de séduire les dames.

— Quel rôle jouent les dames dans les élections ? demanda l'Anglais.

— Le rôle principal, comme dans tous les pays du monde. Vos contes les amuseront, vos discours mystiques sur la double nature de l'homme les enlèveront au septième ciel, votre qualité d'Anglais fera le reste. « A beau prêcher qui vient de loin.... » Quant à moi, je battrai la caisse pour tous dans mon journal, et je me charge des rafraîchissements.

— En vérité, monsieur, dit Lewis, si je n'avais pas charge d'âmes, et si je n'avais pas résolu de consacrer à l'abolition de l'esclavage les forces que Dieu m'a données, je quitterais le Kentucky aujourd'hui même.

— Pourquoi cela ? dit Acacia. Parce que vous êtes dans la coulisse et que vous voyez la peine que se donnent les machinistes ? Croyez-moi, ne faites pas le dégoûté ; ce sera une fort belle pièce, et très-applaudie le jour où nous la jouerons. Est-ce une comédie ou une tragédie ? Le jeune premier épousera-t-il celle qu'il aime, ou le héros sera-t-il assassiné par le traître ? Je l'ignore ; mais soyez sûr que vous ne vous ennuierez pas. Un jour, si vous re-

tournez à Londres, vous aurez plaisir à raconter
vos souvenirs à vos amis. Suivez seulement mon
conseil, et, dans l'intérêt de vos doctrines, ne vous
hâtez pas trop de parler de l'affranchissement des
nègres. Attendez que le public s'accoutume à vous.
Sinon la pièce pourrait finir dès le premier acte, et
le héros, jeté dans un baril de goudron liquide, et
emplumé, prêterait à rire aux spectateurs. Au revoir, miss Alvarez. Viens avec moi, Jeremiah. Il
est temps de riposter au feu de Craig. »

Les deux amis sortirent, et laissèrent John Lewis
seul avec Julia.

La belle créole était nonchalamment assise, les
bras croisés, les yeux à demi fermés. Entre les pau-
pières passait languissamment un regard plus doux
que le miel d'Hybla et plus pénétrant que l'acier
le mieux trempé. Le bon swedenborgien ne s'était
jamais vu à pareille fête. L'Anglaise la plus belle a
toujours quelque chose d'original et de heurté, où
le regard s'arrête et s'accroche : c'est un mélange
de roideur puritaine et d'orgueil anglo-saxon, qui
étonne beaucoup plus qu'il ne séduit. On devine la
femme qui est libre avant le mariage et maîtresse
impérieuse au logis après la cérémonie nuptiale.
Julia, Espagnole, créole et catholique, était la grâce
même ; malheureusement elle avait aussi toute l'é-
tourderie des nègres, à qui la bienfaisante Providence a ôté la prévoyance et le bon sens, pour qu'ils

sentissent moins leur misère. Du premier coup
d'œil, elle vit que l'Anglais l'aimait, et elle s'amusa
de cette passion soudaine. Elle avait aimé déjà, et,
comme dit Byron, après le premier amant, la femme
n'aime plus que l'amour : elle voulut exciter la
jalousie d'Acacia, et choisit le pauvre Lewis pour
victime de sa coquetterie.

« C'est une glorieuse entreprise que la vôtre, monsieur, dit-elle après un instant de silence. Affranchir
une race méprisée et braver les moqueries et la
haine des hommes, voilà ce qu'on voit rarement
au Kentucky.

— Miss Alvarez, dit-il avec gravité, c'est le devoir
de tout bon Anglais de venir au secours des faibles
et des opprimés. C'est un Anglais qui inventa la
philanthropie. L'Angleterre, disait notre grand Wil-
berforce, est le palladium de la liberté. Partout où
s'étend une main libre et généreuse, cette main est
celle d'un Anglais. »

Un bâillement étouffé entr'ouvrit légèrement les
lèvres de Julia.

« Chose étrange, pensait-elle, qu'un Anglais, en
tête-à-tête avec la femme qu'il aime, passe le temps
à lui vanter l'Angleterre !... J'ai lu, dit-elle tout
haut, le *Semi-Weekly Messenger*, qui rend compte
de vos travaux apostoliques. Vous avez dû courir
bien des dangers dans les montagnes du Thibet, et
c'est un grand bonheur que la fille du grand lama

ait pris soin de vos jours. Partout les femmes adou-
cissent ou préviennent les effets de la fureur des
hommes.

— Oui, miss Alvarez, quand elles sont belles et
bonnes comme vous. »

La réponse de l'Anglais fut si prompte, qu'il
n'eut pas le temps de la réflexion; il en fut surpris
et presque effrayé. Sa phrase ne disait pas : « Je vous
aime, » mais le ton et l'accent de la voix le disaient
clairement. Il baissa les yeux, maudissant sa témé-
rité. Lewis, très-fort en théologie, connaissait peu
de chose en amour. Julia rougit un peu et se remit aisément. Elle aimait Acacia, mais elle aimait
encore plus qu'on la trouvât belle, et souffrait trop
volontiers qu'on le lui dît. Pardonnez-lui : c'est au
pôle et sur les côtes du Groënland qu'on connaît
l'amour vrai et désintéressé; les gens du Midi ne
connaissent que le plaisir.

« Je ne suis ni belle ni bonne, dit Julia; mais je
suis sensible aux malheurs de mes frères qui sont
esclaves comme je l'ai été moi-même. Je n'oublie
pas que la générosité de M. Acacia m'a tirée de la
servitude, et qu'il a fait de moi une femme libre,
riche et heureuse. »

Le nom du *lingot* excita la jalousie de l'Anglais.

« Vous l'aimez beaucoup? dit-il.

— Oui, répondit Julia en souriant, je l'aime

comme l'ami le plus tendre et le plus dévoué. Je
lui dois tout.

— Ah! dit Lewis en soupirant, pourquoi ne me
suis-je pas trouvé là quand le barbare Craig vous
mit en vente? Je n'aurais laissé à personne le bonheur de vous rendre la liberté; mais je puis encore
vous servir.

— Comment? dit Julia étonnée.

— Il a sauvé le corps périssable; je veux à mon
tour sauver votre âme immortelle. Miss Alvarez,
vous êtes la plus belle des femmes et la meilleure;
mais vous êtes plongée dans les ténèbres du papisme. Vous avez la beauté et le parfum du lis qui
croît dans la solitude; votre cœur est un temple
dont les murailles sont faites de jaspe et de pur
diamant taillé par un artiste divin; mais dans ce
temple admirable vous offrez des sacrifices aux faux
dieux. Vous ignorez la vie spirituelle et ce monde
innombrable d'esprits qui nous entourent, qui nous
pénètrent de leur substance, qui dirigent à notre
insu nos pensées et nos actions. Vous ignorez ces
êtres puissants qui comblent l'immense et effrayant
intervalle qui nous sépare du Créateur, et toute
cette hiérarchie céleste dont Swedenborg seul et
quelques-uns de ses disciples bien-aimés ont pu
contempler le merveilleux spectacle. Et quelle âme
fut jamais plus digne que la vôtre d'un tel bonheur?
C'est vous que Salomon voulut désigner dans le

Cantique des Cantiques sous la figure de l'aimable
fiancée qui cherche son époux; c'est vous.... »

Ce discours aurait pu durer longtemps, car John
Lewis était fort sincère et se sentait entraîné par
son éloquence; mais miss Alvarez jugea à propos
d'y mettre un terme. Elle était trop bonne catholique pour entendre parler sans indignation des
visions de Swedenborg, et trop femme pour se
plaire longtemps à des discours où la métaphysique
la plus aiguë se combinait avec l'amour. Tranchons
le mot : Lewis l'ennuyait. Elle n'en laissa rien voir,
mais elle se hâta de changer de conversation.

Lewis s'aperçut enfin qu'elle avait des distractions,
et sortit enchanté de son succès. « Elle m'écoute, se
disait-il, c'est beaucoup; encore un peu de temps
et je la convertirai. Peut-on refuser son cœur quand
on a laissé convaincre son esprit? Qu'elle est belle!
Elle est très-riche. Je l'épouserai, je l'emmènerai
en Angleterre, je serai évêque à mon tour, et je
siégerai à la chambre des lords. J'aurai le plaisir
de braver le préjugé en mêlant son sang au pur
sang saxon, le plus noble de tout l'univers; je l'élè-
verai jusqu'à moi, et je ferai à la fois ma fortune et
son bonheur. »

VI.

Tel va chercher de la laine qui revient tondu.

C'est au milieu de ces rêves dorés que s'endormit
le docteur John. Le lendemain, au point du jour,
il fut éveillé par un grand bruit de tambours, de
trompettes, de grosses caisses, de tamtams et de
clarinettes. Il mit la tête à la fenêtre et vit douze ou
quinze cents personnes qui attendaient son réveil.
Au premier rang, une vingtaine d'Allemands souf-
flaient dans des cuivres l'air de *Yankee doodle*. Debout sur les marches de pierre de la maison d'Anderson, Acacia, tenant de la main gauche un papier,
et de la droite un bâton levé, semblait un chef
d'orchestre, qui dirigeait et contenait l'enthousiasme de la foule. Aussitôt que l'Anglais parut,
Acacia fit un signe, et les musiciens gardèrent le
silence. A un second signe, tous les assistants poussèrent un cri formidable : « *Hourra* pour John Lewis ! »
Ce cri fut répété neuf fois, et le docteur salua en
mettant la main sur son cœur. Au troisième signe

du *lingot*, les hourras cessèrent, et Acacia, ôtant son chapeau, prononça d'une voix claire un discours admirable à la louange de John. Les bornes de ce récit ne permettent pas de rapporter en entier ce discours, chef-d'œuvre du genre démonstratif. Voici les dernières paroles : « Sois le bienvenu dans nos murs, noble enfant de la glorieuse Angleterre! Sois le bienvenu, envoyé d'une religion de-paix et de miséricorde, apôtre de l'Inde et du Thibet, de la Chine et du Népaul, qui as échappé comme Daniel à la griffe des lions, et comme Abdénago aux flammes de la fournaise. Enfant de la vieille Angleterre, la jeune Amérique te salue! »

Les hourras redoublèrent. Au signal d'Acacia, une jeune fille de dix ans monta sur une échelle et présenta au docteur un bouquet de fleurs de magnolia. Pendant ce temps, John Lewis cherchait une réponse : il était fort embarrassé; le *lingot* ne l'avait pas averti, pour qu'il pût jouer son rôle avec plus de naturel et de simplicité. Dans les pays parlementaires, chacun s'habitue de bonne heure à parler sans préparation. On parle au club, au *meeting*, sur la borne, partout. Le robinet de l'éloquence anglaise et américaine n'est jamais fermé. Malheureusement John n'était qu'à demi habillé, sa cravate était mise de travers, son gilet mal boutonné, sa barbe était longue. On sait combien ces détails influent sur les dispositions des plus grands orateurs. Enfin, au milieu du silence général, le docteur fut forcé de parler. « Messieurs, dit il avec émotion, je vous remercie de l'honneur que vous me faites, et je l'accepte, non pour moi, mais pour la grande nation à laquelle j'appartiens et pour la sainte cause à laquelle je suis résolu de donner mon temps et ma vie.... »

Il voulait continuer; mais Acacia, craignant qu'il ne s'embourbât dans quelque profession de foi trop explicite, fit signe aux musiciens de jouer *la Marseillaise*. Les instruments couvrirent la voix de Lewis. La précaution était bonne; les plus courtes harangues sont toujours les meilleures, et, comme dit Sancho Pança, celui qui ne parle pas est le seul qui ne dise pas de bêtises.

La foule se dispersa, et le *lingot* entra dans la maison d'Anderson.

« Ai-je bien fait les choses? dit-il à John Lewis. Je vous ai servi un enthousiasme de première classe. Notez que c'est moi qui fais les frais.

— Quels frais? demanda l'Anglais étonné.

— Parbleu! croyez-vous qu'on réunisse gratuitement douze cents badauds pour donner une sérénade à un inconnu?

— Quoi! payez-vous tous ces gens-là?

— Non; je paye les musiciens et quelques hommes qui donnent le ton, c'est assez. Le reste a suivi, et crie par plaisir et par amour de l'art.

— Je vous remercie, dit l'Anglais ; mais vous auriez mieux fait d'attendre mon premier sermon avant de me décerner les honneurs d'une sérénade.

— Vous n'y connaissez rien, cher ami. Il fallait répondre vivement et promptement à l'article de Craig. Ma réponse, la voilà : c'est l'enthousiasme spontané que votre vue excite. Votre discours a été excellent. Je vous ai arrêté à temps ; vous alliez gâter vos affaires et les miennes. Un homme de votre mérite doit remercier en trois mots, comme un prince.... A propos, savez-vous la nouvelle ?

— Quelle nouvelle ?

— M. Toby Benton, pasteur méthodiste et ami de Craig, va donner une représentation à notre bénéfice dans ma propre église.

— Plaisantez-vous ?

— Jamais. Descendez et lisez l'affiche qui est au coin de la rue. »

Le Français disait vrai. Benton, d'accord avec Craig, offrait de prêcher dans l'église même d'Acacia aussitôt après le sermon de Lewis, et de réfuter de point en point le sermon de son rival. En revanche, il demandait que John fût soumis le dimanche suivant à la même épreuve dans le temple de Craig.

« Et vous acceptez le défi ? dit l'Anglais.

— Si je l'accepte ! des deux pieds et des deux mains ! Ma recette va tripler. Tout Oaksburg y

sera, et je vais élever à deux dollars le prix des
places. C'est ici, mon cher ami, qu'il faudra vous
distinguer. Ce sera pour vous Austerlitz ou Water-
loo; point de milieu. Au reste, je serai là pour vous
encourager, et au besoin pour vous soutenir avec
ma garde irlandaise.

— Vous craignez quelque bataille?

— Je ne crains ni n'espère, j'attends. Je connais
la perfidie de Craig. La proposition de Benton cache
un piége. Ce coquin d'Appleton, que j'ai chassé,
vient d'entrer à son service, et je sais de bonne
part qu'ils ont enrôlé une grande partie des méthodistes. Appleton est homme d'exécution; il a vu le
feu, il a de l'influence parmi les *know-nothings;* je
suis certain qu'il y aura bataille, et j'ai pris mes
précautions. J'ai vingt-cinq paires de poings irlandais qui manœuvrent avec une pesanteur et une précision admirables.

— Et vous allez faire du temple un champ de bataille?

— Très-cher, on se bat où l'on peut, et non pas
où l'on veut. Si j'étais l'agresseur, j'attaquerais l'ennemi en pleine campagne, pour ne pas effrayer les
femmes et les enfants; mais je suis forcé de me
défendre, j'accepte le combat, que je n'ai pas pro-
voqué. Venez voir mon lieutenant Tom Cribb. C'est
lui qui commande la brigade des enfants de la verte
Érin. Ses cicatrices vous diront ses exploits. »

Tout en parlant, Acacia conduisit son ami dans un chantier. Un homme de cinquante ans, grand et gros, à la face rubiconde, aux yeux et aux cheveux noirs, travaillait en chantant un refrain d'Irlande.

« Tom Cribb, dit Acacia, le gentleman que tu vois est M. John Lewis, qui doit prêcher dimanche dans Acacia-Hall. »

L'Irlandais toisa Lewis des pieds à la tête.

« Monsieur est Anglais, dit-il, et protestant. Cribb se moque de ses sermons.

— Tom, dit sévèrement le *lingot*, as-tu oublié les leçons de l'abbé Bodini? M. Lewis est mon ami, et celui de l'abbé. On ne te demande pas de l'écouter, mais de l'applaudir et de frapper sur les *know-nothings*.

— Oh! pour frapper, c'est mon fort! Comptez sur moi. Ah! si j'avais encore la force de mes vingt ans!

— Diable! dit Acacia, quel homme étais-tu à vingt ans? Aujourd'hui tu assommerais un bœuf à coups de poing!

— Le poignet est pesant comme un marteau, mais les jambes sont faibles après boire.

— Pauvre garçon! A dimanche.

— Qu'est-ce que cette bête brute d'Irlande? dit l'Anglais quand il fut sorti du chantier avec Acacia.

— Ce n'est pas une bête brute, dit le *lingot*, c'est un ouvrier robuste et vaillant, qui aime trop à

boire, et qui hait les protestants et les Anglais. S'il
avait su lire et écrire, ce serait un des hommes les
plus distingués de ce pays ; mais les instincts animaux
ont pris aujourd'hui l'empire. Ses enfants, élevés
dans les écoles du Kentucky, n'ont rien de l'insouciance et de la brutalité de leur père.

— La race irlandaise est incorrigible, dit l'Anglais. On ne fera jamais d'un Irlandais un citoyen
utile et paisible.

— John, mon pauvre ami, vous êtes Anglais des
pieds à la tête. Vous vous étonnez que l'homme qui
reçoit un coup de bâton rende un coup de couteau.
Allez préparer votre sermon, vieil enfant du comté
de Kent. Vous n'êtes bon qu'à prêcher. »

Trois jours après, tous les citoyens d'Oaksburg
et tous les riches fermiers du comté se pressaient devant la porte d'Acacia-Hall. Au-dessus du temple flot-
tait le drapeau étoilé des États-Unis. En tête du bataillon serré des méthodistes marchait le gigantesque
Appleton. Tous s'avancèrent en rang, d'un pas ferme
et régulier comme celui d'une compagnie de milice.
Ils ne portaient point d'armes apparentes, à cause
du respect dû au temple, mais on voyait qu'ils attendaient impatiemment la bataille. Derrière eux
venait Craig, étroitement boutonné dans son habit.
Il jeta sur Acacia un regard plein de haine et de
défi ; la figure du *lingot* n'exprimait qu'une bonhomie placide et une parfaite sérénité. En face des mé-

thodistes, et du côté opposé à la chaire s'assit le vaillant Tom Cribb avec la brigade irlandaise. A quelque distance étaient Deborah et les autres femmes. Lucy était assise à l'écart, devant un orgue-harmonium que le *lingot* avait acheté à Louisville, et qui portait, suivant l'usage, la marque de Paris, bien qu'il eût été fabriqué à Londres. C'est ainsi que les deux Amériques achètent, sous le nom des chefs-d'œuvre de l'art parisien, la pacotille des manufactures anglaises.

An fond de l'église, et couverte d'un long voile, s'assit Julia. La belle Espagnole avait voulu venir, malgré les conseils de son amant et de l'abbé Carlino. L'un craignait quelque accident pour sa maîtresse pendant la bagarre qu'il prévoyait; l'autre craignait pour la foi de sa pénitente. S'il avait permis que Tom Cribb et ses amis parussent au temple, c'est qu'il connaissait l'invincible horreur de tout bon Irlandais pour la religion des Anglais; d'ailleurs, sans ajouter foi entièrement aux promesses d'Acacia, il entrevoyait avec plaisir la perspective de l'évêché. Enfin il ne s'agissait, après tout, que de rosser les hérétiques. Une foule indifférente et curieuse remplissait le reste du temple. Près du *lingot* et de Tom Cribb se tenait Jeremiah, prêt à tout, et particulièrement à assommer Craig; mais il ne devait combattre qu'à la dernière extrémité.

Dès que tout le monde fut assis, les Allemands

e

jouèrent une symphonie religieuse. Lewis monta en
chaire, et commença le service divin. On chanta le
psaume : *Bless God, my soul; thou Lord above*, et
l'Anglais se leva pour parler. L'espoir, la crainte ou
la haine étaient au fond de tous les cœurs. Un silence profond s'établit dans ce temple, où plusieurs
milliers d'hommes étaient réunis.

Lewis, d'une voix pleine et sonore, annonça le
sujet de son discours : *le Christ sauveur et civilisa-
teur du monde*. Il prit pour texte ces paroles de l'É-
vangile : *Allez et enseignez toutes les nations*. Il déclara d'abord que les philosophes les plus illustres
de l'antiquité n'avaient pu, par leurs propres forces,
atteindre à la lumière divine; il fit en peu de mots
l'analyse de leurs contradictions et de leurs erreurs
sur les questions les plus importantes, sur la nature
et l'existence de Dieu, sur la nature de l'homme et
sur la vie future ; il ajouta qu'on devait surtout at-
tribuer à l'absence de la révélation, confinée en ce
temps-là dans un coin ignoré de l'univers, toute la
barbarie des lois païennes, l'ignorance du droit des
gens, et le honteux esclavage d'une grande partie
du genre humain.

Au mot d'esclavage, tous les assistants furent émus,
et Craig sourit : il espérait que l'Anglais s'enfonce-
rait étourdiment dans quelque dissertation abolitioniste, et mettrait le pied dans ce piége à loup dont
il ne connaissait pas la profondeur ; mais ses espé-

rances furent trompées. D'un regard sévère, Acacia
avertit le révérend qu'il se fourvoyait, et Lewis tourna
bride sur-le-champ. Il fit entendre que ses paroles
s'appliquaient seulement aux esclaves de l'antiquité,
qui étaient du même sang, de la même couleur et de
la même religion que leurs maîtres. Après avoir
prouvé la nécessité d'une révélation, il déclara que
l'Évangile était cette parole divine qui devait sauver
et régénérer l'humanité. Il montra la nécessité d'in-
terpréter la Bible avec la raison ; et les progrès que
la race anglo-saxonne avait faits depuis trois siècles
dans cette interprétation. Il ajouta qu'elle seule, et
quelques autres portions privilégiées de l'Europe,
telles que Genève, la Hollande et la Prusse, étaient
en possession de la vérité ; que les dissidences nom-
breuses qu'on reprochait aux protestants attestaient
seulement l'étendue et la profondeur de cette révélation divine qui pouvait suffire à tant d'interprétations différentes et également raisonnables ; que ces
interprétations étaient le meilleur témoignage du
zèle aussi ardent qu'éclairé de l'Angleterre et des
États-Unis pour la recherche de la vérité. Il dit que
la divine Providence avait confié aux races germa-
niques, comme un dépôt sacré, la foi chrétienne, et
qu'elles devaient reconnaître ce bienfait en la répandant par toute la terre ; que l'Angleterre et la
grande république américaine avaient rempli leur
devoir, et qu'elles auraient, au jour du jugement, la

part de l'ouvrier laborieux qui a vaillamment terminé sa tâche. Cependant il manquait encore quelque chose à leur gloire. Le christianisme n'est pas une doctrine immobile qui regarde en silence les générations descendre dans l'abîme de la mort : c'est un soleil lointain dont on distingue tous les jours davantage la forme, le volume et la splendeur. La raison humaine est le télescope divin qui se perfectionne tous les jours et permet aux hommes de voir plus clairement leur origine et leur destinée. Saint Augustin alla plus loin que saint Jean, et Swedenborg plus loin que saint Jean et saint Augustin, ses maîtres et ses prédécesseurs. Il a retrouvé sans miracle, et avec les seules forces de sa raison, ce monde sublime des esprits que saint Jean n'avait vu qu'en extase. Saint Jean fut le disciple favorisé de Jésus ; mais Swedenborg est un voyant à qui Dieu a permis de percer les mystères de l'infini.

Ainsi parla pendant trois heures le docteur John, gravement, savamment et longuement, à la mode anglaise. On s'étonnera moins de la patience de ses auditeurs, si l'on veut bien se souvenir qu'au congrès de Washington un homme s'empare quelquefois de la tribune le lundi, et ne l'abandonne à ses adversaires que le jeudi ou le vendredi. Il n'y eut ni bâillement, ni toux, ni remuement de chaises, ni conversation à voix basse, ni sommeil dans cette assemblée de trois mille personnes. Oyez ceci, ora-

teurs de France, et obtenez un pareil triomphe, si
vous pouvez !

Ce fut réellement un triomphe. On n'applaudit
pas, le lieu le défendait ; mais toutes les figures,
sauf celles du sombre Craig et du rébarbatif Appleton, exprimaient une satisfaction sans mélange.
Acacia seul fut tenté de bâiller, mais il se contint
pour ne pas donner le mauvais exemple. Lewis
plut aux dames, et surtout aux filles à marier. Sa
belle taille, sa gravité, l'évêché de Calcutta qu'il
avait refusé, mais qu'on pouvait le forcer d'accepter, sa qualité de célibataire et ses aventures extraordinaires, attestées par le véridique Acacia, lui
donnèrent tous les cœurs, excepté les plus précieux
de tous, ceux de Lucy Anderson et de la belle Julia.
Deborah versait des larmes de joie et d'orgueil.
« Quelle intelligence ! pensait-elle ; quelle hauteur de
pensée, quelle grandeur d'âme ! quelle simplicité
naïve ! quel touchant assemblage des qualités qui
font l'apôtre et l'époux adoré !

Pendant ce temps, Craig était mal à son aise. Le
discours de Lewis, plein de gravité, de science et
d'ennui, était un vrai chef-d'œuvre où le critique le
plus malveillant n'eût su mordre. Cependant il
cherchait une querelle. Appleton l'interrogea du
regard ; il baissa les yeux pour ne pas répondre
à ses questions. Heureusement le fidèle Benton lui
restait.

M. Toby Benton, colérique et bilieux comme son
associé, était dans une grande perplexité : ce n'est
pas une petite affaire que de haranguer des gens
qui viennent d'être harangués durant trois heures.
Cependant il monta en chaire avec un front assuré
et annonça le sujet de son dicours : *Point de
connivence avec l'iniquité !* Dans un exorde acerbe
qui commença à troubler l'assemblée, il s'éleva
contre ces novateurs qui cherchaient à raffiner la
religion, à la volatiliser dans leurs alambics ; il dé-
nonça Swedenborg et ses disciples comme des im-
posteurs et des prêtres de Baal. Tout ce discours
fut extrêmement violent et blessant pour Lewis.
Benton et Craig l'avaient concerté d'avance, afin de
pousser leurs adversaires aux voies de fait, et d'accuser ensuite l'Anglais du scandale. Acacia et ses
amis ne laissèrent voir aucune émotion ; mais ils
sentaient que la foudre allait éclater, et ils se tenaient prêts. Les dernières paroles de Toby donnèrent le signal de la bataille.

« Les swedenborgiens, dit en terminant le prédicateur, sont des chevaux, les papistes sont des
chiens...

—Et toi, dit Tom Cribb en se levant, tu es un
âne ! »

Ce mot, que personne n'avait prévu, causa dans
le temple une confusion inexprimable. Les cris, les
rires, les murmures, les insultes, s'élevèrent de

toutes parts. Toby Benton, plein de rage, descendit de la chaire les poings fermés et serrant les dents. Il marcha sur l'Irlandais et lui asséna un coup furieux dans la figure. Tom Cribb, le nez meurtri, riposta par un autre coup de poing qui fit tomber le pauvre Toby sur les genoux de Craig. Ce dernier se leva à son tour et cria à Appleton : « En avant, enfants du vrai Dieu ! »

A ce signal, le puissant Appleton s'avança en face de l'indomptable Cribb, et l'on vit commencer la plus furieuse boxe qu'on puisse imaginer. Solides comme deux arches de pont, les deux adversaires avaient la force, la fureur et l'aspect de deux taureaux sauvages. Le pied gauche en avant, le haut du corps rejeté en arrière, les yeux étincelants, ces deux champions s'attaquèrent avec un courage égal. On entendait leurs poings retomber en cadence sur leurs poitrines avec la pesanteur et le bruit des marteaux sur les enclumes. Plus habile à frapper qu'à parer, Tom Cribb cassa d'un coup deux dents à son adversaire. Appleton, sans perdre courage, le frappa au creux de la poitrine et lui fit cracher un sang noir. Cribb en fut ébranlé, et son ennemi, profitant de son hésitation, redoubla le coup ; mais l'Irlandais, ramassant toutes ses forces, termina le combat d'un coup de tête dans le ventre. Appleton alla rouler sous les chaises des assistants.

Après cet exploit, la mêlée devint générale. Les

femmes et les enfants fuyaient hors de l'église en
poussant des cris affreux. Les hommes qui n'étaient
pas mêlés à la querelle suivirent cet exemple plus
lentement, et les Irlandais de Cribb, restés seuls en
présence des méthodistes d'Appleton, firent des
prodiges de valeur. Moins nombreux que leurs adversaires, mais encouragés par le succès et l'exemple de leur chef, ils s'avançaient vers le fond du
temple, balayant tout devant eux. Rangés sur
quatre rangs de six hommes de front, ils avaient le
poids et la puissance irrésistible de la phalange
macédonienne. A côté d'eux marchait en serre-file,
la tête haute, le terrible Tom Cribb, qu'aucun méthodiste n'osait aborder après la défaite d'Appleton.
Acacia, immobile à sa place, dirigeait l'action sans
y prendre part, comme Napoléon suivait avec sa
lunette les mouvements des Russes et des Autri-
chiens à Austerlitz. Craig, avec le même sang-froid,
faisait sa retraite en évitant soigneusement le combat et les combattants. Chacun d'eux sentait que le
moment n'était pas venu de se lancer dans la mêlée.
Un bon général ne doit s'exposer à être tué que
dans des occasions extraordinaires.

En quelques instants, le temple se trouva vide, et
le combat devint sanglant. Je ne parle pas des nez
meurtris, des yeux pochés, des poings foulés et des
autres résultats habituels de la boxe. Quelque chose
de plus grave se préparait. Un Irlandais, qui avait

la lèvre fendue, tira de sa poche un revolver et fit feu sur son ennemi. Celui-ci riposta aussitôt avec un pistolet, et de toutes parts on entendit siffler les balles. A ce bruit, Acacia, qui était resté jusqu'alors dans le temple, se hâta de sortir et courut sur le champ de bataille. C'était une grande pelouse verte, plantée de chênes énormes, qui s'étendait depuis l'église jusqu'à un précipice à pic au bas duquel coulait le Kentucky. De l'autre côté de la rivière étaient d'immenses prairies, entrecoupées de forêts, qui se prolongeaient jusqu'au pied des monts Cumberland. Chacun des deux partis s'efforçait de pousser l'autre dans le précipice. Cependant ni les uns ni les autres n'avaient obtenu de succès décisif. Dès les premiers coups de pistolet, chaque combattant se hâtait de tirer et se couvrait du tronc d'un chêne pour échapper au feu de l'ennemi. Acacia, voyant que cette lutte ne décidait rien, s'élança le premier et mena les Irlandais à la charge. Tous le suivirent sans s'inquiéter des balles qui tombaient autour de lui comme la grêle; il marcha hardiment sur un gros de méthodistes qui faisaient feu au hasard. Ces coups, mal dirigés, ne le touchèrent pas.

« En avant ! » cria-t-il à ses hommes, et, sans perdre de temps à tirer, il rallia les Irlandais autour de lui et poussa l'ennemi jusqu'au bord du précipice. Là, toutes les armes étant déchargées,

la lutte recommença avec plus de fureur à coups
de poing et à coups de crosse de pistolets. Enfin
les méthodistes, poussés à bout et découragés par
l'absence de leurs chefs, demandèrent une trêve.
Acacia, qui craignait de se rendre odieux en poussant plus loin sa victoire, les renvoya chez eux.

Ainsi finit la bataille. Le *lingot*, partout vainqueur, se hâta de proclamer son triomphe. Il n'y
eut pas de mort, mais dix ou douze blessés furent
portés dans leurs maisons. Ceux d'Acacia reçurent
chacun cinquante dollars, outre deux gallons de
whiskey et trois jambons. Tom Cribb, le vainqueur
d'Appleton, reçut des félicitations particulières et
cent dollars pour la formation des Irlandais en
phalange, si heureusement renouvelée des Grecs,
comme disait Acacia.

« C'est payer bien cher, dit le docteur John, la
tête sans cervelle d'un Irlandais !

—Mon cher monsieur, répondit le *lingot*, il est
vrai que je pourrais m'en tirer à meilleur compte ;
mais à ce prix je suis sûr de son inviolable dévouement. Craig, qui est un ladre, ne voudra jamais
surenchérir, et, croyez-moi, nous ne sommes pas
encore au dénoûment de la tragédie. Ce coquin de
Yankee nous jouera de mauvais tours jusqu'à ce
que je lui torde le cou; malheureusement il est trop
habile pour m'en fournir l'occasion. Ce matin, il
s'est fort ménagé, bien qu'il se rongeât les ongles

de fureur en voyant faiblir ses hommes. Il attend sans doute une occasion plus importante. Tenons-nous sur nos gardes, et ne méprisons personne, même les enfants de la verte Érin, qui vous valent bien, à leur jugement et au mien : ceci soit dit sans vous offenser, cher John. »

VII.

Trois coups d'épée dans l'eau suivis d'un coup de foudre.

Après l'échec subi devant Acacia-Hall, Isaac Craig, général malheureux, mais indomptable dans l'adversité, se retira tristement dans son camp, je veux dire dans sa maison, avec Toby Benton et l'infortuné Appleton, qui poussait d'effroyables gémissements. Isaac était le vivant portrait du fameux Guillaume III, stathouder de Hollande et roi de la Grande-Bretagne. C'était le même courage, la même obstination, la même activité, le même flegme, la même finesse et la même insensibilité. Si le destin l'avait fait naître sur le trône, il eût été digne du pinceau de M. Macaulay. Malheureusement la Providence, dont l'ordre est tout-puissant, avait décrété qu'il exercerait son génie dans un village du Kentucky.

« Toby, dit-il à son associé, vous êtes une bête. Vous avez fait manquer par votre stupidité le plan le mieux combiné.

— Eh bien! dit en grognant le révérend, je vais porter mes pénates ailleurs. Est-ce moi qui suis cause de votre échec? Vous ne demandez que plaies et bosses, vous mettez une armée en campagne, vous me chargez de donner le signal, et au dernier moment vous me mettez en face d'une bande d'Irlandais ivres qui m'ont assommé plus d'à moitié. Où sont vos blessures, à vous qui parlez? que m'importe, à moi, la victoire? qu'est-ce que je gagnerai à la ruine ou à la mort d'Acacia? Je puis prêcher partout; à dix lieues d'ici, je retrouverai les trois mille dollars que je gagne à Oaksburg.

— Calmez-vous, Toby. J'ai dit que vous étiez une bête, et je le prouve. Qu'aviez-vous affaire des papistes, et pourquoi chercher querelle à l'Irlande? Il pleut des tapes de ce côté, vous le savez. Il fallait donc faire un détour. John Lewis est abolitioniste, c'est là qu'il fallait frapper : tout l'auditoire eût été pour vous. Au lieu de cela, vous avez donné du nez contre cette brute d'Irlande; cette sottise me coûtera plus de mille dollars. »

Benton se leva, prêt à partir.

« Allons, continua Craig, mangez et buvez; je vous pardonne. Nous prendrons notre revanche une autre fois. Allez préparer le terrain auprès de vos confrères : ou je me trompe fort, ou le succès de l'Anglais va les réduire à la mendicité. Faites-le-leur comprendre, et soyez sûr qu'avant un mois le disciple de Swedenborg sera renvoyé aux Indes orientales. »

Benton parti, Isaac alla voir Appleton, qui était couché sur un lit et mugissait comme un taureau. Il vomissait du sang par le nez, par la bouche et par les oreilles.

« Mauvaise affaire! dit le *Yankee*. Tu n'es pas de force contre Tom Cribb, mon pauvre Appleton.

— A la boxe, non, dit Appleton; mais nous nous verrons au couteau. Je l'égorgerai comme un bœuf; je veux lui arracher les entrailles et les répandre sur le pavé.

— Mon pauvre ami, dit Isaac avec une feinte compassion, ce n'est pas Cribb qui est cause de ton malheur; c'est Acacia qui a dirigé les coups. »

Le blessé se mit à blasphémer horriblement.

« Ah! brigands, disait-il, je vous ouvrirai le ventre, je vous briserai la tête à coups de bâton! Ah! Tom Cribb! ah! scélérat de Français! »

Malgré son sang-froid, Craig ne put s'empêcher de frémir.

« Il y a quelque chose de mieux à faire que d'assassiner les gens, dit-il, c'est de les rendre éternellement malheureux. Que dirais-tu si l'on te prenait la femme que tu aimes pour la déshonorer? Les morts seuls ne souffrent pas; mais les vivants sont exposés à des tortures sans fin. »

Appleton le regarda sans comprendre.

« Sois maître de Julia pendant une heure, dit Craig, et tu la rendras à ton ennemi flétrie et souillée. »

Cette infernale idée fit sourire Appleton.

« Je le ferai, dit-il, pour qu'il le sache avant de mourir; mais après cela je le tuerai.

— Je l'espère bien, » pensa Craig.

Ces deux hommes, unis par une haine commune, firent le projet d'enlever Julia Alvarez pendant l'absence de son amant, qui allait souvent à Louisville. Craig comptait bien que l'événement n'aurait pas lieu sans combat, et il espérait qu'Appleton tuerait son ennemi. Lui-même haïssait profondément Julia, comme les méchants haïssent ceux à qui ils ont fait du mal. Quant à l'ancien contre-maître d'Acacia, une sorte d'amour brutal et de grossier calcul se mêlait à ses projets de vengeance : Julia, enlevée par lui, ne pouvait, à son avis, épouser que son ravisseur; elle serait trop heureuse de donner sa main à un homme libre et de faire sa fortune.

Pendant ce temps, une scène bien différente se passait dans la maison de Jeremiah Anderson. Deborah, pour fêter le succès oratoire du docteur John, avait invité ses amis à un thé. Toutes les pâtisseries de la création étaient réunies sur une table splendidement servie, parmi les piles de jambons et de volailles froides. On y voyait aussi le punch au whiskey, le *sherry cobbler*, boisson faite

de sherry, d'eau-de-vie, de glace et de sucre, l'*egg
nog*, espèce de punch à la romaine, et une foule
d'autres boissons inconnues à l'Europe et fort supérieures à celles de Paris.

Le docteur John, comblé de félicitations, rayonnait dans sa gloire. C'était Démosthène et saint Jean
Chrysostome fondus en un seul Anglais; il allait
régénérer le genre humain, ouvrir une voie nouvelle au christianisme, et supprimer l'intervalle qui
sépare la terre du ciel. En temps ordinaire, John
était un homme de sens; mais les éloges des assistants lui montèrent à la tête, et de bonne foi il crut
avoir du génie. Tout homme qui imprime ou qui
parle en public n'est que trop porté à ces illusions.
Deborah s'approcha de lui, les yeux brillants de
joie et d'amour.

« Quel magnifique sermon vous avez prononcé!
dit-elle. Votre front était illuminé par l'inspiration
divine, comme celui de Moïse lorsqu'il descendit du
mont Sinaï.

— Miss Deborah, répondit le docteur, je n'ose
croire que Dieu m'ait voulu faire une pareille faveur; mais tel que je suis, je sens en moi la force
toute-puissante qui poussa hors de Jérusalem sur
l'empire romain douze pêcheurs ignorants, et qui
transforma le monde. J'aurai le dévouement et la
foi des martyrs, sinon les lumières de l'Esprit saint.

— Il est beau, reprit Deborah, de s'élever jus-

qu'aux sphères supérieures d'où les anges du Seigneur distinguent clairement l'ordre, la magnificence et l'étendue de l'univers; mais le cœur d'un
homme est-il assez grand, assez ferme, pour ne se
laisser énerver par aucune volupté mondaine, ni
abattre par aucune adversité? Heureux celui qui
peut porter sans angoisse et sans faiblesse l'écra-
sant fardeau de la solitude! plus heureux encore
celui qui trouve une femme digne de lui par son
caractère et par son génie! Quel rêve admirable et
sublime que celui de deux époux qui marchent dans
la vie d'un pas égal, la main dans la main! Heureux
l'homme qui ne recherche pas dans celle qui doit être
sa compagne la beauté fragile et périssable du corps
ou les grâces mondaines, mais le génie et la vertu! »

Tout en parlant, Deborah regardait doucement
et fixement le bon swedenborgien. John baissa les
yeux, rêvant à la belle Julia. Qu'est-ce que la vertu
en comparaison d'un nez bien fait, de deux lèvres
roses, et d'un sourire qui fascinerait les dieux immortels? Miss Alvarez n'avait point de génie; mais a-t-on
besoin de génie pour plaire et pour être aimée?

Deborah se méprit sur le motif de la rêverie du
docteur John : elle crut qu'il la devinait et qu'il
allait répondre à ses avances par une déclaration
d'amour; elle le conduisit en silence au fond du
salon, et s'appuya sur le bord de la fenêtre. La nuit
était magnifique; des milliers d'étoiles brillaient

dans un ciel pur, et projetaient sur la terre leur
sombre clarté. L'air était tiède et embaumé du parfum des magnolias : tout invitait à l'amour. Au-dessous de la fenêtre était le jardin, obscur et planté
de massifs d'arbres des tropiques. Au delà du jardin,
qui était immense, on entendait le sourd gronde-
ment du Kentucky, dont les eaux coulaient à quelques centaines de pas de cette scène. John, plus
ému que jamais par ses secrètes pensées et par le
souvenir de Julia, poussa un profond soupir.

« John, mon cher John! » dit miss Anderson en
lui prenant la main.

L'Anglais la regardait avec surprise, n'osant la
détromper, et trop honnête homme pour la main-
tenir dans son erreur. Son silence, d'abord inter-
prété comme une marque d'émotion bien naturelle,
devenait inquiétant pour Deborah, lorsque Jeré-
miah interrompit brusquement le tête-à-tête.

« Ma chère sœur, dit-il, Lucy vous demande et ne
peut rien faire sans vous. »

Deborah se hâta de rejoindre sa sœur. L'Anglais
fut ravi de cet incident, qui le tirait d'embarras.

« Demain, pensa-t-il, je lui avouerai la vérité,
quoi qu'il arrive. Hélas! le génie porte avec lui son
châtiment. Être aimé sans aimer! »

Singulier et triste malentendu! Cependant John
n'était pas un fat, ni Deborah une femme légère;
mais son heure était venue. Son cœur, fermé jus-

qu'alors à l'amour, venait de s'ouvrir comme une belle rose du Bengale. Le hasard lui avait présenté John, et elle s'était jetée sur cette proie. Déjà elle se forgeait mille félicités ; elle allait épouser l'Anglais, le suivre dans ses voyages, partager ses travaux, l'encourager au martyre. Appuyée sur lui, elle publierait ce système admirable qui devait émanciper la femme et remettre à des mains plus dignes de le porter le sceptre de l'idée. Par lui, elle communiquerait avec les esprits supérieurs, et lèverait ce voile épais qui nous dérobe la vue de la création et du Créateur ; par elle, il apprendrait à connaître la justice, la vérité et la charité, inconnues au sexe fort et cruel.

Au milieu de ce rêve, elle faisait avec une magnificence américaine les honneurs de sa maison. Acacia, qui était présent, oubliant pour un instant ses projets, ses inquiétudes, Julia elle-même, s'assit près de Lucy Anderson. Il regardait en silence cette jeune fille, dont la beauté virginale, à peine épanouie, n'avait pas d'égale au Kentucky, sans en excepter celle de Julia, et il sentait son intrépide cœur s'amollir et se fondre au contact de tant de grâce et d'innocence. Sa vie turbulente passait tout entière devant ses yeux, depuis ses premières campagnes dans la Kabylie et le siége de Zaatcha jusqu'au jour où, par le conseil de Jeremiah, il avait planté sa tente dans la forêt d'Oaksburg, sur les rives du Ken-

tucky. Depuis dix ans il était sans repos, sans famille, sans patrie; n'était-il pas temps de chercher
un foyer, de se bâtir une maison, d'avoir une femme,
des enfants, tout ce qui attache l'homme au sol et à
la patrie? Pouvait-il épouser Julia, l'ancienne mai-
tresse de M. Sherman? Au delà même de la tombe,
le spectre de Sherman, comme celui de Banquo, se
serait assis au festin des noces. Restait l'innocente
et ravissante Lucy, la sœur de son ami, Lucy qu'il
aimait sans le savoir, lorsque l'imprudente Julia lui
avait la première révélé ses propres sentiments.

« Oui, je l'aime, se dit-il résolûment; mais puis-
je abandonner Julia? »

Au même instant, on pria Lucy de chanter : elle
se leva, et d'une voix pleine de charme elle chanta
une romance de Deborah imitée d'une pieuse élégie,
les Anges de la Terre [1].

LES ANGES DE LA TERRE.

Pourquoi les anges ne viendraient-ils pas du royaume
de gloire — pour visiter la terre, comme ils faisaient dans
les anciens jours, — dans les temps de l'Écriture sainte et
de l'ancienne histoire? — Les cieux sont-ils plus éloignés,
ou la terre est-elle devenue plus froide?

1. Miss Julia Wallace, de Waterbury, Vermont, est le véritable
auteur de ces vers, qu'on peut compter parmi les plus beaux
qu'ait produits la poésie américaine. Nous espérons que miss
Wallace excusera la liberté que nous avons prise de les introduire
dans ce récit, et que le lecteur nous saura gré de l'avoir fait.

Souvent j'ai regardé, pendant que les nuages, qui couvrent le soleil, — glissaient, ondoyants comme les bannières d'une armée qui passe, — pour saisir la lueur de quelques blanches ailes qui se hâtaient — le long des confins du ciel ardent.

Et souvent, quand les étoiles de minuit, dans leur froid éloignement, — éclairaient tranquillement, j'écoutais longtemps et tard ; — mais le pouls de la nature bat avec un calme solennel — sans apporter aucun écho des chants du séraphin.

Est-ce que leur dernière hymne fut chantée à l'air de Bethléem, — quand d'autres astres se sont obscurcis devant cet astre-là ? — Leur présence s'est-elle manifestée pour la dernière fois dans la prison de Pierre, — là où les martyrs contents firent entendre leurs dernières hymnes ?

Non ; la terre a des anges, bien que leurs corps soient pétris — de la même matière qui forme ceux qui sont sur cette terre ici-bas. — Bien que la voix leur manque et que leurs brillantes ailes ne soient pas déployées, — nous les reconnaissons à la lumière divine de leur front.

J'ai vu un ange dont l'éloquence entraînante — trouvait un puissant écho dans le cœur humain, — qui méprisait les caresses de la richesse et de l'aisance, — afin que l'espérance pût atteindre les opprimés qui souffraient.

Et à côté de lui marchait une forme de beauté — qui jetait de douces fleurs sur le sentier de sa vie, — et que lui regardait avec tendresse et amour comme le plus agréable des devoirs. — Je l'appelais un ange ; mais lui, il l'appelait sa femme.

Oh ! maint esprit qu'on ne connaît pas marche sur la terre, — et, lorsque son voile de tristesse sera soulevé, —

s'élèvera vers le ciel avec des ailes libres, — et portera sa gloire comme une couronne d'étoiles ! !

Lucy fut vivement applaudie, et Deborah, charmée de ce succès, qui n'était pas dû entièrement à ses vers, chercha des yeux le révérend John Lewis pour lui faire partager son triomphe ; mais le docteur était parti sans avertir personne. Nous le retrouverons bientôt.

Acacia n'applaudit pas. Il était plongé dans une extase divine.

« Voilà, disait-il, la femme qu'il me faut. Serai-je aimé d'elle ? »

Le souvenir de Julia traversa son esprit comme un remords.

« Bah ! elle se consolera. »

Ce fut le terme de ses réflexions. Il se livra tout entier au plaisir d'admirer sa nouvelle idole.

Quand elle eut chanté, Lucy descendit dans le jar-

---

1. Nous croyons devoir citer le texte anglais des dernières strophes du poëme de miss Julia Wallace :

I have seen one, whose eloquence commanding
  Roused the rich echoes of the human breast,
The blandishment of wealth and ease with standing,
  That hope might reach the suffering and oppressed.

And by his side there moved a form of beauty,
  Strewing sweet flowers along his path of life,
And looking up with meek and love-lest duty ;
  I called her angel, but he called her wife.

O, many a spirit walks the world unheeded,
  That, when its veil of sadness is laid down,
Shall soar aloft with pinions unimpeded,
  And wear its glory like a stary crown !

din. Acacia la suivit, et marcha quelque temps en silence à côté d'elle.

« Ai-je bien chanté? dit-elle pour rompre le silence.

— Comme ces anges dont vous parlez, » répondit Acacia.

La réponse était vulgaire, mais l'accent indiquait quelque chose de plus qu'un compliment banal. Elle le sentit, et voulut détourner la conversation.

« Deborah est un grand poëte, et l'on trouve en elle quelque chose de l'inspiration des prophètes.

— Je vous crois sur parole : je connais trop peu les prophètes et la poésie pour en juger ; mais tous ceux qui ont entendu la musique l'ont trouvée admirable.

— Comme la musicienne, n'est-ce pas ? dit Lucy en riant. Eh bien! la musique est de moi. Récriez-vous, si vous voulez, sur mon génie. C'est du Beethoven tout pur, n'est-ce pas ?

— Miss Lucy, dit le Français avec émotion, me confondez-vous avec la foule des faiseurs de compliments ? Suis-je si peu connu de vous ?

— Je sais que vous êtes un ami véritable, et celui de tous que mon frère aime le mieux.

— Ne suis-je pas aussi des vôtres, miss Lucy ?

— Quelquefois. Deborah a des préventions contre vous, et Deborah se trompe rarement. »

Acacia sentit son cœur battre fortement. Voici, pensa-t-il, le moment critique.

« Qu'est-ce que miss Deborah peut me reprocher ? dit-il avec une feinte insouciance.

— Cherchez vous-même.

— Voyons, reprit-il, faisons mon examen de conscience. D'abord je suis né à Brives en Limousin, et non pas dans les vertes forêts du Kentucky. Ai-je deviné ?

— Non, ce n'est pas cela.

— Je parle anglais comme les Anglais parlent français.

— Ce n'est rien. Cherchez encore.

— Je ne suis pas méthodiste.

— Vous pouvez être impunément baptiste, anabaptiste, morave ou quaker ; elle passera condamnation sur ce chapitre.

— Malheur à moi ! Je suis né catholique, apostolique et romain, et je dîne quelquefois avec l'abbé Bodini. Faut-il pour cela me mettre à mort ? L'abbé est si bon convive, si gai, si aimable pour tout le monde ! En vérité, miss Lucy, me reprocher l'amitié que j'ai pour mes amis, c'est une cruauté abominable.

— On ne vous reproche pas cette amitié, quoiqu'elle soit condamnable aux yeux de Deborah ; on ne vous reproche même pas votre papisme, qui n'est pas trop invétéré ; mais ma sœur se plaint que vous n'ayez pas de religion.

— Quelle injustice ! dit Acacia. Je les ai toutes.

— Ne riez pas, monsieur ; l'homme qui n'a pas de religion est comme un pilote sans boussole, qui navigue au hasard sur la mer agitée....

— Je reconnais le style de miss Deborah. Au nom du ciel, miss Lucy, ne vous laissez pas prendre à ces accusations sans fondement. Je ne suis d'aucune secte ; c'est la faute de mon siècle et de mon pays. La foi est un présent du ciel ; la vertu seule est l'œuvre de l'homme.

— Êtes-vous bien sûr d'être vertueux ?

— Je ne sais. Quel est l'homme assez sûr de lui pour se rendre un pareil témoignage ? J'ai fait du bien quelquefois, et je n'ai jamais fait de mal que pour ma défense personnelle : est-ce de la vertu ? Je ne le crois pas, car il n'y a pas eu sacrifice, et je n'ai fait qu'obéir à l'instinct de ma conscience.

— Quoi ! vous n'avez jamais trompé personne ?

— Non, personne.

— Ni homme ni femme ? Pas même miss Alvarez ? »

La voix de Lucy tremblait ; son cœur était oppressé. Elle attendait la réponse d'Acacia avec une anxiété douloureuse. Tout le monde savait que Julia était la maîtresse du Français ; Lucy seule doutait encore, ou plutôt elle cherchait à douter. Acacia hésita quelques secondes. Devait-il mentir ? devait-il avouer la vérité et perdre à jamais toute espérance ?

Plus d'un héros a subi cette épreuve, et ne s'en est pas tiré avec honneur.

« Pouvez-vous le croire? dit-il enfin. Miss Alvarez est une amie tendre et dévouée, rien de plus. Je l'ai tirée des mains de Craig, c'est un service que son âme généreuse n'oubliera jamais. Je l'aime comme une sœur. »

Acacia était sincère. Au moment même où il parlait, il croyait n'avoir jamais aimé Julia autrement, tant le nouvel amour avait effacé la trace de l'ancien. Cette demi-sincérité ne satisfit pas entièrement la jeune fille, mais elle n'osa pas pousser plus avant ses questions. C'était déjà se hasarder beaucoup que de prononcer ce nom redouté de Julia ; c'était avouer un intérêt plus vif que la curiosité. Elle le sentit, et se repentit trop tard de son imprudence. Acacia s'en aperçut également, et en conçut un heureux augure. Tout en feignant de ne pas remarquer le trouble de miss Anderson, il s'étudia à la rassurer : il parla de miss Alvarez avec estime et amitié, mais froidement. Enfin il employa tout l'art dont il était capable pour la persuader. Il laissa voir, sans prononcer le mot d'amour, qu'il aimait passionnément Lucy ; il dit tout et ne hasarda rien. La nuit et la solitude donnaient plus de force et de chaleur à ses discours. Lucy l'écoutait en silence, émue, troublée, mais non convaincue. Miss Alvarez était entre elle et le Français. Lucy voulait croire aux

paroles de son amant, et elle doutait invincible-
ment. Acacia se mit à genoux devant elle, et sans
savoir comment, entraîné par sa passion, oubliant
Julia et tout l'univers, lui demanda de le prendre
pour époux. Elle s'enfuit sans répondre.

« Que dois-je espérer ou craindre ? dit-il en se
voyant seul. S'est-elle enfuie parce qu'elle me craint,
ou parce qu'elle m'aime ? Qui peut savoir ce qui se
passe dans le cœur d'une femme ? »

Au milieu de ces incertitudes, il rentra dans la
maison et se perdit dans la foule des danseurs. Ses
yeux cherchaient ceux de la jeune fille, qui prenait
soin de l'éviter. Vers deux heures du matin, Jeremiah lui dit :

« Où est John Lewis ? Il a disparu subitement.
Lui serait-il arrivé quelque malheur ? »

Bientôt après, tout le monde prit congé de la famille Anderson. Le révérend n'était pas retrouvé.
Acacia revint chez lui paisiblement. Il réfléchissait à
la promptitude avec laquelle il venait de décider du
destin de sa vie, et il en ressentait des remords.

« Comment ai-je pu oublier en un instant Julia ?
se disait-il. A quoi donc tient l'amour le plus vrai
et le plus solide ? Ne l'ai-je pas aimée plus que tout
l'univers ? N'ai-je pas été trois ans le plus heureux
des hommes ? Julia n'est-elle pas la plus gaie et la
meilleure des femmes ? et, si Lucy n'existait pas, ne
serait-elle pas la plus belle ? Que deviendra-t-elle si

je l'abandonne? Ingrat! cœur dénaturé que je suis!
Est-ce parce qu'elle a dans les veines quelques gout-
tes de sang noir? Que m'importe? En France, qui le
saurait? Est-ce le Sherman qui me gêne? Le pauvre
diable, depuis longtemps, ne gêne plus personne.
Qui m'oblige d'ailleurs de l'épouser?... Ah! Lucy,
Lucy, je crains que vous ne m'ayez fait commettre
une grande sottise et une odieuse ingratitude. »

Tout en rêvant, il marchait au hasard. La lune,
qui était levée depuis une heure, éclairait tous les
objets. Il entendit fermer avec précaution la porte
de sa propre maison, et vit un homme qui se glis-
sait le long du mur en cachant son visage. Aussitôt il craignit quelque complot de Craig, et voulut
éclaircir l'affaire sur-le-champ. Il courut sur le
fuyard, le saisit, le força de se retourner, et resta
stupéfait en reconnaissant l'Anglais, dont la lune
éclairait en plein le visage. Il eut le cœur serré
d'un terrible soupçon, mais il dissimula sa pensée.

« Eh bien! cher John, dit-il, d'où venez-vous
ainsi? Pourquoi fuyez-vous les félicitations de miss
Deborah et celles de vos amis? »

Lewis perdit contenance.

« Êtes-vous muet, continua Acacia, ou ne parlez-
vous qu'en chaire? Vous avez voulu voir la forêt
au clair de lune. Elle est magnifique, n'est-ce pas?

— Magnifique, en effet, dit l'Anglais; je n'ai rien
vu d'aussi beau.

— Est-ce que vous n'avez pas de lune, dans votre pays ? Ah! John, prenez garde ; ces sorties nocturnes feront tort à votre réputation. Voyons, avouez-le, vous venez de prêcher la doctrine de Swedenborg à quelque mulâtresse d'humeur facile. Entre hommes, cela peut s'avouer. N'ai-je pas deviné ?

— Mon cher monsieur, dit Lewis, permettez-moi de vous quitter. La nuit est froide, et je crains les rhumatismes.

— Une nuit de juillet ! au Kentucky ! Y pensez-vous ? Croyez-vous être dans votre brumeuse Angleterre ?

— J'ai mal dormi la nuit dernière, dit l'Anglais en se dégageant des mains d'Acacia, je vais me coucher. Bonsoir, ou plutôt bonjour, car le soleil va paraître »

Et il s'enfuit. Le *lingot* soupira.

« Allons, dit-il, Julia se consolera plus aisément que je ne l'avais cru. Elle prend les devants. Ah! fille folle, méritais-tu d'être aimée ? »

Qu'on explique si l'on peut cette contradiction. Acacia était bon homme, doux, gai, facile à vivre, modeste même, ni exigeant ni jaloux. A minuit il n'était préoccupé que de détacher de lui sans secousse la pauvre Julia. A trois heures, il croit qu'elle s'est consolée d'avance, et il en est inconsolable.

Il entra sans frapper dans la chambre de Julia.

Elle veillait encore, tout habillée. Au bruit, elle se retourna, et posa son livre sur la table.

« Je t'ai attendu toute la nuit, dit-elle d'une voix dolente. Pourquoi m'as-tu laissée seule si long-temps?

— On m'a retenu. Deborah voulait valser, polker, rédower, que sais-je? J'ai tourné sur moi-même comme un derviche, et je reviens harassé. Quel livre lisais-tu là tout à l'heure?

— C'est La Bruyère, auteur très-profond. Il a découvert que les hommes sont ingrats.

— Ne dit-il pas aussi que les femmes sont co-quettes?

— Je n'ai pas lu ce passage-là.

— N'est-il venu personne?

— Eh! qui pourrait venir voir une pauvre re-cluse?

— Tout le monde; l'Anglais, par exemple.

— Qui? ce grand swedenborgien aux favoris rouges? Est-ce que cela compte? Il m'a, je crois, honorée d'une visite et d'un long discours sur les puissances et les dominations, qui sont des esprits d'un ordre fort supérieur aux archanges et aux chérubins. Je me suis mise à bâiller, je ne sais pourquoi, car je n'écoutais pas, et j'ai failli me disloquer le nerf.... comment appelles-tu cela, toi qui es savant ou qui as fréquenté des savants?... ah! j'y suis, le nerf zygomatique. Il s'en est aperçu,

et, pour me réveiller, il m'a parlé des volcans de
la lune. Ma foi, cela m'a achevée. J'ai profité de ce
qu'il était descendu dans un cratère pour en me-
surer la hauteur et la largeur, et je me suis commodément étendue dans mon fauteuil. Demande le
reste à ma femme de chambre. Je m'éveille au bruit
de tes pas. »

Ce petit discours fut débité d'un ton leste et
aisé qui aurait trompé tout autre que le sage *lingot*.
Malheureusement il avait trop d'expérience pour
n'être pas défiant. Il feignit pourtant d'y croire,
content peut-être d'avoir trouvé un prétexte pour
rompre à volonté. Il baisa la main de Julia, et,
sans prendre de repos, alla visiter sa fabrique de
poudre.

Or, voici ce qui était arrivé à miss Alvarez pendant l'absence de son amant.

Le docteur John, insensible à l'amour de Deborah, avait tout d'un coup imaginé de déclarer sa
flamme à miss Alvarez. L'amour est une maladie
contagieuse comme le choléra. John songea que
l'heure était favorable, que la nuit était sombre,
que le Français était occupé à danser, que Julia,
non invitée à la fête à cause de son origine afri-
caine, devait être seule; enivré du parfum des
fleurs, de la musique, peut-être aussi des fumées
du punch, il sortit, décidé à connaître son sort cette
nuit même.

Il n'eut pas fait vingt pas dans la rue que cette ardeur soudaine se refroidit. Quel prétexte donnera-t-il pour se présenter chez miss Alvarez à une heure aussi avancée ? Si elle l'aimait, peut-être lui pardonnerait-elle ; mais quel gage avait-il de cet amour ? « Et si elle est la maîtresse d'Acacia, comme tout Oaksburg le prétend, pensait John, de quel œil me verra-t-elle, moi qui marche sur les brisées d'un ami ? Non ! s'écria-t-il, Julia est la plus pure des femmes. C'est sa malheureuse origine qui l'expose à tant de calomnies. Et s'il est vrai qu'elle ait un amant.... »

Il hésita. Tout le monde n'est pas d'humeur à imiter ce personnage héroïque qui, suivant l'étonnante expression d'un grand poëte, refait avec son amour une virginité. Il hésita longtemps, mais l'amour l'emporta. « Je l'aime, dit-il, et l'aimerai toute ma vie. Qu'importe le passé ? Je l'emmènerai dans l'Inde et nous vivrons heureux. Si elle était veuve d'un vrai mari, l'aimerais-je moins pour cela ? Oui, une créature si belle et si parfaite ne doit pas vivre plus longtemps dans cet abaissement. Je veux rendre à Dieu une âme que l'ignorance seule et la faiblesse ont éloignée du devoir, et je vais l'enlever à la pernicieuse influence d'Acacia. Qu'importe l'opinion des hommes ? Je saurai braver leurs moqueries. Qui donc oserait insulter une Anglaise, femme d'un citoyen anglais ? »

Sur ce, ayant pris une résolution ferme de ne point reculer, il entra d'un pas rapide chez miss Julia.

Dick veillait.

« Puis-je voir miss Alvarez ? dit John.

— Monsieur, il est bien tard.

— Dis-lui que je viens pour une affaire importante.

— Est-ce qu'il serait arrivé quelque chose à M. Acacia ? demanda Dick d'un ton d'inquiétude.

— Eh bien ! Dick, vous m'interrogez, je crois, » dit l'Anglais avec hauteur.

Dick offensé s'assit.

« Monsieur, dit-il, mon devoir est d'ouvrir la porte, et non pas de répondre aux questions du premier venu. Vous me traitez comme un laquais anglais. Je suis esclave, monsieur; je ne suis pas laquais, ni Anglais, grâce au ciel ! Demain, s'il plaît à Dieu, je puis être citoyen américain, et un citoyen américain vaux mieux qu'un lord. Je ne connais ici que ma maîtresse miss Alvarez, que je sers par pur dévouement, comme tous les nègres qui sont ici, et M. Acacia, à qui nous devons tous d'appartenir à une si bonne maîtresse. »

Ayant tout dit, le mulâtre se croisa les bras de l'air d'un philosophe qui a lancé un argument sans réplique.

« Insolent! » dit l'Anglais en levant la main sur lui.

D'un bond, Dick fut hors de portée.

« Monsieur, dit-il, grâce au ciel, personne ne m'a encore frappé. Ne donnez pas l'exemple. Je suis très-fort, et, s'il me plaisait de vous mettre en capilotade, l'opération ne durerait pas cinq minutes. Ma mère était forte comme un cheval, mon père était méchant comme un tigre, et moi, leur fils, j'ai la force de l'un et la férocité de l'autre. Ne me tentez pas, s'il vous plaît.

— Parbleu, pensa l'Anglais, je suis bien fou de menacer ce pauvre garçon. Que diraient les sociétés abolitionistes de Londres, si elles savaient comment je prêche d'exemple au Kentucky ? »

Cependant il voulut entrer dans l'intérieur de la maison. Dick, qui le guettait, se plaça tranquillement sur son chemin.

« Monsieur, dit-il, vous n'entrerez pas. »

Ce mot ébranla le flegme de l'Anglais, et il se mit dans la pose du boxeur. Dick l'imita, et ils allaient en venir aux mains, lorsqu'une jeune fille de couleur parut.

« Eh bien ! Dick, pourquoi barrez-vous le passage à ce gentleman ?

— Parce qu'il n'a pas voulu répondre à mes questions et qu'il m'a menacé de me battre.

— Laissez-le passer, Dick ; c'est miss Alvarez qui le veut. »

Le mulâtre céda la place en grognant. Cette scène

pourra paraître incroyable à ceux qui ne connaissent pas la familiarité des nègres avec leurs maîtres
aux États-Unis. Cette familiarité est la plus grande
compensation de l'esclavage.

Miss Alvarez reçut John Lewis dans le salon,
partagé en deux par une demi-cloison qui fait
partie de la plupart des maisons confortables des
États-Unis. Elle était assise devant son piano et jouait
une symphonie de Haydn. John s'avança en saluant
avec un certain embarras.

« Quoi ! c'est vous, monsieur ! dit-elle avec une
feinte surprise. Quel bon vent vous amène ?

— Le désir de vous voir, miss Alvarez, et de vous
parler de choses qui intéressent votre bonheur.

— Asseyez-vous, monsieur, et dites-moi ces
choses si intéressantes. Je meurs d'impatience de
vous entendre.

— Miss Alvarez, dit l'Anglais d'un ton grave,
êtes-vous heureuse ?

— Assurément, monsieur, dit-elle en riant. Je
suis jeune, je suis riche, je me porte bien, j'ai des
amis que j'aime et dont je suis aimée. Que peut-on
désirer de plus ?

— Vous n'avez pas de peines secrètes ?

— Pour quoi faire ? Cela est bon pour les femmes
nerveuses et phthisiques, qui tourmentent leurs
maris de leur mauvaise humeur, qu'elles appellent
poésie incomprise. Je ne suis pas si savante, et,

quand je suis heureuse, je remercie la Providence, et je ne lui demande que de me garder sa protection.

— Quoi ! votre cœur est toujours content, et votre conscience toujours tranquille ?

— Toujours. Mes peines de cœur durent cinq minutes, juste le temps de faire appeler M. l'abbé Bodini et de les lui confier. C'est le meilleur homme du monde et le plus gai. Il est toujours pourvu de petites recettes qui guérissent radicalement toutes les douleurs du corps et de l'esprit.

— Oui, les prêtres papistes ont des secrets merveilleux pour séduire l'esprit des femmes crédules.

— Je vous remercie, monsieur, du compliment. L'abbé Bodini n'a pas de secrets merveilleux ; il est bon homme, voilà tout. Quand il me voit pleurer, il prend son mouchoir et pleure avec moi, et plus que moi ; quand je suis gaie, il a toujours quelque bonne histoire à me conter qui nous fait rire aux éclats. Il aime ceux qu'il console ; il ne cite point la Bible : il ne dit les psaumes qu'à vêpres, et en latin, de peur d'attrister les gens ; il mange et boit volontiers hors le temps du carême ; enfin il est aimé de tout le monde : voilà tout son secret. J'ignore s'il est savant. Acacia, qui s'y connaît, dit qu'il cracherait du grec et du latin s'il le voulait, et qu'il parlerait *exégèse* et *antinomie* comme un savant allemand, mais qu'il se tait par discrétion. Je lui en

sais gré, sans le mettre à l'épreuve.... D'où viennent, je vous prie, toutes ces questions ? Votre air
grave m'épouvante. Auriez-vous dessein de me convertir ? Je me récuse. Je vous préviens que Swedenborg ne me plaît pas du tout, et que la pensée
de me trouver tout le jour en contact avec les esprits me fait tressaillir. Ce matin, vous avez dit de
fort belles choses ; mais si vous deviez les répéter
ce soir, vous me feriez beaucoup de peine. Il est
minuit : c'est l'heure des fantômes; ma provision
d'eau bénite est épuisée, et je ne veux pas défier
un ennemi insaisissable. »

Cela fut dit avec une grâce parfaite et un sourire
qui eût déridé tout autre que le docteur John; mais
il avait résolu de pousser sa pointe, et rien ne pouvait l'arrêter.

« Quoi ! dit-il, ne sentez-vous pas le vide de votre
cœur ? La jeunesse, la santé, la beauté, la richesse,
suffisent-elles à tous vos désirs, et votre âme immortelle n'aspire-t-elle pas à quelque chose de
plus ?

— J'aspire à la vie éternelle quand mon tour
sera venu de quitter cette vie périssable. Est-ce là
ce que vous voulez dire ?

— Miss Alvarez, avec une âme si bien faite pour
aimer, ne connaîtrez-vous jamais l'amour ? »

Un nuage assombrit le visage riant et doux de la
belle Julia.

« Miss Alvarez, continua Lewis d'un ton passionné, je vous aime.

— Que dirait Swedenborg s'il vous entendait ? dit
Julia. Son ombre vénérable n'en serait-elle pas
scandalisée ?

— Ne riez pas, chère miss Alvarez, dit l'Anglais.
Oubliez que je suis ministre et protestant, et écou-
tez-moi. Au milieu de toutes les félicités dont la
Providence vous comble, une seule vous manque :
c'est la famille. La jeunesse est rapide et fuit comme
une flèche légère, traînant après elle la beauté.
Que reste-t-il alors à la femme qui n'a ni mari ni
enfants ? Dieu ne nous a pas faits pour vivre seuls,
mais pour glorifier son saint nom et perpétuer
notre race, dont il a daigné faire l'humble instrument de ses desseins. Je vous aime, miss Julia,
plus qu'une mère et qu'une sœur ; je vous aime
comme la seule personne qui réalise pour moi
le divin accord de toutes les qualités qui sont nécessaires à l'épouse. Je suis venu au Kentucky
pour prêcher l'abolition de l'esclavage, et je me
vois esclave à mon tour, esclave volontaire, il est
vrai, mais d'autant plus asservi que j'ai moi-même
forgé ma chaîne. »

Je ne rapporterai pas toute l'homélie de Lewis ;
elle pourrait ennuyer le lecteur. Le docteur John
était un savant homme, mais sans bornes dans ses
discours ; il était, comme dit un sage, de ces ora-

teurs dont les phrases ne sont séparées que par des
virgules. Il fut logique, érudit, biblique, éloquent
quelquefois, car il aimait d'un amour vrai, malgré
l'épaisse cuirasse théologique dont il était revêtu.
Si le cœur de Julia eût été libre, Lewis aurait gagné
sa cause; mais la belle Espagnole aimait encore
Acacia. Un instinct de coquetterie féminine lui
défendait de donner nettement son congé à l'Anglais, et la sincérité de son cœur l'empêchait de
lui donner des espérances. Elle louvoya avec grâce,
manœuvrant adroitement pour ne heurter sa barque fragile contre aucun écueil; elle n'avoua pas
qu'elle aimait ailleurs, elle promit encore moins de
se laisser fléchir; elle insinua tout, sans rien affirmer. Elle joua à merveille le rôle de Célimène, rôle
admirable et difficile, que les Américaines jouent
plus souvent et plus volontiers que toutes les autres
femmes de la terre; mais elle le joua sans y mêler
rien d'odieux ou de faux; elle sut ne pas mentir et
ne pas dire toute la vérité. Tantôt sa molle lan-
gueur, sa grâce nonchalante, une certaine mélancolie dont elle savait user avec réserve et qui
n'était chez elle qu'un attrait de plus, donnaient à
Lewis l'idée d'une jeune fille sensible et tendre qui
n'avait pas encore rencontré le héros de ses rêves ;
tantôt sa gaieté, son esprit vif et piquant, sa manière toute française (elle avait vécu deux ans à
Paris avec M. Sherman et passait pour sa femme)

d'envisager la vie, lui prêtaient un charme inexprimable. Elle jouait avec Lewis comme le chat
avec la souris, le tournant, le retournant sous sa
griffe charmante, puis le rebutant et le ramenant
d'un mot. En deux heures, le bon docteur John
était devenu comme une pâte molle qu'elle pétris-
sait à volonté : délicieuse enchanteresse qui dé-
ployait dans un village du Kentucky des grâces et
un esprit qui lui eussent donné l'empire de la mode
à Paris, chef-lieu du monde civilisé.

Lewis sortit enfin, ravi, ébloui, fasciné, comme
un enfant à qui l'on vient de montrer la lanterne
magique.

« Quoi qu'il arrive, dit-il, je vous aimerai jusqu'à la mort. »

C'est dans ces dispositions d'esprit qu'il rencontra son ami Acacia et qu'il voulut le fuir. On a déjà
vu que ses précautions furent vaines.

Cette scène de coquetterie, que miss Alvarez
croyait innocente, devait avoir des suites bien funestes. Acacia, qui se crut trahi, sentit se réveiller
sa tendresse pour Julia ; il était trop fier cependant
pour faire d'inutiles reproches. Il fut indigné de la
conduite de l'Anglais, sans réfléchir qu'il lui avait
laissé le champ libre, et que John Lewis, à qui il
avait attesté l'innocence de sa liaison avec miss
Alvarez, pouvait légitimement l'aimer. Sa première
pensée fut de le punir d'une manière terrible; puis

il se dit qu'il devait à son ancienne maîtresse, qu'il voulait abandonner, de ne pas lui ôter son nouvel amant ou son mari. Il s'avoua qu'il était justement puni de son inconstance, que Julia était libre, et il résolut de ne pas gêner ce qu'il croyait être son bonheur. Le *lingot* alla trouver Jeremiah.

« Mon cher ami, dit-il, je pars dans une heure pour Cincinnati. Veille, je te prie, sur mes affaires et sur Craig. S'il arrive quelque chose de nouveau, tu m'avertiras par dépêche télégraphique. Je laisse à Lewis le soin de rédiger mon journal pendant mon absence. Prie-le de laisser à la porte du journal ses opinions abolitionistes et toutes ses excentricités bibliques. La moindre négligence pourrait causer des malheurs irréparables. »

Il donna les mêmes instructions à Lewis, sans lui témoigner aucun ressentiment. Le docteur John crut, à voir sa tranquillité, qu'il ignorait tout. Puis Acacia partit sans dire adieu à Julia ni vouloir la prévenir, dans la crainte de l'obliger à quelque mensonge. En sortant d'Oaksburg, il était à cheval, et tourna plusieurs fois les yeux sur la maison de miss Alvarez. C'est là qu'il avait vécu si heureux pendant trois ans. Pourquoi avait-il amené ce maudit Anglais, cause de tous ses malheurs ? il ne songea point à s'accuser lui-même d'infidélité. Quel est le juste qui examine attentivement ses fautes en même temps que celles d'autrui ?

Hélas ! il pouvait revenir. Un mot de Julia eût tout apaisé, tout réparé ; mais le destin jaloux le voulait ainsi : Jupiter aveugle ceux qu'il veut perdre.

Miss Alvarez fut troublée jusqu'au fond du cœur en apprenant le départ de son amant. Pour la première fois, il partit sans lui dire adieu. Elle versa d'abondantes larmes, dont le pauvre Carlino lui-même ne pouvait tarir la source.

« Il ne m'aime plus, disait-elle, mon bon abbé. Il ne m'aime plus, et je n'ai d'autre tort que de l'avoir trop aimé. »

Carlino lui répondait par le mot de Panurge : *Mariez-vous doncques.* Impuissant remède quand l'amour s'en va !

Quelques jours après, elle reçut de Cincinnati la lettre suivante :

« Juillet 1856.

« Tu m'as trahi, Julia : adieu pour toujours. Je ne te reverrai que lorsque tu auras épousé ce Lewis. Perfide ! pourquoi ne pas m'avouer que tu l'aimais ? Je t'aurais rendu la liberté. Malheureusement tu as voulu me tromper. Serons-nous encore amis après avoir été si longtemps un seul et même cœur ? Dans l'incertitude, je t'envoie un compte détaillé de ta fortune, qui est de sept cent mille dollars. Adieu, Julia. »

Cette lettre mit le comble à la douleur de miss Alvarez. Elle écrivit sur-le-champ à son amant pour se justifier et le supplier de revenir ; mais Acacia ne devait jamais recevoir cette réponse. Le lendemain du jour où Julia écrivit, Jeremiah Anderson adressait au *lingot* à Cincinnati la dépêche télégraphique que voici :

« Oaksburg, 29 juillet 1856.

« Oaksburg est en feu. Miss Alvarez a disparu. Je t'attends mercredi prochain. »

Un quart d'heure après, Acacia montait en chemin de fer.

VIII.

Aussitôt que le départ d'Acacia pour Cincinnati fut connu, Craig et son complice Appleton firent leurs préparatifs pour enlever Julia. Il fut résolu que Craig accuserait Lewis d'être abolitioniste, qu'il exciterait contre lui une émeute formidable de tous les propriétaires d'esclaves, et qu'à la faveur du tumulte, et pendant la nuit, Appleton pénétrerait dans la maison de miss Alvarez. Une barque préparée d'avance devait servir à l'enlèvement.

« Que ferai-je de cette belle éplorée ? dit Appleton.

— Ce n'est pas à moi de te dicter ta conduite, répondit Craig. C'est une belle fille, toute cousue de dollars, et tu seras bien maladroit si tu ne sais pas te faire épouser.

— Je vous entends, et je jure que de gré ou de force elle sera ma femme.

— Tu oublies l'essentiel.

— Quoi donc ? reprit Appleton avec un rire brutal ; son consentement peut-être ? Je m'y prendrai de telle sorte qu'après qu'elle aura passé par mes mains, son amant lui-même ne voudra plus la revoir.

— Ce n'est pas cela, dit Craig. Tu oublies de me faire ma part dans l'entreprise.

— Dix mille dollars, est-ce assez ?

— Dix mille dollars ! la femme seule en vaut douze, et sa fortune est de plus de sept cent mille dollars.

— Sept cent mille dollars ! C'est une jolie somme, dit Appleton. Eh bien ! que dites-vous de cent mille ?

— J'en veux trois cent mille ; sinon, rien de fait. Je te retire ma protection, et j'avertis miss Alvarez.

— Vous n'oseriez pas ! » dit le géant en grinçant des dents et tirant de sa poche un *bowie-knife*.

Isaac se mit à rire.

« Il y a plaisir, dit-il, à rendre service à des amis qui sont toujours prêts à vous éventrer pour un mot. Grosse brute, ours au poil rebroussé, crâne sans cervelle, que feras-tu sans moi ? où trouveras-tu un asile ? »

Appleton sentit la force de ces paroles.

« Pourquoi, dit-il en grognant, m'avez-vous menacé de me dénoncer ? »

Craig le calma et lui fit signer un bon de trois

cent mille dollars, payable après le mariage. Dès
le lendemain, il attaqua violemment John Lewis
dans le *Herald of Freedom*. Deux ou trois autres
journaux du voisinage, payés par lui, accusèrent
l'Anglais d'être venu au Kentucky pour soulever les
esclaves contre leurs maîtres. Acacia fut représenté
comme le complice naturel de cet horrible dessein.
La France et l'Angleterre, jalouses de la prospérité
des États-Unis, avaient résolu de ruiner les États
du Sud par l'émancipation des nègres. Les généreux citoyens du Kentucky, l'élite de l'Union américaine, devaient être les premières victimes de
cette entreprise atroce. L'Europe, qui redoutait
leur courage, voulait les faire égorger, et, sur leurs
cadavres, fonder un nouvel empire d'Haïti.

Dès son premier sermon, Lewis avait trahi ses
intentions perfides. Il avait déclaré l'esclavage une
chose immorale ; la prudence seule l'avait empêché
d'aller plus loin : il tâchait d'accoutumer peu à peu
les esprits à ces doctrines subversives de tout ordre
social ; plus tard il jetterait le masque et proclame-
rait la guerre civile dans ce noble pays qui lui donnait l'hospitalité. La conclusion naturelle de tous
ces articles fut qu'une potence pouvait seule faire
justice de gens aussi dangereux que ce Lewis et son
ami Acacia, et que la plus haute potence serait la
meilleure.

L'Anglais aurait dû, par prudence, mépriser ces

attaques; mais Craig, sans le savoir, avait frappé juste. John Lewis, malgré quelques vues trop personnelles, où se trahissait le ministre protestant qui songe à sa fortune, avait la foi et le noble entêtement qui font les martyrs. Il rêvait de convertir les Kentuckiens et d'affranchir les enfants de Cham. Rebuté par miss Alvarez, qui le tenait à distance depuis le départ d'Acacia, insensible aux avances de la pauvre Deborah, il n'aspirait plus qu'à s'illustrer par son dévouement, dût-il compromettre ses meilleurs amis. Il fit part de son projet à Deborah, qui voyait en lui un héros, et qui attribuait sa froideur aux préoccupations du génie. Miss Anderson l'encouragea dans ses visions, et ne sut pas lui recommander la prudence. Jeremiah, instruit de ce beau dessein, voulut en vain l'en détourner.

« Non, dit Lewis, je n'ai pas cherché cette occasion : c'est Dieu même qui me l'envoie; il veut que je glorifie son saint nom profané. La lumière ne m'est pas donnée pour que je la mette sous le boisseau, mais pour que je l'expose à la vue de tous les peuples. Honte à qui peut se réjouir et vivre dans l'abondance, quand des millions de ses frères gémissent dans l'esclavage! »

Deborah le regardait avec admiration, et Lucy même ne pouvait s'empêcher d'approuver son projet; mais Jeremiah ne se laissa point séduire.

« Mon cher ami, lui dit-il, cela est fort beau et

fort bien pensé en Angleterre; ici vous serez infail-
liblement pendu ou goudronné. Ne voyez-vous pas
le piége que Craig vous a tendu? Il est si grossier,
qu'un enfant ne s'y laisserait pas prendre.

— Je confesserai ma foi dans les supplices, dit
Lewis avec enthousiasme, et je serai livré en proie
aux bêtes féroces comme les premiers chrétiens. »

Jeremiah leva les épaules.

« Si vous avez tant d'appétit du martyre, allez-y
seul au moins, et n'entraînez pas vos amis dans l'a-
bîme où vous êtes près de vous précipiter. C'est mal
récompenser l'amitié d'Acacia et la nôtre.

— Vous avez raison, dit Lewis, et, puisque vous
m'y faites penser, je vais sortir d'ici pour ne pas
vous compromettre.

— Oh! mon frère! s'écria Deborah, quelle parole
avez-vous dite? Craignez-vous de donner l'hospitalité à un ami? Voulez-vous qu'on croie en Angleterre qu'un Kentuckien a livré son hôte?

— Ma chère sœur, répliqua Jeremiah avec impatience, je me moque de ce qu'on croira en Angleterre et ailleurs; je ne livre pas mon hôte, je l'avertis. Je veux le retenir et l'empêcher de se perdre
lui-même. L'hospitalité ne m'oblige pas à me jeter
par la fenêtre à la suite d'un fou. »

L'Anglais alla se loger dans un hôtel; mais les
avis de Jeremiah ne l'empêchèrent pas d'annoncer
publiquement dans le *Semi-Weekly Messenger* que

l'accusation de Craig était fondée, qu'il était réellement abolitioniste, qu'il se croyait obligé, comme Anglais et comme membre de la famille humaine, d'avertir ses frères du crime qu'ils commettaient tous les jours, qu'il était prêt à verser son sang pour la sainte cause de la liberté des nègres, et qu'il ne cesserait d'élever ses mains et ses prières au ciel pour la conversion des Kentuckiens, comme Moïse sur la montagne.

A la lecture de cet article, Isaac Craig fut transporté de joie. Il courut aux bureaux du *Herald of Freedom*, et se hâta de publier un numéro supplémentaire. Il citait les paroles de John Lewis, et les faisait suivre des réflexions que voici :

« Tout le Kentucky doit savoir maintenant si nous étions prophète quand nous avons dénoncé l'infâme trahison qui se préparait dans l'ombre. De perfides étrangers ont l'audace impie d'attaquer notre constitution nationale, l'arche de nos libertés, l'œuvre de Washington, de Jefferson, de tous ces grands hommes qui ont eu la Virginie pour berceau, et qui ont porté jusqu'aux extrémités du monde la gloire du nom américain. C'est au peuple maintenant de défendre ses droits par les armes et de mettre la corde au cou de ceux qui ont voulu briser les tables de la loi. Oublions la clémence pour ne plus nous souvenir que de la justice. »

Jeremiah lut ce supplément.

« La bombe va éclater, pensa-t-il. Sauvons du moins ce qu'Acacia aime le plus. »

Et il courut chez Julia.

« Miss Alvarez, dit-il, je regrette de vous apporter une mauvaise nouvelle.

— Acacia est mort! s'écria-t-elle en pâlissant.

— Non, rassurez-vous; il se porte bien, et mes précautions oratoires n'ont pas le sens commun. Lisez ceci. »

Elle prit le journal, et, après l'avoir lu, regarda Jeremiah pour le questionner.

« Eh! dit le Kentuckien, ne voyez-vous pas l'orage que l'incroyable entêtement de cet Anglais attire sur la tête d'Acacia? Tout le monde le croira d'accord avec John Lewis. Avant la fin du jour, il y aura une émeute à Oaksburg, et vous serez peut-être menacée.

— Que voulez-vous que j'y fasse?

— Acacia m'a confié le soin de ses affaires. C'est à moi de vous sauver. Venez dans ma maison; personne n'osera en franchir le seuil, et vous serez en sûreté jusqu'à l'arrivée d'Acacia. »

L'intention du bon Jeremiah était excellente, mais il comptait sans la jalousie de miss Alvarez. La belle Espagnole ne put supporter l'idée de devoir son salut au frère de Lucy, qu'elle regardait comme sa rivale L'orgueil l'emporta sur la prudence.

« Protégée par miss Anderson! se dit-elle; mieux vaut mourir. »

Et elle refusa de suivre Jeremiah.

« Les femmes ont de singuliers caprices, dit celui-ci en la quittant. J'ai fait mon devoir ; il ne me reste qu'à prévenir Acacia. »

Comme il allait au bureau du télégraphe électrique, il entendit un grand bruit dans la rue. C'était le commencement de l'émeute préparée par Craig.

Celui-ci n'avait pas perdu de temps. Dès le matin, ses émissaires parcouraient les campagnes voisines, répandant ses proclamations et ameutant tous les fermiers du comté. Le rendez-vous général était à Oaksburg. En quelques heures le bruit courut partout qu'on avait rencontré un abolitioniste anglais porteur de pamphlets incendiaires, et que ce misérable, agent de lord Palmerston et de la perfide Angleterre, était le chef d'un complot organisé par les nègres pour l'égorgement des blancs. Plusieurs milliers d'hommes, armés de haches, de carabines et de revolvers, se précipitèrent dans Oaksburg, entraînant tout sur leur passage.

Dès qu'ils furent arrivés, sans leur laisser le temps de se reconnaître, Craig, qui était capitaine de la compagnie de milice des *vétérans de la liberté*, réunit cette compagnie, mit en tête une demi-douzaine de tambours, et marcha droit à l'imprimerie du *Semi-Weekly Messenger*. Une masse considérable de gens, hommes, femmes et enfants, suivait le cortége, en criant : *A bas les abolitionistes ! A bas l'Anglais ! Vive la Constitution !*

A ce bruit, Lewis, qui travaillait dans les bureaux de l'imprimerie, mit la tête à la fenêtre ; mais il fut accueilli par des cris bien différents de ceux qui l'avaient salué quelques jours auparavant. De toutes parts on cria : « A la potence le traître !... » Les ouvriers de l'imprimerie s'enfuirent et le laissèrent seul.

Il voulut rester et tenir tête à l'orage. Il ferma solidement la porte extérieure de la maison, et il essaya de parler au peuple, debout sur le bord de la fenêtre.

« Braves Kentuckiens !... » dit-il.

Craig ne lui laissa pas le temps de parler. Il ordonna aux tambours de battre un roulement, et la voix de Lewis s'éteignit parmi les *ra* et les *fla*. Il se croisa les bras et attendit d'un air dédaigneux que le silence fût rétabli ; mais Craig n'avait garde de perdre le temps en explications inutiles.

« En avant ! dit-il ; enfonçons la porte ! »

Deux ou trois coups de hache mirent en pièces l'un des deux battants, et la foule se précipita par cette ouverture dans l'intérieur de la maison. En quelques secondes, le premier étage fut envahi ; mais Lewis avait disparu. Les assaillants furieux le cherchèrent inutilement dans toute la maison ; ils brisèrent et lancèrent par les fenêtres tous les meu-

bles. Les caractères d'imprimerie suivirent bientôt
les meubles, les papiers furent déchirés et brûlés,
les registres jetés au vent, et tous ces débris furent
précipités dans le ruisseau.

« Où est ce fils de Bélial? criait Appleton, un revolver à la main; je veux lui brûler la cervelle!

— Que fais-tu là? lui dit Craig. La nuit va venir,
et tu perds du temps. Sortons. Nous surprendrons
miss Alvarez avant qu'elle soit sur ses gardes. »

Le géant le suivit sans répliquer.

A peine étaient-ils sortis que Jeremiah survint,
attiré par le bruit. C'était un vrai Kentuckien, hardi,
plein de sang-froid et de résolution, prompt surtout à prendre son parti en toute rencontre, et ne
s'étonnant de rien. Comme le dégât était déjà irré-
parable, il ne chercha pas à s'y opposer. Les mains
tranquillement croisées derrière le dos, il regardait
s'agiter la foule.

« Quelques dollars de plus ou de moins, pensait-
il, qu'importe à mon ami Acacia? La première spéculation venue lui rendra cet argent avec usure. »

Tout en faisant cette réflexion philosophique, il
s'inquiéta du sort de Lewis.

« Est-ce que John Bull s'est échappé? demanda-
t-il à un fermier gros et gras, qui frappait conscien-
cieusement à coups de hache sur les chaises et sur
les tables.

— Il faut qu'il se soit jeté dans le Kentucky, répondit le fermier sans interrompre sa besogne. Dès que nous sommes entrés dans la maison, il a disparu.

— La vieille Angleterre ne tiendra jamais contre la jeune Amérique, dit sentencieusement Jeremiah.

— N'est-ce pas, monsieur? dit le fermier en serrant la main d'Anderson. Vous êtes un vrai patriote, je le vois.

— Oui, monsieur; le cœur qui bat dans ma poitrine est celui d'un libre Américain, et mon sang coule plus fièrement dans mes veines quand je pense que je suis un enfant du noble Kentucky.

— C'est beau, cela! dit le fermier. Voulez-vous boire un verre de sherry, camarade?

— De grand cœur! et non-seulement un verre, mais une pinte! »

Tout en buvant, Anderson réfléchissait.

« Qu'est devenu ce niais? disait-il. Tout le monde le connaît à Oaksburg; où va-t-il se réfugier? »

Il quitta son nouvel ami et rentra chez lui. Personne n'avait vu Lewis.

« Il n'est pas assez fou pour revenir dans sa propre maison. »

Tout à coup une idée terrible traversa son esprit.

« Le malheureux aura cherché asile chez miss Alvarez. Tout est perdu! »

Il prit son revolver et courut chez Julia. La maison

était ouverte. Dick, curieux comme un nègre et comme un enfant, avait quitté son poste pour voir saccager l'imprimerie. Du haut en bas, Jeremiah trouva la maison déserte. La chambre de Julia était en désordre; les meubles étaient renversés, les rideaux déchirés. Anderson eut un affreux pressentiment.

« Elle a été enlevée, s'écria-t-il, et l'on n'a détruit l'imprimerie que pour favoriser un plus grand crime. »

En ce moment, Dick rentrait avec les autres nègres employés au service de Julia.

« Malheureux! dit Jeremiah, où est ta maîtresse?

— Chez elle, » répondit le mulâtre; mais il chercha inutilement : sa femme de chambre avait disparu comme elle.

C'est alors que Jeremiah écrivit à son ami la dépêche télégraphique dont on a déjà parlé; puis il ordonna à Dick de commencer des recherches avec tous les autres esclaves de miss Alvarez, et il attendit l'arrivée d'Acacia.

IX.

Infaillible moyen d'être aimé.

Pendant ce temps, l'infortunée Julia était en proie au désespoir.

La lettre d'Acacia fut pour elle un coup de foudre. Elle ne pouvait imaginer que son amant la crût coupable, et l'eût condamnée sur un simple soupçon. Elle maudissait le swedenborgien et sa propre coquetterie, première cause de ses malheurs.

« Hélas! disait-elle, comment ai-je pu écouter cet ennuyeux prêcheur? Il est prolixe dans ses discours, empesé dans sa cravate, gêné dans ses vêtements; il croit me faire grâce en me trouvant belle, et il me déclare son amour en récitant la Bible. Que ne va-t-il chercher fortune auprès de miss Deborah ou de miss Lucy? »

Ce nom de Lucy alluma sa jalousie.

« Où vais-je chercher des excuses pour Acacia? Le perfide! il m'accuse de trahison pour masquer la sienne. C'est Lucy qu'il aime, et j'ai la simplicité de m'accuser moi-même!»

Au milieu de ces tristes réflexions, un malheur plus grand que tous ceux qu'elle prévoyait vint la surprendre.

Au premier bruit de l'émeute, tous ses domestiques l'ayant quittée pour jouir de ce spectacle, elle se trouva dans sa maison seule avec sa femme de chambre. Appleton et Isaac Craig, suivis de plusieurs bandits, entrèrent dans l'appartement de Julia. A la vue de Craig, elle comprit tout, et cria pour appeler du secours. Malheureusement, la maison était séparée des plus proches voisins par une grande prairie.

« Miss Alvarez, dit Craig avec un sang-froid glacial, faites vos préparatifs pour nous suivre.

— Dick! James! Sarah! cria Julia de toutes ses forces.

— Allons, Appleton, dit le *Yankee*, cette canaille peut revenir; emporte-la. »

Le géant voulut saisir Julia, mais elle se défendit avec l'énergie du désespoir, et se cramponna aux meubles et aux rideaux. Sa femme de chambre, jeune fille de couleur, voulut crier; Appleton la saisit violemment et la jeta par terre.

« Si tu dis un mot, je te tue. »

En même temps il l'ajusta avec son revolver. Elle garda le silence.

« Acacia ! Acacia ! » cria de nouveau miss Álvarez. Craig sourit.

« Votre amant est loin, dit-il, et ne reviendra jamais. Voyez cette lueur rougeâtre qui s'élève au-dessus de la ville : c'est son imprimerie qui brûle. Qu'il vienne, s'il l'ose !.Nous lui apprendrons à conspirer contre les lois du Kentucky. »

A cette nouvelle, Julia cessa de se défendre. Appleton en profita pour la bâillonner et l'emporter avec l'aide des bandits qui le suivaient.

« Emmène aussi cette mulâtresse, dit Craig; elle pourrait nous dénoncer. »

La jeune fille suivit sa maîtresse sans résistance. Derrière la maison était un jardin immense, au bas duquel coulait le Kentucky. Le triste cortége se dirigea, par un chemin tortueux et difficile, vers le rivage. On s'embarqua sur un bateau préparé d'avance, et l'on descendit la rivière avec précaution. Les rameurs éclairaient leur route avec des torches.

A deux lieues plus bas, on mit pied à terre, et Julia fut forcée de suivre ses ravisseurs. On s'enfonça dans une épaisse forêt de grands arbres. Miss Alvarez était saisie d'une frayeur mortelle. « Veut-on me tuer ou me vendre ? pensait-elle. Pourquoi n'ai-je pas suivi le conseil de Jeremiah et cherché un asile dans sa maison ? »

Elle fit signe qu'on lui ôtât son bâillon. La forêt

était déserte : Craig, qui commandait l'expédition, y consentit.

« Isaac, dit-elle, que voulez-vous de moi?

— Vous le saurez bientôt, dit-il en prenant plaisir à prolonger ses angoisses.

— Messieurs, dit-elle aux bandits qui l'entouraient, ayez pitié d'une malheureuse femme qui n'a fait de mal à personne. Voulez-vous de l'argent? Ramenez-moi à Oaksburg, et je jure que je vous en donnerai dix fois plus qu'on ne vous en offre pour m'emmener captive. »

Au mot d'argent, les bandits parurent hésiter. Craig s'en aperçut.

« Si quelqu'un d'entre vous, dit-il, touche à cette femme, je la tue sur-le-champ, et vous n'aurez rien de moi ni d'elle.

— Si tu le faisais, dit un Irlandais, je te ferais sauter le crâne. »

Isaac arma son revolver; Appleton saisit l'Irlandais par les deux bras pour l'empêcher de faire résistance.

« Jack, dit Craig, ne me mets pas en colère; tu n'es pas de force contre moi. Suis-nous tranquillement, et ne fais pas le héros ni le chevalier des dames, si tu veux gagner tes cent dollars. »

Jack obéit en grognant. Après trois heures de marche, on atteignit le pied d'une colline entourée de chênes et de tulipiers. A mi-côte était bâtie une

belle ferme qui appartenait à Craig. Arrivé là, le
Yankee congédia tout le monde, excepté Appleton,
et paya généreusement ses complices.

« Mes chers amis, dit-il, je n'ai pas besoin de
vous dire que vous venez de faire une expédition
qui peut vous mener à la potence; je ne vous prêche
pas la discrétion. »

Craig et Appleton, restés seuls, firent entrer Julia
et la jeune mulâtresse dans la maison. Un énorme
chien de garde en défendait les approches.

« Miss Julia, dit Isaac, aujourd'hui je prends ma
revanche. Rendez-moi la fortune de M. Sherman.

— C'est de l'argent que vous voulez? dit Julia.
Eh bien! mettez-moi en liberté, et je vous donnerai pour rançon tout ce qui me vient de votre
oncle.

— J'y compte, dit Craig; mais je veux être payé
d'abord. Vous serez libre plus tard.

— Plus tard, répliqua-t-elle, vous m'assassine-
riez!

— Vous vous trompez, miss Julia; je suis votre
ami plus que vous ne pensez, et, pour preuve, je
veux assurer votre bonheur en vous donnant un
mari de ma main. »

Appleton, qui écoutait la conversation en silence,
se caressa le menton. Miss Alvarez se mit à trem-
bler.

« Craig, dit-elle, au nom du ciel, épargnez-moi.

Vous m'avez déjà fait beaucoup de mal; n'achevez pas ma ruine. Laissez-moi vivre, je vous en supplie.

— Que dites-vous là, Julia? interrompit le *Yankee*. Je vous propose un mari, et vous croyez qu'on vous assassine! Justifiez-vous donc, Appleton; déployez les grâces que vous avez reçues de la nature; faites sentir à miss Alvarez qu'elle est entre les mains d'un honnête homme et d'un chevaleresque citoyen du Kentucky. Ce n'est pas à moi de faire pour vous la cour à cette jeune et aimable dame.

— Miss Alvarez, dit Appleton, je vais m'expliquer clairement avec vous. M. Craig, mon ami, ici présent, était riche du chef de son oncle. Vous avez capté cette succession, à ce qu'il dit, et vous avez failli le ruiner. Deux cent cinquante mille dollars, avec les intérêts, font aujourd'hui une somme de trois cent mille dollars que vous lui devez. Quant à moi, vous m'avez fait chasser par ce maudit Français, qui est votre associé, et peut-être quelque chose de plus. Je pourrais vous en garder rancune; mais je suis bon et généreux, je suis un chevaleresque Kentuckien, comme dit si bien mon noble ami le préopinant. Eh bien, j'ai décidé que vous m'épouseriez.

— Jamais! s'écria Julia.

— Bon, je m'attendais à cela. Les femmes aiment la contradiction, mais elles finissent toujours par

céder, quand on sait s'y prendre. Je considère donc
l'affaire comme faite. Ce soir vous serez madame
Appleton, et dans trois jours mon noble ami le préopinant recevra ses trois cent mille dollars, ou l'é-
quivalent. Laissez-nous, Isaac, j'ai quelque chose de
particulier à dire à miss Alvarez. »

Julia, restée seule avec Appleton, chercha autour
d'elle une arme pour se défendre. Un *bowie-knife* à
demi rouillé était posé sur la cheminée. Elle s'en
empara. Le géant se mit à rire et s'avança pour
l'embrasser.

« Ne m'approchez pas, dit-elle, ou vous êtes
mort. »

En même temps elle le frappa à la main. Appleton recula, étonné de voir couler son sang. Cependant la blessure était légère.

« Oh! oh! dit-il, quelle héroïne! Rassurez-vous,
chère Julia. Je n'en veux pas à votre vie. Je vous
aime, et je veux vous épouser. Convenez que je suis
bon homme d'accepter ainsi pour femme la maîtresse de M. Acacia; mais cela m'est égal. Vous êtes
riche, vous êtes belle, et cela me suffit.

— Vous ne m'épouserez pas malgré moi?

— Je m'en garderai bien, dit grossièrement Appleton. Ces sortes de mariages sont trop malheureux. Je veux que le mien soit un mariage d'inclination, et que vous veniez à moi en disant : « Mon
« bon petit Appleton, ami de mon cœur, ne résiste

« plus à mon impatience, et faisons la noce tout
« de suite. »

— Vous êtes fou.

— Je suis très-sage, et vous en aurez la preuve
tout à l'heure. Avez-vous jamais eu faim, chère miss
Julia? Non, n'est-ce pas? M. Sherman vous aimait
trop pour vous laisser désirer quelque chose. Eh
bien! je vous préviens que vous ne mangerez pas
avant la cérémonie nuptiale. Je parie qu'avant demain soir vous me sauterez au cou. »

Et, sans attendre la réponse de miss Alvarez, Appleton ferma la porte et tira les verrous. Restée
seule, Julia ouvrit la fenêtre, résolue à tout tenter
pour sa fuite. Elle eut envie de se précipiter, mais
un reste d'espoir la soutint. Il n'était pas possible
qu'Acacia, prévenu de sa disparition, ne fît pas sur-
le-champ des recherches. Il la retrouverait; il tuerait
Appleton et Craig; s'il le fallait, il forcerait toutes les
barrières et mettrait le feu à tout le Kentucky plutôt que de ne pas la délivrer.

Le reste de la nuit se passa au milieu de frayeurs
mortelles. Elle craignait toujours quelque tentative
nouvelle d'Appleton. Enfin le jour parut et dissipa
ses inquiétudes.

Vers midi, le géant ouvrit la porte. « Le ministre
est prévenu, dit-il. Dans dix minutes vous pourrez,
si vous voulez, déjeuner tout à votre aise. »

Julia garda le silence. Elle calculait le temps qui

lui restait à demeurer enfermée avant qu'on découvrît sa retraite. « Dans deux jours, pensa-t-elle, Acacia sera ici. Qu'est-ce que deux jours de souffrance ? »

Appleton alla retrouver Craig.

« Eh bien ! dit le *Yankee*, à quelle heure le mariage ?

— Que l'enfer la confonde ! s'écria le géant. Elle m'a repoussé comme un chien.

— Le temps passe, dit Isaac. Si elle résiste encore vingt-quatre heures, tout est perdu. On retrouvera sa trace, et tu seras pendu. Prends garde au Français.

— Je donnerais mille dollars pour qu'il fût à portée de mon revolver.

— Que le ciel te maintienne dans ces dispositions ! Je pars pour Oaksburg.

— Vous m'abandonnez ?...

— Très-cher Appleton, vous êtes trop lent en affaires. Celle-là devait être expédiée du premier coup. Vous hésitez, tout est manqué. Je vais chercher un *alibi*.

— Que faire ?

— Tout ce qu'il vous plaira. Vos scrupules n'ont pas le sens commun. Vous la traitez comme une princesse, et elle vous accueille comme un chien : c'est fort bien fait ! Il faut mener les nègres à coups de bâton.

— Je jure, dit Appleton, qu'elle sera ma femme ou qu'elle mourra.

— Je m'en lave les mains. Adieu.

—Attendez encore un jour, dit le géant. Demain je ferai une nouvelle tentative. »

Craig y consentit; mais ce retard devait amener de graves événements.

X.

Comment un homme sans principes sauva un homme
à principes.

En vingt-quatre heures, Acacia était de retour à
Oaksburg. Il y entra sans être reconu, à la faveur
de la nuit, et se présenta d'abord chez Jeremiah
Anderson. Toute la famille était réunie et prenait
tranquillement le thé. Lucy et Deborah poussèrent
un cri de surprise en le voyant. Il était pâle, fatigué et couvert de poussière.

« Je ne t'attendais que demain, dit Jeremiah;
mais, puisque te voilà sain et sauf, tout est pour le
mieux. Assieds-toi et soupe, nous avons le temps
de causer.

— Où est miss Alvarez ? dit Acacia.

— Elle vit ; rassure-toi. L'abbé Carlino croit être
sur sa trace. Craig et Appleton l'ont enlevée....

— Pour la vendre dans le Sud ?

— Non. Je crois qu'ils veulent en tirer une
rançon. »

Acacia respira.

« Jeremiah, dit-il, je compte sur toi. Nous la cher-
cherons et nous la délivrerons de gré ou de force.
Oh ! l'infâme Craig !

— Tu ne demandes pas ce qu'est devenu Lewis ?

— Qu'on le pende !

— Monsieur, dit miss Deborah, vous devriez
mieux parler de notre ami.

— Chère miss Anderson, dit l'impatient Acacia,
personne ne respecte plus que moi tout ce qui vous
touche ; mais quand je songe que ce rare imbécile
a causé la perte de l'une des meilleures femmes
qu'il y ait au Kentucky, je sens des transports de
rage dont je ne suis pas maître. »

Les deux sœurs échangèrent un regard et sortirent.

« Comme il l'aime encore ! » dit Lucy à demi-voix.

Le *lingot* l'entendit et fut offensé de ce mot. Il aimait Lucy d'un amour profond et qui devait être
éternel ; mais ce n'était pas l'heure d'oublier celle
qu'il avait aimée si longtemps, et qui se trouvait
par sa faute dans un si grand danger. Son cœur
était dévoré de remords.

« En quelles mains est-elle tombée ? dit-il. Que
reste-t-il à présent de cette beauté fière et charmante ? Elle deviendrait le jouet d'un Craig et d'un
Appleton ! ô Providence ! »

Il mit sa tête dans ses mains comme pour réflé-

chir. Ses larmes coulaient à travers ses doigts. Jeremiah lui-même se sentit ému.

« Ami, dit tout à coup le Français en se levant,
fais seller deux chevaux et partons. Les minutes
sont des siècles. Elle se meurt peut-être à l'heure
même où nous parlons. Grand Dieu ! si ces misérables ont touché à un cheveu de sa tête, je les
égorgerai, fussent-ils au fond des enfers !

— Prends patience, dit Jeremiah. Nous ne pou-
vous pas partir avant demain matin. Bodini est en
quête de renseignements. Il croit que quelque Irlandais a trempé dans l'affaire.

— Pauvre abbé ! dit tristement Acacia. C'était son
meilleur ami. Il ne l'a pas abandonnée, lui !

— Que pouvais-je faire ? répliqua Jeremiah. T'a-
vertir et faire des recherches.

— Ami, pardonne à mon malheur. Je suis injuste
envers toi.

— Je vais faire prévenir l'abbé Carlino, dit Anderson. En attendant, il faut arranger tes affaires et
démentir les calomnies de Craig et la sotte propa-
gande de l'Anglais. A propos, ne veux-tu rien faire
pour lui ?

— Qu'il aille au diable ! répondit Acacia exaspéré.

— Il n'en est pas loin, » répliqua Jeremiah.

Il fit alors à Acacia le récit de l'émeute de la
veille.

« Ce pauvre Lewis, continua-t-il, a erré longtemps autour d'Oaksburg, à ce qu'il paraît. Ce soir,
pressé par la faim, il est rentré dans la ville et a
voulu acheter des vivres. On l'a reconnu et poursuivi. Il s'est réfugié dans ta fabrique de poudre, et
comme, grâce au ciel, il était armé, il se défend
très-bien contre la foule qui l'assiége. »

Malgré sa tristesse, Acacia ne put s'empêcher de
rire de l'odyssée de l'Anglais.

« Tu ne l'as pas secouru ? dit-il.

— A quoi bon ? reprit Anderson. C'est un fou
qui ne sortira d'Oaksburg qu'après qu'on l'aura
goudronné. Il a le menton long et carré, signe d'un
entêtement invincible. Je l'ai averti deux fois du
danger : il a passé outre ; qu'il se tire de là, s'il
peut. J'ai des esclaves tout comme un autre, et ne
suis pas bien aise qu'on vienne leur prêcher toutes
sortes de choses subversives de la famille et de
la propriété. S'il était mon hôte, la bienséance
m'obligerait de me faire tuer pour lui ; mais,
grâce au ciel, il a quitté ma maison avant ses esca-
pades.

— Tu as, ma foi, raison, » dit le *lingot*.

Pendant ce temps, Lucy et Deborah déploraient
le triste sort de Lewis. La pauvre Deborah craignait
pour la vie de celui qu'elle aimait.

« Jeremiah est dur, dit-elle à Lucy. Il ne lèverait
pas un doigt pour sauver son ami.

— Cependant, dit Lucy, il va partir avec M. Acacia pour délivrer miss Alvarez.

— Lucy, dit l'aînée, vous avez plus d'influence que moi sur le Français : demandez-lui de sauver John Lewis. C'est un homme de ressources, et je suis sûre que Jeremiah le suivra.

— Hélas ! dit Lucy, mon influence est bien peu de chose; je vais néanmoins en faire l'essai. »

Elle rentra dans la salle où se tenaient les deux amis, et fit sa demande au *lingot*. Jamais homme ne fut plus désagréablement surpris. Il garda le silence, et Anderson se chargea de la réponse.

« Acacia n'a pas de temps à perdre, dit-il. Il faut qu'il parte dans quelques heures. »

Lucy ne répliqua rien, mais elle regarda le Français avec une telle expression de tristesse, que celui-ci en fut frappé au cœur. Il crut qu'elle aimait Lewis.

« Toutes deux ! pensa-t-il. Elles aiment ce maudit Anglais ! Me voilà bien récompensé de l'avoir tiré des mains des *rowdies !* O Lucy ! ô Julia ! »

Cependant il hésitait.

« Ne ferez-vous rien pour moi? » dit Lucy en lui prenant la main.

Acacia ne résista plus.

« Eh bien ! pensa-t-il, si elle l'aime, qu'il vive ! Je quitterai le Kentucky pour n'être pas témoin de son bonheur.... J'y consens, » dit-il tout haut.

Lucy lui serra la main avec tendresse. Acacia se
méprit au sens de ce geste, et crut y voir l'effet de
l'amour qu'elle avait pour Lewis. Il voyait crouler
toutes ses espérances : il n'en fut pas ébranlé.

« Allons, disait-il, j'ai trente ans, je suis riche.
L'âge de l'amour est passé pour moi; celui de la
sagesse va commencer. Je voyagerai vingt ans ; je
resterai garçon, et j'irai vieillir à Brives. Je léguerai
ma fortune à quelque bibliothèque qui portera mon
nom, ou je ferai distribuer après ma mort des prix
de vertu pour l'encouragement des vieilles ser-
vantes et la satisfaction des académiciens. »

Il se leva et sortit. Anderson voulut le suivre. Il
s'y opposa.

« Mon cher ami, dit-il, ne mettons pas tous nos
œufs dans le même panier. Si l'on me tue, je veux
que tu survives, et que tu délivres miss Alvarez, et
que tu égorges Craig. D'ailleurs mon plan est fait.
Je n'ai pas besoin de toi. »

La poudrière où s'était réfugié John Lewis était
située à l'extrémité de la ville, non loin de la maison
de miss Alvarez. Depuis trois heures, l'Anglais as-
siégé attendait avec inquiétude ce que le hasard
voudrait ordonner de son sort. Une foule nombreuse, armée de carabines et de revolvers, gardait
toutes les issues de la poudrière. On ne tirait pas,
de peur de mettre le feu aux provisions immenses
de poudre entassées par Acacia dans les caveaux

de la fabrique ; mais on attendait que l'Anglais,
vaincu par la famine, se rendît à discrétion.

Acacia vit d'un coup d'œil que la fuite de Lewis
était impossible ; il prit une résolution hardie. Il
traversa la foule et se hâta d'entrer dans la maison
avant d'être reconnu. A cette vue, le peuple poussa
des cris de fureur : « A bas le Français ! A bas l'a-
bolitioniste ! » Le chœur des méthodistes, conduit
par Toby Benton, hurlait d'une voix puissante :
« A bas l'athée ! »

L'Anglais se jeta dans les bras d'Acacia.

« Que venez-vous faire ici, mon ami ?

— Vous le voyez ; je veux vous tirer d'affaire.
C'est miss Lucy qui m'envoie.

— Miss Lucy ! dit l'Anglais. Ah ! »

Acacia fut surpris de cette apparente indifférence ;
mais ce n'était pas le moment de s'expliquer.

« Donnez-moi une bougie, dit-il, une vrille, et le
petit baril que vous voyez dans ce coin. »

L'Anglais obéit, et alluma la bougie. Acacia parut
alors à la fenêtre du premier étage. La foule le
regardait avec curiosité. Les cris redoublèrent.
Cependant on admirait son courage, et quelques-
uns des assistants, moins animés que les autres
par l'esprit de parti, auraient voulu le sauver.

« Messieurs et chers compatriotes, dit Acacia,
prenez la peine de m'écouter. Je suis bien connu
de vous tous.

— A bas l'athée! dit Toby Benton.

— Maître Toby, reprit le *lingot*, prenez garde que je ne descende pour vous couper les oreilles..»

Cette réponse fit rire la foule, et la disposa d'une manière favorable à l'orateur.

« Vous savez, continua-t-il, que je suis capable de tout, et particulièrement de me faire sauter en l'air avec vous. »

Cette menace fit frémir tout le monde.

« Mes caveaux contiennent plus de deux cent mille livres de poudre, qui suffiraient pour faire sauter tout le Kentucky. J'ai du feu. Je suis maître de vous et de moi. Soyez prudents et redoublez d'attention.

— A bas l'abolitioniste ! cria encore Toby Benton.

— Abolitioniste toi-même! dit Acacia. Je ne le suis pas, et ne le serai jamais. Un de mes amis, un pauvre homme, il faut l'avouer, à qui j'avais laissé le soin de rédiger mon journal, a voulu s'amuser à vos dépens : il s'est dit abolitioniste. C'est faux : c'est une plaisanterie qui n'est pas bonne, j'en conviens, mais qui ne doit pas le faire pendre ni goudronner.

— Je suis abolitioniste et le serai toute ma vie, » cria John Lewis par-dessus l'épaule d'Acacia.

Celui-ci se retourna.

« Mon cher ami, dit-il, je ne veux pas vous sauver

malgré vous. S'il vous plaît. de vous jeter à l'eau, faites, vous êtes libre; sinon, laissez-moi vous tirer d'un mauvais pas.

— J'aime mieux mourir, reprit Lewis, que de mentir ainsi.

— Eh! mourez si vous en avez envie, dit le Français impatienté; je m'en vais. »

Lewis lui tendit la main.

« Adieu, ami, dit-il, je vous remercie. Soyez heureux! »

Acacia se sentit ému.

« Ah! si miss Lucy ne m'avait pas ordonné de vous sauver la vie, avec quel plaisir je vous verrais griller tout vif!... Messieurs, dit-il en reparaissant à la fenêtre, vous le voyez, John Lewis est un brave homme à qui le désir du martyre a brouillé la cervelle. Soyez plus sages que lui, et laissez-le passer tranquillement. Je donne ma parole qu'il sortira du Kentucky dans deux jours.

— Non, point de grâce pour le scélérat, dit une voix.

— Messieurs, reprit Acacia, Lewis est mon hôte. Je suis forcé de le défendre, et, si quelqu'un l'attaque, je lui brûlerai la cervelle. Une dernière fois, engagez-vous votre parole, comme de braves et loyaux Kentuckiens, que vous le respecterez?

— Non ! non ! » crièrent quelques-uns des amis de Craig.

Cependant le plaidoyer d'Acacia faisait quelque effet sur la foule. On admirait son courage et sa générosité : on l'eût admiré bien davantage, si l'on avait su qu'il croyait sauver son rival. Acacia vit que le moment était décisif. Il prit le petit baril des mains de l'Anglais, fit un trou avec la vrille, et y planta un morceau de bougie allumée. Douze cents têtes le regardaient avec inquiétude et curiosité.

« Ce petit baril, dit-il, contient vingt livres de poudre. Je vais y mettre le feu et le jeter dans la rue. Que tous les braves et généreux Kentuckiens se retirent ! »

En même temps, il lança le baril. L'effet de cette menace fut prodigieux : en un clin d'œil, tout le monde disparut.

« Sortons, » dit Acacia.

L'Anglais le suivit, et tous deux, par des chemins détournés, gagnèrent la maison de Jeremiah.

« C'est un très-bon tour, dit Anderson ; mais tu risquais de nous faire sauter en l'air comme des éclats d'obus. »

Acacia se mit à rire.

« Est-ce que tu crois au baril de poudre ? dit-il. C'est un gallon de rhum que j'ai jeté sur les braves gens d'Oaksburg. La peur grossit et défigure les objets. »

Jeremiah fit atteler sur-le-champ une voiture.

« Partez vite, dit Acacia, et attendez-moi de l'autre côté de l'Ohio, à Indianapolis. »

L'Anglais voulut le remercier.

« Remerciez miss Lucy, » dit un peu sèchement le *lingot*, qui n'oubliait pas ses griefs contre le swedenborgien.

Lucy devina la jalousie d'Acacia.

« Ce n'est pas moi, dit-elle un peu vivement, qui aurais osé demander à notre ami de risquer sa vie pour vous sauver : c'est Deborah qui m'a priée de le faire. »

Le regard et le sourire d'Acacia lui firent voir qu'elle était comprise. Les deux amants étaient réconciliés. Le Français fut ravi de voir qu'il n'avait pas de rival dans le cœur de la belle Kentuckienne, et heureux de pouvoir l'aimer sans remords.

« Puisque Julia me préfère John Lewis, se dit-il, qu'elle l'épouse. Ce bon Anglais vient fort à propos pour me tirer d'embarras. Ah ! perfide Julia, pouvais-tu trahir un amant si fidèle ! »

Il oubliait encore qu'il avait donné l'exemple. Qui de nous est jamais sincère, même avec sa conscience ? Il profita de l'absence de Jeremiah et de l'Anglais, tout occupés des préparatifs du départ, et prenant la main de miss Anderson :

« Lucy, chère Lucy ! » dit-il.

Elle leva les yeux sur lui et rougit.

« Je vais partir avec votre frère pour une expédition périlleuse, continua-t-il ; puis-je espérer que
vous ferez des vœux pour le succès de nos armes ?

— Je ferai toujours des vœux pour les amis de
mon frère, répondit-elle.

— Lucy, je vais délivrer ou venger miss Alvarez.
Quand je reviendrai, me recevrez-vous si je vous
dis : « Je vous aime, miss Anderson ; voulez-vous
« être ma femme ? »

— Revenez d'abord, dit-elle en souriant ; vous
aurez alors ma réponse. »

Le cœur de Lucy était rempli d'une joie sans
mélange. Elle ne craignait plus miss Alvarez ; elle
croyait même, avec la sainte et noble crédulité de
l'amour, n'avoir jamais eu de rivale. Julia n'était
pour Acacia qu'une amie et qu'une associée. Tous
les bruits qui couraient à son déshonneur n'étaient
plus que d'infâmes calomnies. Comment Acacia,
qui avait tant d'esprit et de goût, aurait-il pu aimer
une négresse ? car, bien qu'elle fût blanche comme
un lis, le sang noir qui coulait dans les veines de
miss Alvarez suffisait pour en faire une créature
inférieure. Lucy, qui aurait été jalouse d'une blanche, ne pouvait pas l'être d'une fille de couleur. Le
mépris souverain des Américains pour la race
noire ne leur permet pas la jalousie. Tels étaient les
raisonnements de Lucy ; on aime à se tromper
soi-même.

De son côté, John Lewis était allé remercier
Deborah. L'austère méthodiste s'était retirée dans
sa chambre à coucher et priait pour le salut du
swedenborgien. En le voyant, elle poussa un cri de
joie et courut à lui.

« Sauvé! dit-elle. Béni soit le Dieu d'Israël, qui
sait, quand il le faut, prêter au juste et à l'innocent
sa force invincible!

— Miss Deborah, dit l'Anglais avec tendresse et
gravité, je viens d'apprendre que je dois à votre
amitié d'avoir été secouru, et la vie m'en est
devenue plus chère. »

Deborah rougit, et, sans répondre, le regarda
avec des yeux où se peignait l'amour le plus pur et
le plus ardent. Elle croyait comprendre cet exorde,
et toucher au terme d'un long et dur célibat. Son
cœur, naturellement altier et un peu aigre, s'adou-
cissait à cette pensée. En quelques secondes, le
monde entier changea d'aspect pour elle. Au lieu
de l'impure Babylone, de la prostituée des sept
collines, où elle se plaignait de vivre, elle ne vit
plus autour d'elle que des visages riants et purs,
que des vieillards au maintien austère et plein de
dignité, de jeunes hommes au frais visage, à la
démarche modeste, et des femmes dignes d'entrer
à toute heure dans le sanctuaire. De son côté, John
Lewis, plein d'estime pour Deborah et reconnaissant
de l'amour qu'elle lui témoignait, aurait voulu la

détromper. Il cherchait un détour habile pour lui apprendre cette fâcheuse vérité, et il ne trouva rien de mieux qu'un sermon en quatre points. .

« Chère miss Deborah, dit-il après avoir toussé pour éclaircir sa voix et cacher son embarras, je viens à l'objet principal de ma visite. J'ai toujours pensé que les tendances morales et religieuses étaient, de toutes les choses qui rendent une femme propre au mariage, les plus précieuses et les plus nécessaires, car la religion est la base de toute famille et de toute société. Il a été dit par l'apôtre saint Paul : « En vain tu bâtiras un temple et tu dé- « penseras des sommes immenses, si Dieu n'a posé « la première pierre. » L'amour de Dieu est donc la première et la plus indispensable condition de l'amour saint et sacré qui doit unir l'homme à la femme, et l'époux à l'épouse. D'un autre côté, la beauté corporelle et les avantages extérieurs, quelque fragiles qu'ils soient par l'essence même de notre nature périssable, ne doivent pas être négligés dans ce contrat unique par lequel deux êtres humains s'engagent à propager leur espèce et à offrir au Seigneur des enfants qui soient dignes de le servir et prêts à l'adorer. »

Il est difficile de dire combien de temps aurait duré ce discours, dont la conclusion trop sincère devait être cette dure parole : « Deborah, vous êtes « la piété même ; mais j'aime miss Alvarez, parce

« qu'elle est plus belle que vous, » si Jeremiah lui-
même n'était encore venu interrompre cette conversation fort à propos.

« Allons, mon cher Lewis, dit-il, vos adieux
doivent être faits. Partons. Si vous laissez à vos
ennemis le temps de délibérer et de vous retrouver,
je n'oserai plus répondre de vous. En route, en
route ! »

Deborah, malgré sa piété et son amour du dé-
corum, donnait de bon cœur au diable la précipi-
tation de Jeremiah et la sage et méthodique lenteur
de l'Anglais. Hélas ! interrompre l'orateur si mal à
propos ! ce malheur n'était fait que pour elle. Pour
la première fois, elle regretta que Lewis n'eût pas
la vivacité du *lingot*. « Ce n'est pas Acacia, pensait-elle, qui s'embourberait dans son discours
comme une charrette dans une ornière profonde.
Ah ! les gens extravagants ont quelquefois du
bon ! »

Il fallut se contenter de ce tronçon de discours.
Lewis n'était pas homme à retrancher une syllabe
de ce qu'il avait résolu de dire. Son texte était prêt,
ses citations des Pères étaient alignées et allaient
défiler en colonne serrée, sa péroraison devait ré-
sumer la harangue et en donner la morale. Pour un
évêché il n'eût pas laissé échapper cette magnifique occasion d'édifier son prochain. Si l'on s'étonne
qu'il pût avoir la pensée de dire clairement une

chose aussi offensante, je répondrai qu'il était Anglais, plein de confiance dans sa sagesse et dans son éloquence, qu'il était ministre du Seigneur et, à ce titre, habitué aux sermons et aux controverses. Le mariage lui paraissait une affaire de controverse, et il eût controversé, cité, commenté, ratiociné jusqu'au jugement dernier, pour peu qu'il eût trouvé des contradicteurs.

Le naturel de Deborah n'était guère moins porté aux longs discours; mais elle était fille, ennuyée de l'être, et impatiente d'en finir avec le célibat : de plus, le cas était pressant; elle sentait bien qu'il ne fallait pas laisser échapper le swedenborgien. Quand elle vit qu'il partait avec Jeremiah, elle lui serra la main d'une façon expressive et lui dit :

« John Lewis, partout où vous irez, souvenez-vous de moi.

— Partout et toute ma vie, dit-il avec émotion.

— Revenez dès que les temps seront plus doux, ajouta-t-elle.

— Lewis, dit Jeremiah, tous ces adieux sont pathétiques; mais, si vous tardez plus longtemps, vous serez goudronné. »

Tous deux descendirent, et trouvèrent Acacia au parloir avec l'abbé Carlino Bodini et un Irlandais. L'abbé venait d'entrer.

« Miss Alvarez est retrouvée! cria-t-il dès la porte.

— Miss Alvarez était perdue ? » dit l'Anglais, qui ignorait tous les événements de la veille.

Anderson l'instruisit de la disparition de Julia. Acacia se jeta dans les bras du bon Carlino.

« Quoi ! elle est revenue ! dit-il. Où est-elle ? l'avez-vous vue ?

— Hélas ! non, répondit l'abbé ; mais voici quelqu'un qui vous en donnera des nouvelles. Approche ici, drôle ! »

A ces mots, Jack se présenta : c'était l'Irlandais que Craig avait menacé de mort ; il raconta tous les détails de l'enlèvement.

« Comment sais-tu cela ? dit Acacia.

— Le drôle y était, dit l'abbé. Après l'affaire, il a senti quelques remords, et m'a demandé l'absolution. Je ne l'ai donnée qu'à la condition qu'il raconterait publiquement ce que vous venez d'entendre. »

A peine eut-il fini de parler qu'Acacia mit son revolver dans sa poche et courut à la voiture.

« Où vas-tu ? dit Jeremiah. Attends-moi.

— Partons, répliqua le *lingot*, ou je pars seul.

— Et Lewis ?

— Fais-lui donner un cheval et un guide. Je n'ai pas de temps à perdre.

— Je n'ai pas besoin de guide, dit l'Anglais. Je pars avec vous. Nous la délivrerons ou nous mourrons ensemble.

— Bien dit, » s'écria Jeremiah.

Ils montèrent dans la voiture. L'abbé aurait voulu les suivre. Acacia l'en empêcha.

« Restez ici, dit-il, et priez pour le succès de notre entreprise. Votre métier n'est pas de vous battre, et vous pouvez nous rendre de grands services. Faites imprimer sur-le-champ, tirer à vingt mille exemplaires et répandre dans tout le comté l'affiche que voici. Visitez Tom Cribb et la brigade irlandaise ; dites-leur de se tenir prêts ; les élections sont proches, et nous aurons besoin de leur courage. Ah ! coquin de Craig, cette fois tu ne m'échapperas pas. »

En même temps la voiture s'ébranla et partit au galop.

Voici le texte de l'affiche :

Mensonge !
Infernale trahison !
Scélératesse abominable !

« Peuple magnanime, on te trompe ! on te soulève contre tes meilleurs, tes seuls amis ! Un misérable qu'on appelle Craig, et qu'on devrait appeler Judas Iscariote, a calomnié indignement l'un des plus honnêtes et des plus loyaux gentlemen de tout le Kentucky. Non, M. Acacia n'est pas abolitioniste, et il ne le sera jamais ! Il a cette doctrine perverse en horreur et détestation. Sa vie passée répond de ses principes politiques et moraux. Ce noble enfant de la France a sucé avec le lait de sa nourrice l'amour de l'ordre et de la constitution. Son journal, le *Semi-Weekly Messenger*, est l'organe de tous les honnêtes gens et de tous les nobles et loyaux Kentuckiens. M. Acacia a l'honneur de prévenir le public et Isaac Craig qu'il se propose, à la première rencontre, de couper les oreilles dudit Isaac, et de les clouer sur la porte des bureaux du *Herald of Freedom*, pour l'exemple des scélérats et la joie de tous les amis de l'ordre. »

Sans faire la moindre objection, Carlino fit imprimer et placarder cette affiche sur toutes les murailles d'Oaksburg. Il en envoya des exemplaires dans tout le comté et jusqu'à Louisville.

XI.

Mousquetades.

Pendant ce temps, les trois amis galopaient sur la route de *Sugar-Maple :* c'est le nom de la ferme de Craig. La voiture roulait dans des chemins affreux, sur des troncs d'arbre mal équarris, et tombait à tout moment dans des fondrières. Il ne manque pas de chemins pareils au Kentucky, surtout dans les forêts. On a plus tôt fait d'abattre un arbre, de le scier en planches et de l'étendre sur la route, que de faire un pavé régulier. D'ailleurs la pierre est rare dans cet État, le plus fertile peut-être de l'Union.

Enfin le jour parut, et un soleil magnifique éclaira la cime des chênes et des érables. A neuf heures du matin, on aperçut la fumée du toit de Craig. Jeremiah, qui conduisait la voiture, fit halte.

« N'allons pas plus loin, dit-il. Il faut d'abord s'informer des forces et des dispositions de l'ennemi. »

Acacia mit pied à terre.

« Restez ici, dit-il, et gardez les chevaux. Je vais revenir. Si vous entendez quelque coup de feu, venez à moi. »

Il se glissa sans être aperçu jusqu'à cinquante pas de la maison. Une barrière très-élevée entourait la maison et le jardin de Craig.

Acacia sauta par-dessus la barrière, et se trouva dans le jardin. Là, un obstacle se présenta, qu'il n'avait pas prévu. Deux chiens énormes, dressés à chasser les nègres, gardaient l'entrée de la maison. A la vue d'Acacia, ils s'élancèrent sur lui. D'un coup de revolver, le *lingot* cassa la mâchoire au premier, qui s'enfuit en hurlant; un autre coup de pistolet tua roide le second.

A ce bruit, amis et ennemis accoururent. Craig et Appleton, qui déjeunaient tranquillement, se levèrent de table et prirent leurs armes.

« Eh bien ! Appleton, dit Craig, masse informe de chair, taureau, brute sans intelligence et sans cœur, voilà l'ennemi. Tu vas recevoir le prix de tes tergiversations.

— Parbleu ! dit le géant, qui que ce soit, je l'assomme. »

Au même instant, Acacia parut à l'entrée du vestibule. Appleton et Craig tirèrent à la fois sur lui, sans l'atteindre. Il tira à son tour, et blessa Appleton. Celui-ci fit une seconde décharge, aussi précipitée et aussi mal dirigée que la première. Le Français riposta encore, mais sans succès. Le revolver n'est pas une arme aussi meurtrière qu'on pourrait le croire. Les Américains tirent trop vite et visent trop peu pour se faire beaucoup de mal, même à une courte distance.

« Bon ! dit Jeremiah, voilà ce fou d'Acacia qui va se faire tuer. J'étais sûr qu'il ferait quelque extravagance. Allons, John, êtes-vous prêt ?

— En avant pour la vieille Angleterre ! » dit le swedenborgien.

Tous deux s'élancèrent au pas de charge ; mais Jeremiah, plus leste et plus adroit, sauta le premier par-dessus la barrière, et, sans attendre son compagnon, courut vers la maison. Il arrivait trop tard.

Le bruit du combat avait averti Julia qu'il se passait quelque événement extraordinaire dans la maison. Elle ouvrit la fenêtre, et reconnut Acacia et Jeremiah. Son cœur bondit de joie.

« A moi ! cria-t-elle, à moi ! Paul ! »

La jeune mulâtresse qu'on avait enlevée avec elle profita du trouble général pour tirer le verrou. Julia ouvrit la porte et se précipita dans l'escalier. A cette vue, Appleton ne fut pas maître de sa rage.

« Craig, dit-il, continue le combat. Je vais remettre en cage ce bel oiseau. »

Craig ne l'entendait plus. A la vue de Jeremiah

et de l'Anglais, qui accourait aussi, quoique plus lentement, Isaac jugea la partie perdue; comme il n'était pas homme à s'opiniâtrer hors de propos, il s'échappa par une porte de derrière, monta à cheval, et courut du côté d'Oaksburg.

Personne ne pensait à le poursuivre. Appleton, s'apercevant de sa fuite, fut saisi de fureur et de désespoir.

« Rends-toi, dit Acacia, je te donne la vie. »

Sans répondre, le géant tira son dernier coup de pistolet sur le Français et monta l'escalier. Son mouvement fut si prompt, que personne n'eut le temps de le prévenir. Julia fut saisie d'épouvante et voulut fuir; mais il l'atteignit et la frappa d'un coup de *bowie-knife* dans la poitrine. Elle tomba, baignée dans son sang. Il voulut redoubler, mais Acacia s'élança comme la foudre et le frappa lui-même avec tant de force d'un coup de poignard au cœur, que le géant tomba roide mort, sans pousser un cri. Anderson et Lewis arrivaient trop tard.

Acacia se précipita vers le corps inanimé de sa malheureuse amie.

« Julia! s'écria-t-il, Julia! au nom du ciel! réponds-moi!

— Hélas! dit Anderson, elle est morte. »

Il se trompait. Les trois amis la portèrent sur son lit et visitèrent la blessure. Julia ouvrit les yeux et s'évanouit de nouveau.

« La blessure est mortelle, » dit l'Anglais, qui se connaissait un peu en chirurgie.

A ces mots, Acacia fut saisi d'un violent désespoir. Il saisit la main de Julia et la baisa avec un tel transport de tendresse et de douleur, que ses compagnons ne purent retenir leurs larmes.

« Ah ! malheureuse Julia, dit-il, pourquoi t'ai-je quittée ? Ne devais-je pas veiller sur toi toute ma vie et te faire un rempart de mon corps ? Hélas ! le coup qui t'a frappée sera pour moi un remords éternel. O malheureuse amie ! pourquoi m'as-tu trahi ? »

A ce mot, elle reprit ses sens.

« Cher Paul, dit-elle, j'ai toujours été fidèle à notre amour. »

Il tourna les yeux sur l'Anglais.

« Je n'ai aimé, dit-elle, et n'aimerai jamais que toi. Je sens bien, ajouta-t-elle avec un sourire désespéré, que je n'ai pas de grands efforts à faire pour te demeurer fidèle à l'avenir. La vie me quitte. Mourir si jeune, ah ! Dieu ! »

Acacia était dévoré de remords. A ce moment suprême, il comprit qu'elle disait la vérité, et il eut horreur de lui-même. Il se reprocha cruellement son égoïsme et son inconstance. Il maudissait l'Anglais et Appleton, et Craig, et lui-même. Il pleurait, il criait, il demandait pardon à Julia, qui ne l'entendait plus. Lewis n'était guère plus calme.

Jeremiah, qui seul avait conservé quelque sang-
froid, sentit qu'il fallait agir et transporter Julia à
Oaksburg.

« Deborah prendra soin d'elle, » dit-il à son ami.

On la porta dans la voiture après avoir bandé sa
blessure à la hâte, et l'on reprit le chemin de la
ville.

XII.

Mort de Julia.

Le triste cortége entra dans Oaksburg au coucher du soleil, et se dirigea vers la maison de Jeremiah Anderson. Déjà l'opinion publique se prononçait en faveur d'Acacia. Le défi qu'il portait à Craig avait produit le meilleur effet dans un pays où les querelles se vident plus souvent à coups de carabine que devant les tribunaux. On se promettait un spectacle intéressant, et l'on ne se trompait pas. Le bon Carlino, par ses intrigues et celles de ses amis, avait en quelques heures obtenu des résultats merveilleux.

Deborah reçut l'infortunée Julia dans sa propre chambre. Bien qu'elle eût pris ses grades aux États-Unis, elle ne manquait pas de science médicale, et à coup sûr elle valait bien la plupart de ses confrères d'Oaksburg et des environs. L'austère méthodiste avait pensé se faire un cas de conscience de recevoir une catholique sous son toit; mais la pâleur de Julia, le sang qu'elle perdait, la douleur du *lingot*

et, plus que tout peut-être, les instances de Jeremiah, la décidèrent à traiter miss Alvarez comme
une enfant d'Israël, quoiqu'elle ne fût, à vrai
dire, qu'une simple Madianite. Lucy, plus tendre et
plus compatissante, se sentit profondément émue
en voyant son ancienne rivale : elle respecta la douleur d'Acacia, et ne l'attribua qu'à une amitié profonde, violemment interrompue par la mort; elle
l'en aima davantage, car tout est prétexe d'amour
pour ceux qui aiment, et de haine pour ceux qui
haïssent.

Julia ne se fit pas illusion sur sa destinée. Pendant
que Lucy cherchait à la consoler et à la rassurer,
elle se sentait condamnée; mais elle en était presque contente. Aux regards de Lucy, elle devina le
secret de son amour.

« Je ne suis plus qu'un obstacle, pensa-t-elle.
Acacia ne m'aime plus. Que ferais-je dans la vie ?
Me résignerais-je à son amitié après avoir reçu de
lui tant de serments, aujourd'hui violés ? »

Cette aimable et charmante Julia, si digne d'un
meilleur sort, était la triste victime des préjugés de
son pays. L'esclavage dès l'enfance l'avait asservie
aux passions de M. Sherman, et, lorsqu'elle devint
libre et maîtresse d'elle-même, son déshonneur
passé pesa sur toute sa vie. Acacia, qui l'aurait
épousée s'il avait été son premier amant, la regarda malgré lui comme une maîtresse ordinaire,

et non comme la compagne de sa vie. Où l'amour ne manquait pas, le respect manquait, et l'amour sans le respect de la femme aimée n'est pas de longue durée.

Julia ne fut pas aigrie par le malheur, et cette bonté divine, qu'elle garda toujours, fut comme un charme qui attirait à elle et séduisait tous ceux qui la connaissaient. Dès les premières heures, Lucy l'aima tendrement, et, malgré les avertissements de Deborah, elle la traita comme une sœur.

Cependant Acacia et Jeremiah délibéraient sur la manière de tirer vengeance de Craig.

« Il faut, dit Anderson, le traduire devant le jury comme complice de meurtre et d'enlèvement.

— Ami, dit le Français, laisse-moi le soin de le punir. J'ai soif de son sang. Il mourra, et je veux qu'il meure de ma main. Laissons la justice toujours boiteuse à ceux qui sont trop faibles pour se faire justice, et sachons nous venger comme des hommes.

— Est-ce que tu veux l'assassiner ? Attends du moins que je sois nommé maire. Nous arrangerons l'affaire à l'amiable, et tu ne seras pas forcé de subir les lentes formalités d'un procès. Tous mes *policemen* déclareront à l'envi qu'il a tiré le premier.

— Non, répondit Acacia. Je veux que les chances soient égales. Nous aurons tous deux les mêmes armes; mais j'aurai de plus Julia à venger. Cependant, pour ne pas faire de tort à ton élection, j'attendrai que tu sois nommé maire. »

Le même jour, une guerre d'escarmouches commença entre le *Herald of Freedom* et le *Semi-Weekly Messenger*. Craig, effrayé d'abord de la mort d'Appleton et de son propre échec, avait craint qu'on ne l'attaquât en justice, et déjà il prenait ses précautions. Douze gentlemen patentés, tous dignes de foi, tous habitants d'Oaksburg, étaient prêts à déclarer sous serment qu'il n'avait pas quitté la ville depuis un mois. Il se rassura bientôt en voyant qu'on ne l'attaquait pas, et posa sa candidature aux fonctions de maire avec une audace inouïe. Il accusa de nouveau Acacia d'être secrètement négrophile, il en accusa Jérémiah ; il ajouta que celui-ci était un ivrogne, et celui-là un débauché qui vivait avec une fille de couleur et scandalisait la pieuse communion des méthodistes d'Oaksburg. Jeremiah voulait d'abord le jeter dans la rivière, mais Acacia le supplia de n'en rien faire.

« Cet homme est mien, lui dit-il : il est sacré pour toi. Je veux l'offrir aux mânes de Julia. »

De son côté, il soutint la candidature d'Anderson et accusa Craig de tous les crimes. On connaît trop le style des journaux américains pour qu'il soit nécessaire de donner des extraits de cette polémique. Il suffit de dire que les deux adversaires se surpassèrent eux-mêmes dans cette lutte.

Enfin le grand jour arriva. Les *know-nothings* et les méthodistes furent fidèles à Craig, mais tous les autres votèrent en faveur d'Anderson. Le vaillant Tom Cribb et sa brigade trouvèrent moyen de se signaler le soir en cassant des réverbères et en frappant à coup de poing et de bâtons sur les partisans du malheureux Craig.

Pour la première fois, celui-ci désespéra de lui-même. L'histoire de Julia, dix fois racontée dans le journal d'Acacia, et toujours avec des circonstances nouvelles, qui aggravaient le crime d'Isaac et rendaient sa victime encore plus intéressante, avait fini par le rendre odieux. Déjà son caractère bien connu et son origine *yankee* suffisaient pour déconcerter ses plus intrépides partisans. Il était dans la situation déplorable du malheureux Turnus, que les dieux ont condamné, et qui cherche en vain à fuir le glaive vengeur d'Énée. La fatalité, ou plutôt la vengeance divine, le poursuivait. Chaque matin, Acacia renouvelait dans son journal la promesse de lui couper les oreilles et de les clouer à la porte du *Herald of Freedom*. Le lendemain de sa défaite, Craig, exaspéré, résolut d'en finir et de tuer le *lingot*.

Acacia se tenait sur ses gardes et cherchait lui-même une occasion ; elle se présenta bientôt. Au moment d'entrer dans les bureaux du *Semi-Weekly Messenger*, il se retourna par hasard, et ce mouvement imprévu lui sauva la vie : Craig, posté à vingt pas de là, venait de tirer sur lui un coup de revolver. La balle frappa la porte de la maison et enleva un éclat de bois.

« Maladroit ! » dit Acacia en se retournant et l'ajustant à son tour.

Deux balles furent encore échangées sans résultat. La foule s'amassait autour des combattants, car le combat avait lieu en pleine rue. Personne ne fit un effort pour les séparer. Les voisins et les passants étaient là comme des juges du camp. Irrité de servir de spectacle aux curieux, Acacia courut sur son adversaire et fit feu à bout portant.

Au même instant, Craig tirait. Les deux adversaires tombèrent, Acacia blessé à la cuisse, et Craig mort : la balle avait fait sauter la cervelle.

« Bravement combattu ! » dirent les assistants.

On enterra Craig, et Acacia se fit porter et panser dans la chambre de Julia. Sa blessure n'était pas dangereuse, et Deborah lui promit de le remettre sur pied en quelques jours.

« Et Julia ? demanda-t-il à voix basse.

— Elle n'a plus que quelques heures à vivre, » répondit Deborah sur le même ton.

Miss Alvarez, qui était présente, quoique à l'autre extrémité de la chambre, devina la réponse du médecin et frémit. Au moment de mourir, elle se révoltait contre cette cruelle nécessité. Elle se cramponnait à la vie avec désespoir. Enfin elle comprit qu'il fallait se soumettre à la destinée; elle pria ceux qui étaient présents de sortir, et de la laisser seule avec Acacia.

« Mon cher Paul, lui dit-elle, je t'ai aimé avec une passion sans pareille. Rien ne m'a été aussi cher que toi, pas même mon salut éternel, que j'ai compromis pour toi seul. Tu m'as rendue heureuse pendant trois ans, et c'est beaucoup, car jusque-là je n'avais connu que la honte et les misères de la servitude. Par toi, j'ai connu le bonheur, un bonheur, hélas! bien fugitif; mais il n'a pas dépendu de toi qu'il ne fût éternel. Nous ne pouvions ni l'un ni l'autre effacer la mémoire du passé : c'est le serpent qui m'a toujours dévoré le cœur, et qui faisait couler mes larmes au milieu même de nos plus vifs transports d'amour. Oh! Sherman! Sherman! »

Elle éclata en sanglots. Paul l'embrassait et l'appelait des noms les plus tendres, sans pouvoir la consoler. Il était désespéré de voir mourir d'une agonie si cruelle cette pauvre Julia qu'il avait tant aimée, qu'il aimait peut-être plus que jamais. Elle s'en aperçut, et son âme si tendre fut presque consolée par la pensée qu'elle laisserait à son amant un doux et éternel souvenir.

« Calme-toi, dit-elle, et fais venir miss Lucy. »

Celle-ci entra, presque aussi affligée qu'Acacia, car elle aimait sincèrement miss Alvarez.

« Chère Lucy, dit la mourante, comment vous remercierai-je de la bonté avec laquelle vous m'avez secourue, moi étrangère et d'une race méprisée? Je vais mourir : permettez-moi de vous léguer ce que j'ai de plus cher au monde, le bonheur de mon ami Acacia. Je sais que vous l'aimez et qu'il vous aime; miss Deborah m'a tout dit. Adieu, soyez heureux, et pensez quelquefois à votre amie Julia. »

A ces mots, elle s'évanouit. L'abbé Carlino, appelé en toute hâte, l'aida à mourir pieusement. Le pauvre abbé se sentait défaillir en remplissant les devoirs de son ministère.

« *Allez en paix*, dit-il, en répétant les paroles de l'Évangile, *car votre foi vous a sauvée.* »

Elle sourit doucement à Lucy et à son amant, et mourut.

La douleur d'Acacia est impossible à peindre. Tous les assistants pleuraient, et même la sévère Deborah. Julia fut ensevelie sur les bords du Kentucky, au pied d'un érable sous lequel elle aimait à s'asseoir.

Acacia guérit et obéit au vœu de miss Alvarez en épousant Lucy, mais il n'est pas encore consolé. La belle Kentuckienne est heureuse néanmoins, car il cache sa mélancolie sous le nom du regret de la terre natale. Elle l'a décidé à faire un voyage en France. Vous le verrez à Paris cet été avec sa femme. Sa fortune est immense, mais il ne se

soucie plus d'être riche. Il a une petite fille charmante qu'il appelle Julia, et qui sera aussi belle
que son ancienne amie.

John Lewis, revenu de ses rêves apostoliques, a
épousé Deborah. Ils évangélisent ensemble les popu-
lations paisibles du comté de Kent, et, malgré quelques retours d'humeur de la dame, ils sont raison-
nablement heureux. Mistress Lewis vient de publier
à Londres un livre édifiant, intitulé *le Cœur crucifié*,
qui est fort apprécié dans les Sociétés bibliques.

Jeremiah, resté seul, s'est marié, et sa femme l'a
déjà rendu père de deux jumeaux. Il est riche, il
est maire, il sera gouverneur du Kentucky.

L'abbé Carlino est retourné en Italie. Acacia lui
a fait présent de 20 000 dollars. Il va vivre sous le
beau ciel de Naples, jusqu'à ce que l'ange de la
mort le touche de son aile, comme dit je ne sais
plus qui.

LES BUTTERFLY

LES BUTTERFLY,

SCÈNES DE LA VIE DES ÉTATS-UNIS.

———————

Un soir du mois de mai 1849, un jeune Parisien, nommé Charles Bussy, que Paris ennuyait, mit pied à terre à l'hôtel d'*Astor*, à New-York. Il était jeune, de bon caractère, bien fait, vigoureux, chasseur adroit, bon cavalier; il avait de l'esprit, du courage, de la gaieté, et par malheur aussi des dettes.

Dans les pays civilisés, le créancier n'est que la préface de l'huissier, derrière lequel on aperçoit les recors et le frais séjour de Clichy. Bussy, qui aimait le soleil, le grand air et l'aspect de l'immense Océan, partit sans attendre qu'on lui offrît un asile dans cette maison hospitalière. Il emportait le titre de propriété d'une forêt de cinq mille acres que son père avait achetée à vil prix, dix ans auparavant, dans l'Ohio. Ce père prévoyant avait deviné les instincts dissipateurs de son fils, et, par une clause expresse de son testament, il avait défendu de vendre ou d'hypothéquer avant dix ans la moindre parcelle de sa forêt. Cette précaution prise, il mourut, laissant à son fils de profonds regrets et un capital de cinq ou six cent mille francs, qui ne tarda guère à s'évaporer en fumée.

La veille de son départ, Bussy fit son inventaire. Il avait en portefeuille dix mille francs, et il en devait soixante mille. Cette découverte le fit sourire. Il pensait à sa forêt d'Amérique et se sentait plein de confiance. Tout homme a son rêve; celui de notre héros était de devenir grand propriétaire dans le pays des Mohicans. « Je défricherai ma forêt, disait-il, j'abattrai les arbres, je construirai des maisons, j'y mettrai des Allemands, des Irlandais ou des nègres, et je serai le bienfaiteur et le représentant naturel des fermiers de ma future ville de *Bussy-Town*. Dans cinq ans, j'aurai payé mes créanciers, je serai membre du congrès, peut-être gouverneur de l'État, et vingt fois plus libre et plus puissant qu'aucun de mes amis d'Europe. »

A New-York, son premier soin fut de faire vérifier ses titres de propriété par un avocat qui les trouva excellents, puis il revint à *Astor-House*, et dîna de bon appétit. La cuisine américaine ressemble beaucoup à la nation. Elle est, non pas la meilleure ni la plus délicate, mais la plus solide et la plus variée de toutes les cuisines de l'univers. La rhu-

barbe s'y mêle à l'ananas, comme le nègre et
l'Indien se mêlent au *Yankee*. Bussy, que le hasard
avait placé en face d'une fort jolie Américaine, aux
épaules blanches et nues, dépensa en quelques minutes toutes les phrases aimables que fournit le
Guide des étrangers. La dame en parut charmée et
lui tendit gracieusement son verre, lorsqu'il prit,
suivant la coutume du pays, la liberté de lui offrir
du vin de Champagne. Cette faveur inespérée tourna
la tête à notre ami, que l'expérience de la vie parisienne n'avait pas rendu sage, et, poussant plus loin
l'audace, il demanda pour le soir une conversation
particulière, que la jeune et souriante miss ne crut
pas devoir lui refuser.

Je supplie le lecteur de ne pas se scandaliser trop
vite. Ces sortes de faveurs sont tout à fait sans con-
séquence aux États-Unis. Les jeunes filles de ce
pays-là, qui sont beaucoup plus libres que celles
de France ou d'Italie, ne font peut-être pas plus
de sottises. Sont-elles froides ou prudentes ? c'est
ce qu'il est difficile de décider. Comme elles atten-
dent peu de chose de la libéralité de leurs parents,
elles sentent de bonne heure le besoin d'un mari
qui soit riche. Fille qui cherche un mari n'a pas
besoin d'amant.

Bussy, qui ne connaissait pas les mœurs du pays,
et qui avait fort bien dîné, s'était appuyé contre une
des colonnes de marbre d'*Astor-House*, et, tout en

fumant un cigare, regardait passer la foule dans *Broadway*. « Quelle ravissante franchise! se disait-il. Je connais depuis une heure à peine cette jeune fille, je lui offre un verre de vin et un rendez-vous, et elle accepte du premier coup l'un et l'autre. Quelle douce liberté de mœurs! quelle sage économie de préliminaires ! »

A ce moment, un jeune homme de haute taille, d'une force athlétique et d'une figure énergique et franche, lui dit avec un accent bas-normand :

« Monsieur le baron Bussy de Roquebrune, n'avez-vous pas des parents au Canada ?

— Oui, monsieur, dit poliment Bussy; mais comment se fait-il que vous connaissiez si bien mon nom?

— De la manière la plus simple du monde : je vous l'ai vu écrire ce matin sur le registre d'*Astor-House*. Je suis le chevalier de Roquebrune, citoyen du comté de Trois-Rivières, dans le Bas-Canada, et avocat à Montréal.

— Mon cher cousin, dit Bussy en lui serrant la main, je remercie l'heureux hasard qui nous met aujourd'hui en présence. Il y a longtemps que j'avais oublié le titre de baron et le nom de Roquebrune.

— Comment, oublié! dit le Canadien. Roquebrune est-il un nom qu'on puisse oublier? Nous autres gens du Canada, nous avons un souvenir plus fidèle de nos ancêtres de France.

— Excusez-moi, mon cher cousin, dit Bussy en souriant. En 92, mon grand-père, bon républicain, qui aimait fort sa patrie, sa fortune et la liberté, crut devoir, pour conserver ces trois biens si précieux, faire quelques sacrifices aux préjugés du temps. Il quitta sa baronnie et le nom de Roquebrune, courut à l'ennemi avec toute la France, et devint colonel au service de la république. Après Marengo, les temps étaient plus doux, son patriotisme n'était pas suspect : il déposa les armes ; mais il ne se soucia plus d'un vieux titre et d'un vieux nom passé de mode. Toute l'armée le connaissait sous le nom du brave Bussy ; il se contenta de ce titre. Voilà pourquoi je m'appelle aujourd'hui Charles Bussy, Parisien de naissance, voyageur de profession, et propriétaire d'une forêt située je ne sais où, sur les bords du Scioto et du *Red-River*, je crois, vers le quarantième degré de latitude boréale.

— Pourquoi donc avez-vous écrit sur le registre : baron Bussy de Roquebrune ?

— C'est une habitude que j'ai prise dans les hôtelleries de Suisse et d'Allemagne ; cela éblouit l'hôtelier.

— Vous avez réponse à tout, dit le Canadien. Eh bien ! puisque le hasard me fait rencontrer un parent, ce qui, dans ce pays de loups et de chasseurs de dollars, est presque un ami, il faut que je lui donne un bon conseil.

— Donnez, pourvu qu'il n'engage à rien.

— C'est le sort de tous les conseils. Vous êtes nouveau venu à New-York; fuyez les rendez-vous de miss Cora Butterfly.

— Qu'est-ce que miss Cora Butterfly? demanda Bussy d'un air indifférent.

— C'est, répondit le Canadien, une fille charmante, qui a les yeux bleus, les cheveux blonds, vingt ans, un air candide, d'admirables épaules, des dents petites et blanches comme celles d'un jeune chien, la taille ronde, les lèvres vermeilles, mille dollars de revenu, de grandes dispositions à en dépenser vingt mille, et qui cherche un mari assez riche pour payer ses fantaisies et ses dentelles. En un mot, c'est la jeune dame qui vous a donné rendez-vous pour ce soir, à neuf heures, dans sa chambre.

— Vous êtes fort au courant de mes affaires, dit Bussy, moitié riant, moitié fâché.

— Ne remarquez pas mon indiscrétion, reprit Roquebrune. Vous avez vu cette jeune blonde, et vous l'aimez. C'est un antique usage des Français de France auquel vous ne pouviez déroger. Les Anglais aiment les chevaux, les Allemands la bière, les Américains le whiskey, et les Français aiment les femmes. C'est un goût fort noble, je vous assure, et que je suis loin de condamner; mais croyez-moi, faites votre malle, et allez voir la forêt du Scioto.

— Bon ! le Scioto n'est pas pressé ; il peut attendre.

— Et miss Cora ne le peut pas ! Méfiez-vous, mon cher, d'une fille qui cherche un mari. Il n'y a rien de si dangereux sur la terre. J'ai chassé l'ours au New-Brunswick et la panthère au Texas ; mais ni l'ours ni la panthère ne sont aussi redoutables qu'une Américaine à la poursuite d'un mari.

— Bah ! elle ne peut pas me mettre le couteau sur la gorge. On n'épouse que lorsqu'on le veut bien, et je ne crains ni les pères ni les frères.

— Je vois, mon cher cousin, que vous avez besoin de mes conseils encore plus que je ne le pensais. On ne vous apprend donc rien à Paris ? A quoi vous sert cette civilisation si vantée ? Vous ne rêvez que pistolets et poignards, comme si vous étiez dans le pays des Sanches et des Guzmans. Ici c'est tout autre chose. Les *Yankees* sont d'humeur débonnaire, et s'inquiètent fort peu de leurs filles. Qu'importe, je vous prie, à M. Samuel Butterfly, le père de miss Cora, que sa fille prenne ou non un amant ? Cela fait-il hausser ou baisser le prix du coton ? Le vieux Samuel sait fort bien que la candide miss Cora ne se compromettra qu'à bon escient, et qu'elle n'épousera qu'un homme cousu de dollars. Elle peut faire toutes les folies du monde, se faire enlever par le premier venu, s'em-

barquer pour l'Europe ou pour le Chili : il est une
folie qu'elle ne fera jamais, celle d'épouser un mari
pauvre ; mais malheur à vous si elle apprend que
vous possédez une forêt sur les rives du Scioto !
Elle fera votre bonheur malgré vous, et vous l'é-
pouserez, si elle l'a résolu.

— Je ne l'épouserai pas.

— Vous l'épouserez, vous dis-je. Connaissez-vous
l'histoire de mon ami le capitaine Robert Inglis ? Il
était jeune, roide, ganté, gommé, ficelé, large d'é-
paules, mince de taille, hardi d'allure, pédant, ennuyeux, trois fois millionnaire, toujours occupé de
ses chevaux et de ses bonnes fortunes ; toutes les
femmes l'adoraient. Les filles à marier, les *belles*,
comme on dit ici, se disputaient ses regards. Il
passait au milieu d'elles, dédaigneux et superbe.
Un soir, une brune charmante, miss Caroline Vau-
ghan, l'invite à souper dans sa propre chambre.
C'est l'usage du pays, et les mœurs, dit-on, n'en
valent que mieux. Inglis accepte, se grise, et s'en-
dort dans la chambre de miss Caroline. Au point
du jour, on frappe à la porte ; la belle, tout éplorée, les cheveux épars, tire le verrou, et se précipite
au-devant d'un ministre qui arrivait suivi des parents et de deux témoins. Inglis s'éveille au bruit
et proteste de son innocence. Il s'est débattu en
vain ; on vous a bel et bien marié le pauvre diable.
De désespoir il est parti pour les îles Sandwich,

mais la belle Caroline jouit de vingt mille dollars de revenu.

—Votre capitaine, mon pauvre chevalier, était un triste sire. Qu'ai-je à craindre d'ailleurs? Je suis ruiné.

— Allez donc, et soyez heureux; mais prenez garde au ministre. Adieu.

— Je vous remercie, dit Bussy; permettez-moi d'espérer que je vous reverrai bientôt, et que notre connaissance, si singulièrement commencée, deviendra une amitié solide.

— Quand il vous plaira, dit Roquebrune en souriant. Vous me plaisez, je ne sais pourquoi, si ce n'est peut-être que mon arrière-grand-père était né vers Caen ou Caudebec, dans le pays des pommes et du cidre, et que vous ne parlez pas cette langue barbare qui siffle entre les dents des Anglais et des Américains. Quand vous serez las de votre bonne fortune, venez me voir à Montréal, et, si vous avez besoin d'un conseil ou d'un coup de main pour défricher votre forêt, comptez sur moi.

— Quoi! partez-vous si vite?

— Je voudrais être déjà dans mon vieux Canada. New-York m'ennuie à périr. Un oncle que je ne connaissais pas, et qui vendait ici du bœuf salé, s'est avisé de mourir et de léguer son héritage à ma sœur et à moi. Vous connaissez la curiosité des femmes; ma sœur a voulu voir New-York : j'ai

cédé, car c'est la plus aimable enfant du monde, et
elle fait de moi tout ce qu'elle veut; depuis un mois,
nos affaires sont réglées, et nous partirons dans
trois jours. »

Comme le chevalier de Roquebrune finissait de
parler, une jeune fille d'une beauté ravissante, blanche et rose, avec des cheveux noirs et des yeux
d'une douceur et d'une vivacité charmantes, s'a-
vança sur la pointe du pied comme une déesse, et
posa légèrement la main sur celle du Canadien.

« Eh bien! Henri, dit-elle d'une voix légère et
gracieuse, tu m'oublies, paresseux? Déjà quatre
heures, et nous ne sommes pas encore sortis! Vois
comme je me suis faite belle pour te plaire! »

En même temps, et d'un mouvement leste et
gracieux comme celui d'une gazelle, elle voulut en-
traîner son frère; mais Roquebrune resta immobile
et lui présenta Bussy.

Je crains que mon héros ne paraisse indigne d'intérêt à la plus belle moitié du genre humain, si je
raconte fidèlement ce qui se passa dans son cœur;
pourtant l'histoire le veut. Bussy n'eut pas plus tôt
vu la jeune Canadienne, qu'il oublia complétement
miss Cora Butterfly, le rendez-vous donné, et tous
les serments qu'il avait prêtés ou reçus depuis dix
ans. C'était le meilleur garçon du monde et le plus
sincère; mais il avait vingt-cinq ans, et jusqu'à cet
âge il n'est pas défendu de déraisonner en amour.

Il avait aimé toutes les femmes, toutes celles du moins qui étaient belles; seulement il n'aimait en elles que la beauté. C'est un amour fort délicat , car le goût de la beauté est plus rare qu'on ne pense, et bien des gens ont passé près d'elle sans la connaî- tre; mais ce n'est pas l'amour véritable. Aimer la beauté dans la femme, et n'aimer que la beauté, ce n'est pas aimer la femme même. Cette distinction paraîtra peut-être subtile: Ceux qui ont lu le *Phèdre* de Platon m'excuseront de m'expliquer si mal; où le vieux Grec a été obscur, j'ai droit d'être incom- préhensible. Je veux dire, et tous les gens sages me comprendront, que Bussy aima ce jour-là pour la première fois. Il s'inclina respectueusement devant la jeune Canadienne, hésita quelques secondes, et, reprenant biéntôt son sang-froid, lui débita un petit compliment auquel elle répondit très-gracieusement et en peu de mots. Cela fait, Roquebrune et sa sœur descendirent du côté d'*East-River* , et laissèrent le pauvre Bussy tout ébloui de cette apparition cé- leste.

Le soir , il soupa gaiement, sans plus songer à miss Cora Butterfly que s'il ne l'eût jamais connue, et il allait tranquillement se promener dans Broad- way pour rêver plus à l'aise à la belle Canadienne , lorsque neuf heures sonnèrent à toutes les horloges de New-York. Ce bruit lui rappela son devoir.

« Quel ennui, se dit-il, d'aller parler d'amour à

cette petite Américaine, quand j'ai le cœur déjà
plein d'une autre passion ! En vérité, c'est un pesant
fardeau que d'être trop aimable. J'ai bonne envie
de planter là miss Cora.... Non , reprit-il après un
instant de réflexion, l'honneur de la nation y est
intéressé. Il ne sera pas dit par ma faute qu'un
Français aura manqué un rendez-vous de guerre ou
d'amour. Allons. »

Il rajusta son col devant une des glaces du salon
d'*Astor-House*, mit des gants frais et monta l'esca-
lièr.

Miss Cora Butterfly l'attendait de pied ferme. Elle
était assise sous les armes, c'est-à-dire en toilette de
bal, dans un de ces fauteuils-balançoires qu'inventa
la paresse des créoles, et elle calculait dans son esprit sage et positif la fortune probable du jeune
Français. C'était d'ailleurs une fille charmante, jolie
comme la plupart des Américaines, savante en
amour comme une vieille femme, et d'une vertu
raisonnée, qui est la plus solide et la moins fragile de
toutes les vertus. En deux mots, elle était belle comme
une rose épanouie, et sèche au fond de l'âme comme
une vieille dévote. Dès son entrée dans le monde,
son père, le vieux Samuel Butterfly , lui avait tenu
ce petit discours qui devait être sa règle de conduite
et son évangile : « Ma chère Cora, je t'aime tendrement et je veux faire ton bonheur. Je te donne
mille dollars par an. Avec cette somme et les dettes

que tu pourras faire, tâche de trouver un mari.
Dans cinq ans, si tu n'as pas réussi, ta pension sera
réduite à cinq cents dollars, auxquels, il est vrai,
j'ajouterai ma bénédiction paternelle. Voici le premier quartier de ta pension. »

Ce discours pathétique fit le plus grand effet sur
la belle Cora. Depuis trois ans, elle cherchait un
mari, cette chose si commune et si précieuse : tous
les jours, elle jetait sa ligne au hasard dans cette
population immense et bigarrée qui remplit New-
York; mais, au moment de mordre à l'hameçon,
les plus gros poissons se retiraient précipitamment,
et Cora restait fille en dépit de tous ses efforts. Aussi
pourquoi n'en vouloir qu'aux millionnaires? Peu à
peu ses prétentions avaient diminué. Elle voyait
avec frayeur approcher le terme fatal et les cinq
cents dollars de pension. Sa beauté devenait célèbre, et pour une fille à marier une beauté célèbre
est une beauté perdue. Rien n'est si dangereux que
d'être classé, fût-ce parmi les plus forts et les plus
habiles. Or Cora était classée.... au premier rang,
c'est vrai; mais qu'importe? Souvenez-vous d'Aris-
tide et du paysan grec. On s'ennuyait d'entendre
appeler Cora « la belle Cora. » Elle le sentait, et
tournait ses beaux yeux candides sur les étrangers
qui arrivaient à New-York; ceux-là du moins n'a-
vaient pas entendu parler d'elle. De là le succès de
Bussy. D'ailleurs le Parisien était aimable; il avait

de l'esprit, il paraissait riche ; il pouvait l'emmener
à Paris, cet Eldorado de toutes les femmes de l'univers. Que de raisons de le séduire! Dans cette at-
tente, les heures paraissaient des siècles. Le cœur
de la belle Cora battait fortement. Enfin Bussy
parut.

Sans se lever, d'un geste et d'un sourire gracieux,
elle le salua et l'invita à s'asseoir. Bussy, qui ne s'é-
tonnait pas facilement, fut cependant étonné de cet
accueil. Malgré les avertissements de Roquebrune,
il n'avait pas cru trouver tant d'aisance dans une
situation si délicate; surtout il avait peine à s'habi-
tuer à ce balancement continuel du fauteuil, que la
conversation n'interrompait pas.

« Après tout, pensa-t-il, c'est l'usage à New-
York. Pourquoi serais-je étonné de ce sans-gêne
charmant? Si les femmes d'Amérique renoncent à
cette étiquette d'Europe qui les protége aussi effica-
cement que leur propre vertu contre l'audace des
hommes, est-ce à moi de le trouver mauvais? »

Cette réflexion lui rendit sa hardiesse et sa gaieté
accoutumées. Il parla d'amour avec feu; sur ce sujet, entre gens de sexe différent, la conversation ne
tarit pas. Il parla aussi de constance et se donna
pour un Amadis. Cora, qui ne s'en souciait guère,
feignit de le croire, et lui demanda d'un air provo-
quant quelle beauté il préférait à toutes les autres.
Bussy répondit galamment qu'il ne l'avait jamais su

avant ce jour, mais qu'il commençait à le comprendre. Il fit le portrait flatté de la belle Américaine,
n'oubliant ni la couleur de ses cheveux, ni le bleu
de ses yeux, ni le rose de son teint, ni la rondeur de
sa taille, ni même le goût de sa toilette. Tout en
parlant, il se rapprocha d'elle, lui prit la main et la
baisa avec la ferveur d'une âme dévote; elle la retira sans se fâcher, et recula les yeux baissés et les
joues couvertes de rougeur. Bussy devint plus pressant; il ne feignait presque plus l'amour, il commençait à se sentir gagné par l'émotion réelle ou
feinte de miss Cora. On ne feint pas impunément
l'amour auprès d'une jeune et belle femme, quelque prévenu qu'on soit d'ailleurs contre ses arti-
fices.

Tout à coup, au moment où Bussy allait oublier
toute la terre et les sages avis du Canadien, miss
Cora, qui n'oubliait jamais l'essentiel, même dans
les circonstances les plus critiques, fit à notre héros
une question qui tomba sur son amour comme une
douche d'eau glacée, et l'éteignit. Elle lui demanda
s'il voulait demeurer en Amérique et s'il était riche.
Cette question, habilement placée entre deux bai-
sers, comme l'amère pilule qu'on place entre deux
couches de confitures avant de la donner aux enfants,
ramena Bussy au bon sens. Il se leva d'un air assez
froid, car dans la chaleur du discours il s'était mis
à genoux devant elle, et répondit qu'il possédait

encore plus de cinq mille acres de forêts dans l'Ohio. Cette réponse ne parut pas satisfaire miss Cora.

« Quoi ! vous n'avez, dit-elle, ni terre, ni maison, ni commerce ?

— Qu'importe, puisque je vous aime ?

— Moi aussi, mon cher monsieur, je vous aime, et fort tendrement, quoique je commence à craindre que vous ne m'aimiez pas longtemps ; mais l'amour n'est pas tout en ménage.

— Oui, j'entends bien, dit Bussy, il y faut aussi quelques cachemires ; mais pourquoi nous occuper de ce qui est utile ou inutile en ménage ? Jouissons de l'amour, chère Cora, et laissons le reste aux dieux. Je vous adore, vous m'aimez, vous me le dites ; soyons heureux.

— Où prenez-vous cette belle morale, monsieur ? dit Cora irritée. Voilà d'honnêtes paroles ! Non, monsieur. Dieu, qui nous a permis l'amour, nous ordonne le mariage. Lisez la Bible : « Tu quitteras « ton père et ta mère pour suivre ton époux. » Est-il jamais question d'amant dans l'Ancien Testament ou dans le Nouveau ? Isaac épouse Rébecca, et Jacob épouse Rachel. »

Avez-vous eu faim quelquefois ? avez-vous chassé pendant sept ou huit heures dans les montagnes par un froid sec et vif ? avez-vous passé la journée sans manger, et le soir, bien tard, à peine arrivé dans une auberge de campagne, avez-vous fait

mettre à la broche un gibier succulent? L'avez-vous
arrosé de vos mains? l'avez-vous servi vous-même
sur la table? Vous êtes-vous assis au coin d'un
bon feu, dévorant du regard le lièvre et découpant
la perdrix? Aviez-vous une bouteille de vin gris?
Étiez-vous prêt à manger, les yeux ardents, la bouche ouverte et la fourchette en arrêt? Étiez-vous par
hasard notaire, ou médecin? Est-on venu vous
chercher à cheval, bride abattue, pour guérir une
tête cassée, désasphyxier un noyé, ou recevoir le
testament d'un malade? Avez-vous donné au diable,
vous médecin, le maladroit, et vous, notaire, le
client? Voilà justement ce que faisait Bussy, lorsque
la prudente et positive miss Cora Butterfly se mit à
citer la Bible et à montrer ses scrupules. Il donnait
au diable Rébecca et Rachel, les patriarches et les
prophètes. Il maudissait ces hypocrites chanteuses
de psaumes qui cachent sous l'amour et la Bible
des calculs dignes de Barême. Cependant il avait
honte de s'en aller sans avoir rien osé. La place fût-
elle imprenable, il avait pour principe qu'un bon
soldat doit tenter l'escalade. Il garda quelque temps
le silence, ramassant ses forces pour la lutte; puis,
s'agenouillant de nouveau devant la belle Américaine, il la pria de lui pardonner sa hardiesse,
d'excuser un amour trop violent pour être modeste,
d'avoir confiance en son honneur; en un mot,
excepté le mot mariage, qu'il ne voulut jamais pro-

noncer, il fit les serments les plus vifs d'une éternelle fidélité. Toute autre femme, après s'être avancée si loin, n'eût pas osé résister; mais la vertu de
la belle Américaine était appuyée sur le roc inébran-
lable du dieu Dollar. Sans le rebuter ni le décou-
rager, elle sut le tenir à distance; elle voulait un
mari, et non un amant : car, comme l'a fort bien dit
un profond philosophe, les maris payent les dentelles, et les amants ne sont bons qu'à les chiffonner.
Bussy lui plaisait fort, mais sa fortune lui plaisait
mille fois davantage. Cependant Cora hésitait. Cette
fortune était-elle réelle? C'est une belle chose qu'une
forêt de cinq mille acres, mais il faut qu'elle soit
bien située. Au Canada, un acre de forêt coûte deux
fois moins qu'un acre de terre. Le bois n'a point
de valeur; bien plus, il faut le couper, et la main-
d'œuvre est chère. Ces inquiétudes bien légitimes de
la pauvre Cora éclatèrent dans les premiers mots
qu'elle répondit aux protestations d'amour de notre
étourdi.

— Dans quelle partie de l'Ohio est située votre
forêt? » demanda-t-elle.

Cette curiosité obstinée indigna Bussy, bien à
tort, selon moi, car il est juste que les jeunes filles
songent à leur avenir quand leurs parents n'y songent pas; mais notre ami arrivait de France, où les
femmes calculent avec moins de naïveté, sinon avec
moins de soin. Il avait cru s'asseoir à un festin dé-

licieux, servi par la main de l'amour, au milieu des
fleurs, des fruits, des porcelaines de Sèvres et des
cristaux de Bohême, et il se trouvait assis dans une
cuisine, au milieu des fourneaux allumés et des préparatifs du festin. Il vit qu'on le marchandait, et
toute la beauté, la grâce et les minauderies de la
pauvre Cora, n'empêchèrent pas qu'elle ne lui parût
ridicule. Il lui répondit avec une froideur glaciale :

« Rassurez-vous, chère Cora, je suis riche. Ma
forêt s'étend sur les bords du Scioto.

— Du Scioto? dit Cora étonnée. Ne vous trompez-
vous pas ?

— Je ne me trompe pas, dit Bussy. Elle est située
dans une plaine, au pied d'une colline, au confluent
du Scioto et d'un petit ruisseau, le Red-River.
Voici le plan de la forêt et mes titres de propriété. »

En même temps il tira de son portefeuille le plan
de la forêt. Miss Cora Butterfly l'examina quelque
temps avec l'aplomb d'un procureur. Tout à coup
elle éclata de rire, et rendit le plan à Bussy. Celui-
ci, fort intrigué, la regardait en silence.

« Mon cher monsieur, dit-elle enfin, n'avez-vous
point d'autre propriété, soit en Europe, soit en
Amérique ?

— Aucune.

— Eh bien ! suivez mon conseil ; il est fort désintéressé, car il me privera du plaisir de vous revoir

jamais. Retournez en France et renoncez au Scioto,
au Red-River et à leurs forêts.

— Qu'entendez-vous par là ? dit Bussy inquiet.

— Qu'en propriété comme en amour, mon
cher monsieur, les absents ont toujours tort. Il
y a cinq ans que votre forêt est défrichée, et que
sur ses cendres on a bâti une ville magnifique,
Scioto-Town.

— Est-il possible ?

— Que voulez-vous? de braves gens ont remonté
le Scioto, ont vu cette forêt et n'ont pas vu le propriétaire; ils ont coupé les arbres, ils ont défriché
le sol, ils ont bâti des maisons, des tavernes, des
temples, fondé des journaux et des maisons de
banque. Aujourd'hui il y a vingt mille habitants, et
la ville grandit tous les jours. On y boit, on y fume,
on y travaille, on y fait le commerce, on y fait
l'usure, on y fait banqueroute, on s'y bat tout
comme à New-York ou à la Nouvelle-Orléans.
Nous ne sommes pas des sauvages, monsieur, et
votre propriété est tombée entre les mains de fort
honnêtes gens. »

. Cette fatale nouvelle tomba comme une tuile sur
la tête du pauvre Bussy. Il se voyait précipité du
haut de ses rêves et de sa fortune à venir sur le
pavé de la misère que foulent la plupart des hommes. Il n'était pas humilié de sa pauvreté : car, après
l'Espagnol, le Français est peut-être l'homme du

monde qui craint le moins d'être pauvre ; Bussy
d'ailleurs était homme d'esprit et de courage ; il
ne redoutait pas le malheur, et une secrète confiance dans ses forces le soutenait contre tous les
accidents de la destinée ; cependant il souffrait un
peu du ton moqueur de la belle Américaine ; il
sentait trop vivement combien il était déchu à ses
yeux. Quelques instants auparavant, elle était à lui
tout entière ; maintenant elle le dédaignait ; le lendemain elle feindrait de ne le plus reconnaître.
L'orgueil le soutint contre un coup si rude.

« Comment savez-vous, lui dit-il, que Scioto-Town
est situé sur l'emplacement de ma forêt, et non
dans le voisinage ?

— Vous cherchez à douter, mon cher monsieur,
dit miss Cora en souriant, et vous avez tort, croyez-
moi. C'est mon propre père, l'honorable Samuel
Butterfly, qui a lui-même arpenté et divisé en lots
votre propriété.

— Comment l'a-t-il osé sans ma permission ?

— On voit bien, cher monsieur, que vous n'êtes
guère au courant de nos usages. Votre simplicité
m'inspire une sympathie véritable. Sachez donc,
puisque vous voulez le savoir, que le terrain s'est
trouvé merveilleusement propre au commerce des
bois de construction et de la viande salée ; que mon
père, qui est le plus honnête de tous les *Yankees*,
s'en est aperçu le premier, et qu'il a appliqué le

droit féodal : *Nulle terre sans seigneur;* que le seigneur naturel étant absent, il s'est adjugé la forêt
à lui-même, qu'on a de tous côtés suivi son exemple, et qu'aujourd'hui vous ne trouverez pas un
pouce de votre propriété qui n'ait changé de maître.
C'est ce que mon père, qui part dans quelques
jours pour Scioto-Town, pourra vous affirmer lui-
même, si vous prenez la peine de l'interroger.
Maintenant recevez, monsieur, l'expression de mes
regrets les plus vifs. Je déplore le malheur qui vous
arrive, et, si votre forêt pouvait vous être rendue sans
qu'il en coûtât un dollar à mon père, dont je suis
la légitime héritière, croyez, mon cher monsieur,
que je ferais les vœux les plus ardents pour cette
restitution. Quant à faire un procès aux nouveaux
propriétaires, c'est une démarche inutile, et qui, de
plus, est fort dangereuse. Agissez sagement; renoncez à une forêt que vous ne pouvez pas regretter
beaucoup, puisque vous ne l'avez jamais connue,
et qu'elle n'a pas vu, comme disent les poëtes, les
tombeaux de vos pères ni les berceaux de vos enfants. Retournez en France, ou mieux encore,
allez plus avant, entrez hardiment dans le grand
Ouest, dans les forêts immenses qui n'ont pas encore de maître. Emportez avec vous une hache et
une carabine; la hache vous servira contre les arbres, la carabine contre les sauvages, et peut-être
contre vos voisins trop civilisés : c'est ainsi que

Daniel Boon a laissé un nom immortel. Mais ne heurtez pas de front cette force populaire, qui est aveugle et irrésistible ; respectez le sommeil du monstre, de peur qu'il ne vous dévore ; ne redemandez pas le dîner qu'il vous a pris, de peur qu'il ne vous prenne encore le souper et la vie. C'est mon dernier conseil. Je n'espère pas, mon cher monsieur, avoir le bonheur de vous revoir jamais. Il est minuit, et je me sens fatiguée. J'ai l'honneur de vous souhaiter le bonsoir. »

Ayant prononcé ce discours avec une volubilité sans pareille, la belle Cora Butterfly salua notre héros d'un signe de tête, et, lui tournant le dos, se mit à bâiller sans cérémonie. Bussy, se voyant congédié, prit le parti d'en rire, et lui dit :

« Ma chère Cora, je vous remercie de vos conseils, qui sont les plus sages du monde. Vous parlez comme un ministre ou comme deux avocats. Je suis vraiment touché de la part que vous daignez prendre à mon malheur ; mais permettez-moi de croire qu'il n'est pas aussi grand que vous le dites. J'honore et respecte infiniment M. Samuel Butterfly, et, sans le connaître personnellement, je fais d'avance trop de cas de sa sagesse pour croire qu'il me refusera l'indemnité qu'il me doit. S'il était assez mal conseillé pour le faire, j'ai trop de confiance dans les lois américaines et dans la justice du peuple pour désespérer de ma cause. Permettez-moi d'espérer, chère miss Cora, que je ne vous vois pas aujourd'hui pour la dernière fois, et que bientôt ma fortune rétablie et peut-être agrandie me rendra l'ineffable bonheur dont j'ai joui pendant cette soirée. Quoi qu'il arrive, soyez sûre, chère miss Butterfly, que le souvenir de vos bontés et de la tendresse que vous m'avez témoignée jusqu'à minuit moins un quart ne sortira jamais de ma mémoire et de mon cœur. Adieu. »

A ces mots, il sortit, se coucha, et dormit fort tranquillement pour un homme à qui l'on venait d'annoncer sa ruine. Le lendemain, décidé à partir et à connaître son sort le plus tôt possible, il alla prendre congé de son cousin Roquebrune. Celui-ci le reçut fort bien, écouta en riant aux éclats le récit de l'entrevue de la veille, et devint plus sérieux en apprenant le triste sort de la forêt du Scioto.

« Mon cher ami, lui dit-il, vous partez, c'est fort bien fait; mais je ne dois pas vous cacher que vous avez peu d'espoir de recouvrer votre bien. Je connais toutes les ressources de la procédure américaine. C'est un vrai labyrinthe. Vous êtes pauvre, vous aurez contre vous les juges, les jurés, les avocats, tout le peuple qui vous a dépossédé, et pour vous seulement la bonté de votre cause. C'est peu. Ne désespérez pas, néanmoins; un miracle peut vous faire rendre justice, et la Providence nous vient en aide quelquefois. Dans tous les cas, il est

bon d'essayer. Cette lutte d'un homme contre tout
un peuple est digne d'un grand cœur, et, si je n'étais
retenu à Montréal par mes propres affaires, je m'of-
frirais à vous servir de second dans ce duel héroïque. Quelle qu'en soit l'issue, venez me voir à
Montréal. Riche ou pauvre, vous trouverez en moi
un ami, et peut-être, qui sait ? je pourrai vous être
utile. »

Quelques instants après parut la belle Valentine
de Roquebrune. Elle reçut fort bien Bussy. Son sourire, pareil au soleil qui dissipe les nuages, ramena
dans le cœur de Bussy la plus charmante gaieté.
Elle appuya gracieusement les offres de son frère.
L'hospitalité est la vertu favorite des Canadiens. La
visite de notre ami avait duré plus de deux heures
sans qu'il s'en aperçût. Il sortit enfin et partit pour
Scioto-Town. Le Canadien l'accompagna jusqu'à
l'embarcadère. Au moment de quitter son nouvel
ami :

« Où sont vos armes ? dit-il.

— Je n'en ai pas, répondit Bussy.

— Quoi ! vous allez dans l'Ouest, et vous n'avez pas
un revolver, pas même un *bowie-knife* [1] pour vous
faire respecter ?

---

1. Le *bowie-knife*, qu'on appelle aussi quelquefois le *cure-dent
de l'Arkansas*, est un couteau à gaîne, large et tranchant, avec
lequel les gens de l'Ouest terminent ordinairement leurs querelles.

— Bah ! le diable n'est pas si noir qu'on le peint.

— Mon cher, souvenez-vous de ceci. Vous allez en pays ennemi. Soyez sur vos gardes. Parlez peu et tenez dans la main la crosse d'un revolver. Vous êtes sûr qu'on vous cherchera querelle, et plus sûr encore que vous aurez contre vous tout le monde. Tous les habitants de Scioto-Town sont vos débiteurs. En pareil cas, un coup de couteau est une quittance. S'il vous arrive malheur, qui s'inquiétera de vous ? qui recherchera le meurtrier ? Ceux qui le verront fermeront les yeux. On vous enterrera au pied d'un chêne, et tout sera dit.

— C'est donc un pays de brigands que l'Ohio ?

— Point du tout ; c'est un pays bien cultivé, bien peuplé, traversé de plus de chemins de fer que l'Allemagne et la France, où tout le monde sait lire, écrire et compter, compter surtout. Pour ma part, je ne trouve rien de plus beau sous le soleil. Malheureusement les gens de l'Ohio aiment les procès. C'est un reste de leur origine anglaise. Les procès amènent les querelles, qui amènent les batailles, qui amènent les meurtres. Tout le monde est armé, et il est bien difficile, quand on reçoit un coup de poing, de ne pas rendre un coup de couteau. De là des morts dont personne ne s'inquiète, à moins que la victime n'appartienne à une famille riche et puissante. Les juges sont éligibles : c'est dire qu'ils dé-

pendent des électeurs; et l'électeur élit naturellement
celui qui lui a fait ou qui lui fera gagner son procès. De là vient que la justice est si bien rendue.
Songez de plus que les dollars sont rares par tout
pays, et qu'il est bien commode pour un juré de gagner sa vie en prononçant ce seul mot : *not guilty.*
Qu'importe en effet que le meurtrier soit pendu ou
non ? La mort du pendu ne rend pas la vie à celui
qui a été assassiné ; ce n'est qu'un malheur de plus,
deux familles en pleurs au lieu d'une. Il est si commode et si profitable de faire grâce !

— Et la loi de Lynch ?

— Oui, c'est un usage qui commence à s'établir,
et qui sera bientôt général; mais croyez-vous le
juge Lynch plus infaillible? Aimez-vous mieux
être jugé en dix minutes sur la place publique, par
cinq ou six cents personnes qui crient et vocifèrent
au lieu d'écouter votre défense, que par un juge
corrompu? S'il faut choisir, mon choix est fait :
j'aime mieux la corruption du juge que la brutalité
de la multitude.

— Vous n'êtes guère partisan des formes répu-
blicaines.

— Je le suis, mon cher ami, beaucoup plus que
vous ne pensez; mais je hais la tyrannie d'une foule
ignorante. Sans doute, ces vices dont je vous parle
ne sont pas inhérents à la république. On peut les
séparer de la liberté, on le fera quelque jour, j'en

suis sûr; mais tant qu'ils subsistent, il faut se tenir
sur ses gardes. C'est pourquoi, mon cher cousin, je
vous conseille d'être fort prudent, de ne compter
que sur vous-même, de fuir les querelles, et, si vous
ne pouvez les éviter tout à fait, de fuir au moins
le *coroner* et toute espèce de magistrats. Faites-
vous justice à vous-même, c'est le plus sûr; d'ailleurs c'est l'usage, et vous savez qu'il faut respecter
les usages de tous les pays. Nous devons cette politesse aux étrangers. Adieu, prenez ce revolver
et ce *bowie-knife;* ne vous en servez qu'à la dernière extrémité, mais alors ne ménagez pas votre
homme. Il vaut mieux tuer le diable que d'en
être tué. Au revoir. Vous me retrouverez à Montréal. »

A ces mots, les deux amis se séparèrent. Bussy
était fort triste. Les conseils de Roquebrune lui causaient une impression pénible. En arrivant à la
dernière station du chemin de fer, qui n'était qu'à
deux lieues de Scioto-Town, il monta dans une dili-
gence, en compagnie d'un homme de cinquante-
cinq ans, aux cheveux gris, à la mine respectable,
qu'il entendit appeler Samuel Butterfly. C'était en
effet le digne père de la belle Cora.

M. Samuel Butterfly avait la mine d'un quaker,
un habit à larges basques et à larges poches, un
chapeau rond à larges bords, une canne à pomme
d'or, un air confit en béatitude, et quelque chose de

la figure du vieux Franklin : je parle du vrai Franklin, rusé, positif, égoïste, et non de ce Franklin que
les philosophes du xviiie siècle habillèrent à leur
mode au temps de la guerre d'Amérique, et qui
faisait solennellement bénir son petit-fils par Voltaire mourant. Le vrai Franklin, prudent, réservé,
contenu, incapable d'une mauvaise action, parce
que les mauvaises actions sont rejetées par la
doctrine de l'intérêt bien entendu, est demeuré
le plus parfait modèle de l'homme civilisé, qui
n'a jamais rien à démêler avec la loi. Le vénérable Samuel Butterfly, tour à tour matelot, im-
primeur, chirurgien, épicier, marchand de bois,
avocat, avait fait quatre banqueroutes, après lesquelles sa fortune était estimée à plus d'un million
de dollars (cinq millions de francs). La dernière
donnera une idée des trois autres. Il avait acheté
pour un million cinq cent mille dollars des sa-
laisons qu'il expédiait à New-York. Un mois après,
il annonce à ses créanciers que sa spéculation n'a
pas réussi et qu'il est ruiné ; en même temps il leur
offre cinquante pour cent de leurs créances. L'un
d'eux, se défiant de ses paroles, lui intente un procès. Samuel Butterfly, qui avait déjà vendu toutes
ses propriétés, s'avance devant le tribunal, et les
yeux levés au ciel, d'une voix ferme, il jure qu'après
avoir donné cinquante pour cent, il ne possédera plus
rien. Le créancier s'exécute, reçoit son argent,

donne quittance, et le lendemain Samuel Butterfly rouvre boutique, sans que personne ose lui reprocher son parjure de la veille. En tout autre pays, il eût passé pour un coquin; à Scioto, on lui envia son bonheur et son habileté. Au reste, bon mari, bon père, assidu aux prières publiques, il suivait avec une ferveur exemplaire les offices des méthodistes. Il était devenu par ses intrigues le chef du parti démocratique à Scioto-Town et le maire de la ville.

Tel était le vénérable personnage qui s'arrêta à Scioto-Town en même temps que notre ami Bussy. Cette rencontre n'était pas l'effet du hasard. Samuel était à New-York avec sa fille le jour même où le jeune Français avait offert son cœur à miss Butterfly, et l'aimable Cora l'avait prévenu des projets de Bussy. Samuel, inquiet, était parti sur-le-champ pour ameuter contre l'ancien propriétaire de Scioto tous les journaux démocratiques. Dans un pays où l'opinion publique décide de tout, les journaux sont une arme mortelle. Quiconque a dans sa main cette arme est maître de la vie et de l'honneur de son adversaire. Il peut le calomnier, le diffamer, et le pousser à toutes les extrémités, même au suicide. Butterfly le savait, et comptait venir aisément à bout d'un étranger qui n'avait ni amis ni influence dans le pays. Il était parti de New-York par le même convoi qui avait transporté Bussy, et, sans se faire connaître, il avait étudié d'avance le caractère et les manières de son ennemi; il n'eut pas de peine à voir que le Français, vif, résolu, audacieux, serait difficile à effrayer.

En arrivant, il fit venir son fils, M. Georges-Washington Butterfly. On sait qu'il est d'usage aux États-Unis de donner à beaucoup d'enfants le nom du fondateur de la république : l'enfant n'est pour cela ni meilleur ni pire. M. Georges-Washington Butterfly était un homme de trente ans environ. Sa taille était moyenne, son visage basané, ses traits osseux et durs, son front perpendiculaire comme un mur, son nez anguleux et effilé comme une lame de rasoir, ses yeux enfoncés et sombres, sa démarche roide et automatique. Ses tempes serrées, ses veines contractées, ses pommettes saillantes, donnaient à ce jeune gentleman un aspect dur et repoussant.

La maison de Samuel Butterfly était nouvellement construite, comme toutes celles de Scioto-Town, car la ville n'existait que depuis six ans. Elle était faite de ce marbre gris-brun qui est si commun à New-York et à Philadelphie. L'entrée était magnifique. L'architecte avait pris pour modèle le portique du Parthénon. Les Américains n'ont pas d'architecture qui leur soit propre; leurs maisons et leurs monuments sont copiés sur ceux des autres nations. C'est une grande économie de temps et d'imagination.

Quant à l'argent, c'est la chose dont ils sont le plus avides et le plus prodigues. L'Américain semble avoir pris la devise de César : Tout avoir pour tout dépenser.

Samuel Butterfly reçut son fils dans le parloir, qui était tapissé avec un luxe inconnu en France. Notre belle patrie se sert du tapis comme du thé, les jours de gala : ce sont deux objets de luxe, qu'on ne permet qu'aux malades ou aux grands seigneurs. Le vieil Américain n'était ni l'un ni l'autre, mais il aimait le confortable. Quand Georges-Washington entra, son père lui dit :

« Quoi de nouveau, Georges ?

— Le cochon salé est à trois *cents* la livre.

— Bien. Il vaut six *cents* à New-York. Achetez-en cent mille livres, et expédiez-les sur-le-champ à la maison Wright et Cie.

— Le sucre d'érable vaut dix cents la livre.

— Attendez qu'il baisse, et vous achèterez. Est-ce tout ?

— C'est tout.

— Bien. Georges-Washington, j'ai une nouvelle à vous annoncer.

— Ma sœur est mariée ?

— Plût à Dieu ! Mais la sotte restera fille, je crois. Le propriétaire de Scioto-Town arrive aujourd'hui même.

— Le propriétaire !

— Oui, ce Français qui avait acheté la forêt sur laquelle vous et moi nous avons bâti notre maison et la plus grande partie de notre fortune.

— Eh bien ! il faut le jeter à l'eau.

— J'y pensais ; mais vous ne voulez pas sans doute vous charger de cette besogne ?

— Pourquoi non, mon père ? Je me chargerai toujours avec plaisir de toute besogne qui peut contribuer à la sécurité de la maison Samuel Butterfly et fils.

— C'est bien dit, mais il faut prendre des précautions. Malheureusement personne n'est plus intéressé que nous à faire disparaître le Français ; le tiers de la ville nous appartient, et, s'il réclame son bien, nous payerons à nous seuls la plus forte part de l'indemnité.

— Nous ne payerons rien, mon père. Assemblez un *meeting*, annoncez que le Français veut déposséder tous les habitants de Scioto. Ameutez le *Scioto-Herald*, le *Scioto-Pioneer*, le *Morning-Enquirer*, tous les journaux dont vous disposez, et, quand l'indignation publique sera au comble contre l'étranger, quand la mine sera bien chargée, mettez-y le feu. S'il n'est pas pendu, il craindra de l'être, et fuira jusqu'en France. De toute façon nous en serons délivrés.

— Peut-être, Georges-Washington ; mais tu peux te tromper dans tes calculs. J'ai vu ce jeune homme

de près, et je le crois de force à résister. Nous n'a-
vons pas affaire au premier venu.

— Tant mieux. Le succès n'en est que plus assuré. Le croyez-vous homme à se battre ?

— Que sais-je? Les Français ont la tête chaude,
surtout en pays étranger. Est-ce que tu voudrais
l'appeler en duel?

— Moi, mon père! Point du tout. A quoi bon livrer au hasard ce que la prudence peut assurer?
Vous connaissez mes deux témoins?

— Tes deux Irlandais?

— Oui, Jack et Patrick. Pour un dollar par tête,
ces drôles prêtent serment et jurent tout ce qu'il me
plaît de leur demander.

— Peste ! voilà de précieux coquins!

— N'est-ce pas? Supposez maintenant que je rencontre votre Français dans la rue.... A propos, quel
est son nom ?

— Bussy.

— Où est-il logé ?

— A l'hôtel Bennett.

— Bien. Supposez que je le rencontre, cela se
voit tous les jours, que je lui parle, et qu'il me
réponde d'une façon dont je me trouve offensé;
tout cela est possible. Supposez encore que, dans
un mouvement de colère, je lui tire à bout portant
dans la tête deux ou trois coups de revolver....
Jack et Patrick témoigneront au besoin qu'il a

tiré le premier. N'est-ce pas admirablement combiné?

— Admirablement; mais croyez-moi, Georges-Washington, défiez-vous des moyens violents. Ce Bussy est peut-être armé. Si vous ne le tuez pas du premier coup, il vous tuera, et le témoignage de Jack et de Patrick dans ce cas ne peut vous servir de rien.

— Soyez sans crainte, cher père. Je tue les hirondelles au vol avec mon revolver; à trois pas, je ne manquerai pas un ennemi.

— Que la bénédiction de Jehovah soit sur vous et sur vos armes, mon cher fils! »

Pendant cette conversation, Bussy s'était établi à l'hôtel Bennett, et tout d'abord prenait langue avant d'annoncer ses projets. Il alla consulter un avocat auquel, avant toutes choses, il promit mille dollars, et cinq mille dans le cas où on lui rendrait sa propriété; puis il exposa son affaire. Pendant qu'il parlait, l'avocat faisait ses réflexions.

« Voilà une belle cause, pensait-il, et qui peut faire ma réputation et ma fortune; malheureusement j'aurai contre moi toute la ville, et je vais devenir horriblement impopulaire. A toutes les élections, je serai rejeté. On dira : « C'est ce Mason, l'avocat du Français, celui qui a voulu dépouiller ses concitoyens. » Mon avenir politique est perdu. Je n'entrerai ni dans la législature de l'État ni dans le con-

grès. La patrie sera privée à jamais de mes services.
De plus, je me fais de puissants ennemis, entre
autres ce Samuel Butterfly, cet hypocrite coquin qui
dispose de tout à Scioto-Town. Il dépensera cent
mille dollars, s'il le faut, pour me ruiner. J'ai
femme et enfants. Il faut vivre. Ma foi, au diable le
Français et ses réclamations inopportunes! qu'il
prenne un autre avocat. Je m'en lave les mains
comme Pilate.... D'un autre côté, mille dollars,
c'est une belle somme. C'est le prix d'un an de travail. Après tout, je ne m'engage pas à gagner son
procès, mais à le plaider. Que je plaide bien ou
mal, peu importe, les mille dollars sont à moi....
Oui, mais je me connais : je suis naturellement éloquent, je m'oublierai, j'aurai des distractions, j'at-
tendrirai les juges, et j'aurai Samuel Butterfly et
toute la ville de Scioto sur les bras pendant le reste
de ma vie. Voyons, n'y a-t-il pas moyen de ne
perdre ni les mille dollars, ni la popularité, ni
l'amitié de Samuel Butterfly?... J'y suis. Eh! eh!
manger à deux râteliers, c'est le moyen d'être bien
nourri. »

Par suite de ces réflexions, maître Mason assura
Bussy que sa cause était imperdable, qu'il n'obtien-
drait pas à la vérité la restitution de sa forêt, puisqu'elle était devenue le sol même de la ville, mais
qu'il se faisait fort d'obtenir une indemnité de plus
de cinq cent mille dollars.

« Ayez confiance en moi, dit-il en terminant, je vous garantis le gain de votre procès. »

Bussy le remercia et sortit. Maître Mason courut chez le redouté Samuel Butterfly et lui offrit ses services. Celui-ci loua son zèle, le remercia de sa trahison et le pria d'entretenir Bussy dans son erreur et de l'emmener pendant quelques jours à la campagne, pour donner à ses adversaires le temps de soulever contre lui le peuple de la ville. L'avocat y consentit, invita Bussy à chasser le daim avec lui, et tous deux partirent le soir même.

Le lendemain, *le Scioto-Herald* contenait l'annonce suivante :

Perversité inouïe! Impudents mensonges d'un Français ! Faux titres de propriété de Scioto-Town !!!

« Tous les jours, les plus infâmes scélérats de l'Europe viennent chercher un asile dans notre belle et généreuse patrie. Ils apportent avec eux la contagion pestilentielle des pays où règne le despotisme. L'un de ces misérables, un Français du nom de Bussy, s'est présenté hier chez M. Mason, avocat, et a produit de prétendus titres de propriété, d'après lesquels le sol même sur lequel Scioto-Town est construit aurait été, dit-il, vendu à son père. Ce faussaire impudent n'a pas craint de contrefaire le sceau sacré du gouvernement fédéral. Nous espé-

rons que tous les bons citoyens s'uniront pour chasser honteusement, comme il le mérite, ce misérable,
opprobre de la France et de la libre Amérique. Faut-
il le fouetter, ou le pendre, ou le rouler tout nu
dans du goudron? C'est ce que la sagesse des citoyens décidera. »

Cet article, rédigé par le vieux Samuel, fut répété
avec des commentaires encore plus violents par tous
les autres journaux. Ce fut un déchaînement uni-
versel. La plupart des habitants de Scioto se sou-
ciaient très-peu de la légitimité de leurs titres. Aux
États-Unis, tout possesseur, quelle que soit l'origine
de la possession, se regarde comme le vrai propriétaire. Ce principe, utile dans les premiers temps de
la colonisation et dans les territoires mal peuplés,
est d'une application fort dangereuse dans les États
riches et cultivés, comme l'Ohio. Les citoyens de
Scioto regardaient Bussy, quel que fût son titre,
comme un spoliateur. Samuel Butterfly profita de
l'indignation publique pour convoquer un *meeting*
sur l'esplanade qui domine Scioto-Town. Cette ville
si nouvelle est dans une situation admirable. Ados-
sée à un demi-cercle de collines boisées au bas des-
quelles coule le Red-River, elle s'étend d'abord dans
la plaine que traverse le Scioto et s'élève en amphi-
théâtre au delà du Red-River. Un pont jeté sur ce
ruisseau unit la ville basse à la ville haute. Hors de
la ville, et dominant l'embouchure du Red-River et

du Scioto, s'élève un plateau assez étendu, d'où l'on aperçoit toute la ville et une partie de la vallée du Scioto : c'est-là que les miliciens font l'exercice à feu ; c'est aussi le lieu où se tiennent les assemblées populaires.

Toute la ville fut fidèle au rendez-vous donné par le vieux Samuel. La curiosité publique était excitée par le langage des journaux, et nulle part autant qu'aux États-Unis les citoyens n'ont le goût des affaires publiques. C'est la seule récréation des *Yankees*. Plus de quinze mille personnes, hommes, femmes et enfants étant réunis sur l'esplanade, Samuel Butterfly s'avança sur la plate-forme, et dit d'une voix grave et solennelle :

« Ladies et gentlemen,

« Si jamais nation puissante a été comblée depuis sa naissance des bénédictions de la divine Providence, c'est assurément la libre, grande et généreuse nation américaine. Pas une année, depuis tant d'années que nous avons proclamé notre indépendance, n'a cessé d'ajouter de nouvelles gloires et de nouvelles prospérités au faisceau de gloires et de prospérités que les années précédentes avaient déjà entassées sur nous. La grande république, qui baigne ses pieds dans la mer du Mexique, étend son bras droit sur le Pacifique et son bras gauche sur l'Atlantique. Des millions d'hommes peuplent aujour-

d'hui les solitudes que les daims seuls et les *buffalos*
connaissaient avant l'arrivée de Walter Raleigh et
de William Penn sur ces fortunés rivages. Des villes
immenses s'élèvent sur le bord de ces fleuves que
sillonnaient les barques des Indiens, et des chemins
de fer portent d'une extrémité de l'Union à l'autre
ce blé qui remplit nos greniers et que l'Europe
nous envie. Mais où trouverons-nous, dans les limites de l'Union et peut-être sur la terre habitable,
un pays plus aimable et plus beau que notre chère
vallée du Scioto, dont la source glacée sort des entrailles profondes de la généreuse terre de l'Ohio, et
arrose de ses eaux bienfaisantes, que grossit le *Red-
River*, cette ville puissante, l'ouvrage de nos mains
et l'orgueil de notre cœur? Qui a construit ces maisons dont l'architecture variée réunit toutes les
beautés des monuments les plus merveilleux de
l'Europe ancienne et moderne? Quel architecte,
quel ingénieur a tracé ces larges rues qui se cou-
pent à angle droit avec une admirable symétrie?
Qui a réuni les prodiges de l'art à ceux de la nature
en entremêlant de prairies, d'étables à porcs et de
fertiles pâturages nos places publiques et nos car-
refours? Qui?... si ce n'est ce peuple industrieux,
puissant dans les travaux de la matière comme
dans les travaux de l'intelligence, qui tient d'une
main également ferme la charrue et l'épée, et que
les nations jalouses proclament, malgré elles, le

plus grand, le plus magnanime, le plus intrépide
et le plus riche du monde entier. »

Ici Samuel Butterfly s'essuya le front. Son exorde
était terminé. D'immenses et unanimes applaudissements attestèrent l'effet de sa pompeuse éloquence.
Il continua :

« Qui ne croirait, citoyens, à l'éternelle durée
d'une œuvre si belle ? Mais les décrets de la Providence sont impénétrables. Un étranger, un Amalé-
cite, est venu, qui a vu la gloire et la puissance du
peuple d'Israël, et qui a voulu verser sur nos têtes
les cendres de l'opprobre et de la désolation. Il a
voulu qu'on dît de nous à l'avenir les paroles du
prophète : « La ville d'Ar a été ravagée pendant la
« nuit, et Moab a gardé le silence; ses murs ont été
« détruits, et Moab est resté dans la stupeur. » Oui,
citoyens, un Français a osé former l'abominable
projet de nous chasser de nos maisons, de renverser notre ville, de nous dépouiller de nos biens,
nous les libres enfants de l'Amérique, et de s'établir
en maître dans nos foyers en disant : « Cette vallée
« est à moi, cette ville est à moi; c'est pour moi que
« le Scioto coule dans ces plaines, pour moi qu'il ar-
« rose le pied des collines, pour moi que les prairies
« sont couvertes de troupeaux, et que les bateaux
« portent à l'Ohio le bois, la viande, le blé, et rap-
« portent les produits des îles ! »

A ces mots, un grognement formidable sortit de

la foule et interrompit l'orateur. Heureusement Bussy était absent. Accompagné de maître Mason, il chassait tranquillement le daim à quelques lieues de Scioto-Town. Le vieux Samuel exposa longuement les prétentions de Bussy, et déclara qu'il n'avait aucun droit sur la vallée du Scioto. Il assura qu'un habile faussaire avait fabriqué ses titres de propriété et appliqué sur l'acte qu'il présentait le sceau du commissaire des terres publiques de Washington. On croit aisément ce qu'on désire. Tous les habitants étaient intéressés à la condamnation de Bussy. Personne ne s'avisa de discuter les mensonges de Butterfly. Après plusieurs discours d'une violence tout américaine, le *meeting* prit à l'unanimité la résolution suivante :

« Résolu que Charles Bussy, soi-disant propriétaire du sol de Scioto-Town, en réalité faussaire impudent, sera dépouillé de ses habits, plongé dans un tonneau de goudron liquide et roulé dans un amas de plumes ;

« Résolu qu'il sera chassé du comté avec défense d'y revenir, sous peine d'être pendu ;

« Résolu que le *meeting* vote des remercîments à M. Samuel Butterfly pour avoir rempli ses fonctions de maire avec tant de courage, et qu'il offrira une coupe d'argent en récompense à ce pieux et digne gentleman. »

Ces résolutions prises, l'assemblée se dispersa.

Bussy ne revint que le lendemain soir à Scioto-Town, suivi de son perfide avocat. En rentrant à l'hôtel Bennett, il soupa et monta dans sa chambre. Il était plein de gaieté, et d'espérance de recouvrer, sinon sa forêt coupée et brûlée, du moins une magnifique indemnité. Il jeta les yeux par hasard sur le *Scioto-Herald*, et lut avec étonnement le compte rendu du *meeting* de la veille. Le compte rendu se terminait ainsi : « Il est probable que ce misérable faussaire n'a pas attendu le châtiment que lui réservait l'indignation publique. On croit que son avocat, M. Mason, lui a fait comprendre le danger auquel il s'exposait, et l'a conduit lui-même aux frontières du comté. De bonne foi, nous préférons ce dénoûment, car il nous répugnait de souiller nos mains du sang d'un si vil coquin. »

J'aurais peine à décrire la fureur de Bussy. Il se leva, les yeux étincelants, les poings serrés, boutonna son habit, changea les amorces de son revolver, et courut aux bureaux du journal. Certes, s'il eût rencontré l'éditeur du *Scioto-Herald*, ce jour eût été le dernier du malheureux journaliste. Heureusement la nuit était venue, les bureaux étaient fermés, et Bussy fut forcé de se coucher sans avoir tué personne.

La nuit porte conseil. Notre héros, en lisant les noms des orateurs du *meeting*, devina que le vieux Samuel Butterfly était le principal auteur de la ca-

lomnie; *is fecit cui prodest*. Il résolut de lui demander raison de sa conduite et de le forcer à se rétracter. Il se voyait seul en face d'une foule d'ennemis, mais ce n'était pas un homme ordinaire que
Bussy. Il avait l'âme naturellement intrépide et
vigoureuse. S'il tenait peu à l'argent et dédaignait
sa fortune perdue, il ne voulait pas reculer, même
devant une force supérieure et irrésistible. Il grin-
çait des dents à la seule pensée de s'en aller sans
avoir rien fait, et de laisser parmi les *Yankees* un
nom déshonoré. Ajoutons qu'il était Français, et
qu'il croyait tenir le drapeau de la France en pays
étranger. Abaisser ce drapeau, n'était-ce pas abaisser la patrie? Ces réflexions lui vinrent à l'esprit
avec la rapidité de l'éclair, et il résolut de se faire
justice ou de mourir.

Dès le matin il s'habilla avec soin, mit son revolver dans la poche de son paletot, son *bowie-knife*
sur sa poitrine, et sortit pour rendre visite à Samuel Butterfly. Toute la ville le connaissait déjà.
Les étrangers sont rares à Scioto-Town, et la physionomie ouverte et énergique du jeune Français
ne ressemblait guère aux visages contractés, osseux, basanés et tristes, qui forment la majorité des
visages américains. Une jeune et jolie Irlandaise
qui faisait le service de l'hôtel Bennett, et qui avait
entendu les discours qu'on tenait dans la ville contre le voyageur, fut touchée de pitié en le voyant

sortir. Elle l'arrêta sur le seuil de la porte et le pria
de rester à l'hôtel.

« Ma belle enfant, dit Bussy, cela m'est impossible.
Il faut que je sorte.

— Prenez garde, monsieur. On dit de vous des
choses horribles, et Patrick m'a conté que vous vou-
liez assassiner M. Georges-Washington Butterfly.

— Qu'est-ce que ton ami Patrick ?

— C'est un brave Irlandais qui me fait la cour et
qui n'a qu'un défaut, celui de se coucher au soleil
pendant le jour et de boire du whiskey toute la soirée. Tenez, le voilà qui nous regarde. »

En effet, le bon Patrick et son ami Jack, pressés
de gagner leur dollar, épiaient toutes les démarches
de Bussy. Celui-ci s'en aperçut et ne s'en inquiéta
point. La colère dont il était transporté ne lui permit pas de songer au danger. Il se fit indiquer la
maison de Samuel Butterfly, et entra. Les deux Irlandais, qui le suivaient de près, entrèrent presque
en même temps.

Georges-Washington et Samuel étaient occupés à
déjeuner quand on annonça l'arrivée du Français.
Samuel pâlit et devina l'intention de Bussy; mais
Georges-Washington tira de son secrétaire un revolver, le mit sur la table, à portée de sa main, et
continua de manger. Il avait été marin pendant
deux ans, et l'on assure qu'il faisait la traite sur
les côtes d'Afrique. Habitué à casser la tête d'un

nègre indocile ou à le fouetter sans pitié, il faisait peu de cas de la vie des hommes.

Bussy entra d'un pas ferme et marcha droit à Samuel Butterfly.

« Monsieur, dit-il, me reconnaissez-vous ? »

Samuel pâlit et jeta un coup d'œil suppliant à son fils. Celui-ci voulut intervenir.

« Ce n'est pas ainsi qu'on se présente, monsieur, dit Georges-Washington. Quel est votre nom ? »

Bussy le regarda fixement avec mépris.

« Prenez patience, dit-il, votre tour viendra. Et vous, Samuel Butterfly, répondez à la question que je vais vous faire. Pourquoi m'avez-vous, avant-hier, en plein *meeting*, appelé faussaire impudent ?

— Monsieur, dit Samuel en tremblant, on m'a trompé. Je vois bien que vous êtes un gentleman.

— Lâche coquin, dit Bussy d'une voix éclatante, demande-moi pardon à genoux. »

Et il saisit au collet le vieux Butterfly.

« C'en est trop, interrompit Georges-Washington ; gentleman ou non, tu me payeras cher cet affront. »

En même temps il se leva et voulut se précipiter sur Bussy. Les deux Irlandais, qui épiaient cette scène à la porte de la salle à manger, entrèrent en brandissant d'énormes couteaux ; mais le jeune Français leur présenta au visage les canons de son revolver et les tint en respect pendant quelques secondes.

« Quatre contre un ! dit-il. Je reconnais votre prudence, Butterfly père et fils ; mais prenez garde, je vous retrouverai quelque jour. Place mainte-nant ! »

Des deux mains il saisit la table sur laquelle était servi le déjeuner et la renversa sur ses adversaires ; puis il traversa la salle à manger, tenant de la main gauche son *bowie-knife*, et de l'autre son re-volver. Patrick le blessa au bras d'un coup de cou-teau. Il se retourna, le renversa d'un coup de pis-tolet, ouvrit la porte, suivit le corridor et se trouva dans la rue. Au même moment, Georges-Washing-ton Butterfly, revenu de sa surprise, lui tira un coup de pistolet qui l'atteignit à l'épaule gauche. Bussy, furieux, revint sur son ennemi et tira à son tour. La balle manqua le but et frappa le mur op-posé. Les domestiques criaient : « Au meurtre ! » Jack, le second Irlandais, et quelques voisins du vieux Samuel, se précipitèrent sur lui.

Georges-Washington se préparait à tirer un autre coup de pistolet. La foule s'amassait dans la rue et criait : « Mort au Français ! » Bussy jugea prudent de faire retraite. Il courut jusqu'au bout de la rue. Sans chapeau, les yeux brillants de fureur, la poi-trine ensanglantée, il effrayait tout le monde. On s'écartait pour le laisser passer, et l'on courait sur sa trace sans savoir pourquoi. Les deux Butterfly, les Irlandais et les spectateurs criaient de toutes leurs forces : « Arrêtez le meurtrier, le brigand, le faussaire ! » mais personne n'osait mettre la main sur lui. Il arriva ainsi au Scioto. Au delà étaient la forêt et la liberté. Il n'hésita point et se jeta à la nage dans la rivière. Le courant n'est pas très-rapide, mais l'eau est profonde, et Bussy, blessé, embarrassé d'ailleurs par ses habits, eut grand'peine à gagner l'autre rive. Heureusement la ville n'a pas de pont sur le Scioto. Quelques-uns de ses ennemis, plus animés que les autres, voulurent le poursuivre et passer la rivière en bateau; mais le vieux Butterfly ne fut pas de cet avis : il déclara qu'il pensait comme César, qu'il faut faire un pont d'or à l'ennemi qui se retire. Cette sage maxime fut généralement goûtée, et Bussy continua paisiblement sa route.

Il était fort mal à son aise. Ses blessures, quoique légères, lui causaient de cruelles douleurs, et la perte de son sang l'avait affaibli. « Pardieu ! se dit-il, j'ai fait une belle besogne, et mon ami Roquebrune va bien rire de ma simplicité. J'arrive, on m'appelle faussaire, je me fâche, on me tire des coups de pistolet, et je me sauve. Voilà une brillante campagne. Par saint Chrysostome, que je sois abandonné de Dieu si je ne coupe les oreilles à toute l'infâme race des Butterfly ! »

Tout en maudissant sa destinée et la famille Butterfly, il s'était enfoncé dans la forêt, et marchait au hasard vers le nord. La nuit approchait, il n'y avait pas de chemin tracé; il fut forcé de s'arrêter sous un arbre, près d'une source d'eau claire. Il but et lava ses blessures. Il avait grand'faim, mais ce n'était pas le moment de dîner. Il amassa du bois sec, y mit le feu et s'endormit tranquillement. Le lendemain, au point du jour, il s'éveilla, et se leva fort étonné de voir un serpent à sonnettes qui avait passé la nuit auprès de lui, moelleusement enveloppé dans son propre paletot. Le serpent, jeté brusquement à terre, s'enfuit, et Bussy continua sa route. Un heureux hasard le conduisit vers une ferme isolée, où des fermiers allemands lui donnèrent l'hospitalité. Par un bonheur plus grand encore, il avait conservé son portefeuille en fuyant. Grâce à ce vil métal, qui a plus de puissance que le génie et la vertu, il gagna promptement le *Ohio and Erie railroad* et les chutes du Niagara. De là, il descendit le lac Ontario et le fleuve Saint-Laurent jusqu'à Montréal, où son ami Roquebrune fut fort étonné de le revoir sitôt.

Cependant, lorsque Bussy eut raconté son aventure et ses projets de vengeance, le Canadien lui dit :

« Mon cher cousin, tu as fort bien fait d'agir ainsi. Un Français ne doit pas reculer; il faut qu'il aborde l'ennemi militairement, à la baïonnette, comme faisaient nos pères. La baïonnette n'a pas réussi; eh bien! c'est un malheur réparable. Vous jouez, Butterfly et toi, une partie dont l'enjeu est d'un million. Butterfly a la première manche, et cela est juste, car il est plus expérimenté que toi ; mais tu auras ta revanche, et la *belle*, je te le garantis. Ce coquin de *Yankee* sera mystifié à son tour, ou le diable m'emporte ! En attendant, reste ici, guéris-toi et compte sur moi. »

Bussy le remercia avec effusion, et devint son hôte. La belle Valentine vint à son tour et écouta son histoire avec une émotion qui fit palpiter le cœur de notre héros. C'était la plus aimable Canadienne qu'on eût jamais vue au Canada, où les femmes sont si belles. Elle avait une douceur et une gaieté charmantes ; ses yeux, d'une expression modeste et réservée, avaient cette éloquence à laquelle rien ne résiste. Elle écoutait comme on parle. Ses manières étaient simples : une dignité naturelle éloignait toute idée de familiarité. Au bout de quelques jours, Bussy ne songeait ni au Scioto, ni à la famille Butterfly, ni à sa vengeance ; il ne songeait plus qu'à Valentine. Cependant il n'osait déclarer son amour. Défiez-vous de ceux qui expliquent trop bien leur souffrance ; ceux-là n'ont jamais aimé. Bussy fut embarrassé pour la première fois. D'ailleurs Valentine était riche, et il était ruiné. Il craignait l'odieux soupçon qui pèse toujours sur le pauvre ; il garda le silence. Enfin, ses blessures étant guéries, il partit avec Roquebrune pour

Scioto-Town. Le voyage dura plusieurs jours, et les deux amis se désennuyèrent en parlant philosophie. Que peut-on faire de mieux quand on voyage ? Bussy, aigri par sa mésaventure, maudissait les sociétés modernes et la démocratie. Roquebrune se moquait de sa misanthropie.

« Te voilà fort en colère, disait-il, parce qu'un coquin de *Yankee* t'a joué un méchant tour ! Tu maudis la démocratie parce que ce Butterfly est un démocrate. Retourne en Europe, si tu ne sais pas subir les inconvénients de la liberté. Il n'est pas de rose sans épine; il n'est pas de république sans Butterfly.

— L'Amérique est haïssable, répondait Bussy, mais l'Europe est pire encore. Je le dis à regret, des signes trop manifestes nous montrent que notre vieux soleil est à son déclin. Ses rayons refroidis nous éclairent encore, mais ne nous réchauffent plus. Pâles et débiles enfants de la terre, instruments aveugles de l'implacable nécessité, emportés dans le tourbillon des planètes, étourdis par le bruit des sociétés humaines qui s'écroulent et tombent en poussière, nous touchons, presque sans nous en apercevoir, à l'heure dernière. Quand notre globe sublunaire sera nivelé comme une plaine, rasé comme un ponton, cultivé comme un jardin, peuplé comme une ville; quand nous tiendrons en main la foudre, rassemblant ou dissipant à volonté les nuages; quand nous voyagerons dans les vastes plaines de l'air avec l'aide et la rapidité des vents (et tout cela sera fait dans un siècle), prenons garde, notre œuvre sera terminée; nous aurons usé et abusé de la nature, et elle se vengera. Un jour la race humaine sera toute-puissante, et le lendemain elle mourra....

— Bien prêché, misanthrope ! s'écria Roquebrune. Allons maintenant dauber le Butterfly. »

Les deux voyageurs arrivèrent à l'entrée de la nuit dans Scioto-Town. Ils allèrent se loger dans une maison écartée, à quelque distance de la ville, afin que personne ne pût reconnaître Bussy. Son ami, sans prendre de repos, alla tout droit rendre visite à Samuel Butterfly.

Le vieux *Yankee* croyait n'avoir plus rien à craindre de Bussy. Toute la ville avait payé un juste tribut d'éloges à sa fermeté et à sa dextérité. Cette affaire, qui aurait dû le perdre, n'avait fait qu'accroître son crédit. Le sentiment moral se développe tard et lentement dans les sociétés naissantes. Dans les forêts, le premier besoin est de vivre; celui de bien vivre ne se fait sentir que longtemps après. J'oserais presque dire que le goût du bien-être et celui de la vertu, qui cependant ne se ressemblent guère, croissent simultanément. Ce n'est pas que l'un mène à l'autre, il s'en faut de beaucoup; mais tous deux sont presque également nécessaires dans une nation. L'exemple des hommes d'élite qui ont aimé la vertu pour elle-même ne peut pas servir de règle générale, et la foule est beaucoup plus sensible aux doctrines de l'intérêt bien entendu qu'à la gloire du dévouement et du sacrifice.

Ce jour-là, Samuel était tranquillement assis au coin du feu, et alignait avec une satisfaction visible des colonnes de chiffres. Il venait de terminer son inventaire.

« Un million cinq mille six cent cinquante-trois dollars ! dit-il en posant la plume et se frottant les mains. Voilà une somme qui ferait sourire Cora et ce cher louveteau de Georges-Washington; mais je suis solide encore, Dieu merci ! et ils attendront longtemps ma succession. »

Au même moment, on annonça le chevalier de Roquebrune. Samuel se leva et, sans desserrer les dents, à la mode américaine, il lui secoua la main.

« Monsieur, dit le Canadien, je viens vous rendre visite de la part d'un ami, M. Charles Bussy. »

Samuel se leva feignant l'indignation.

« Qui ? ce misérable faussaire, cet assassin qui a voulu tuer mon fils et moi, et que j'aurais dû faire pendre?

— Il est vrai, dit Roquebrune avec sang-froid, que l'un de vous deux devrait être pendu. C'est l'avis de mon ami aussi bien que le vôtre. Lequel des deux ? c'est ce que je n'ose décider.

— Monsieur, dit Samuel, êtes-vous venu pour m'insulter dans ma propre maison ? »

Et il tira violemment le cordon de la sonnette.

« Mon cher Butterfly, dit Roquebrune avec le même sang-froid, si quelqu'un fait un pas vers moi, je vous brûle la cervelle. »

Samuel se rassit effrayé. Un domestique entra.

« Tom, dit-il, apportez du bois. »

Tom obéit, et Roquebrune reprit :

« Parlons franchement. Bussy vous gênait, vous avez voulu le faire périr, c'est trop juste; mais il a la vie dure. Vous l'avez calomnié, vous avez ameuté contre lui toute une ville; vous l'avez à moitié assassiné; il ne s'en porte que mieux. Il est plus riche que vous....

— Eh ! s'il est riche, interrompit Samuel, pourquoi veut-il nous dépouiller ?

— Pourquoi, vieux Butterfly ? Pour une raison fort simple. Combien vous a valu votre première banqueroute ?

— Rien, si ce n'est l'estime de mes concitoyens, répondit gravement Samuel.

— Et cent mille dollars. Et la seconde ? et la troisième ? et la quatrième ? Je connais vos affaires aussi bien que vous-même. Vous avez maintenant

un million de dollars, et vous comptez bien mé-
riter deux ou trois fois avant de mourir l'estime
de vos concitoyens. Eh bien ! mon ami Bussy, qui
est aussi insatiable que vous, et qui est deux fois
millionnaire, ne mourra pas content s'il n'a ses
quatre millions.

— Quatre millions de dollars, grand Dieu ! Vous
ne les trouveriez pas dans tout Scioto.

— On les trouvera ; c'est moi qui le garantis.. »
Samuel sourit silencieusement.

« Oui, je te devine, vieux Butterfly, continua
Roquebrune. Tu veux dire que la ville se sou-
lèvera contre nous, et que nous serons lapidés ;
mais apprends que nous avons trouvé un moyen de
séparer ta cause de celle des gens de Scioto. Tu as
voulu faire tuer Bussy ; il te réduira à la mendicité.

— Je l'en défie, répondit Butterfly.

— C'est toi qui as commencé le vol, c'est toi qui
payeras pour tous. Un tiers de la ville t'appartient.
Tu seras forcé de le rendre et de payer une indemnité énorme. Bussy est assez riche pour te traîner
devant tous les tribunaux et te contraindre à resti-
tuer vingt fois la valeur de sa forêt.

— Bon ! dit Samuel, je connais les juges ;
avec quelques dollars, on obtient tout ce qu'on
désire.

— Bussy a plus de milliers de dollars qu'il n'y a

de cheveux sur ta tête pelée, et il te poursuivra jusqu'à ce que l'un de vous deux soit ruiné.

— Eh bien ! soit ; j'accepte le combat. J'aurai pour moi l'opinion publique.

— Admirable ! et tu crois que l'opinion publique se soucie de toi ! Tu sais bien que le peuple aime la justice quand elle ne lui coûte rien. Dès qu'on saura que Bussy n'en veut qu'à toi seul, et qu'il est assez fort pour te perdre, tu seras perdu et déshonoré.

— Voyons, dit Samuel, ce n'est pas pour le plaisir de m'effrayer que vous me faites toutes ces menaces. Où voulez-vous en venir ?

— Ah ! nous nous entendons enfin, mon brave homme ! Tu as une fille à New-York.

— Vous la voulez en mariage ? dit Samuel. Eh ! que ne parliez-vous plus tôt, je vous l'aurais donnée de grand cœur, mais sans dot, vous savez ?

— Prends-tu mon ami pour un pingre de ton espèce ? s'écria Roquebrune. Bussy est amoureux de ses beaux yeux, et non pas de sa dot.

— Eh bien ! je leur donne ma bénédiction ; mais Cora voudra-t-elle de lui ? Elle m'a dit qu'il était ruiné.

— C'est une épreuve qu'il a voulu lui faire subir. Bussy a plus de deux millions de dollars en bonnes terres de France.

— Et cette sotte l'a refusé ?

— Ce n'est pas un jugement sans appel, dit le Canadien.

— Mais votre ami n'en est-il pas offensé ?

— Lui ! point du tout. C'est la modestie même. Il est d'ailleurs fort économe, et j'ai cru m'apercevoir qu'il était bien aise que miss Cora aimât l'argent autant que lui. C'est une passion si naturelle et si noble !

— N'est-ce pas ? dit le vieillard. Cela fait hausser les épaules de voir de petits jeunes gens parler avec dédain de ce qui fait le bonheur de la vie, de cet argent, le seul ami qui ne trahisse jamais !

— A propos, dit Roquebrune, croyez-vous qu'on nous donnera deux millions de dollars pour indemnité ?

— Indemnité de quoi ?

— De notre forêt dévastée.

— Vous êtes fou, dit le vieux Butterfly : vous n'aurez ni deux millions de dollars ni un seul *cent*. N'aurez-vous pas Cora?

— Sans doute, nous aurons Cora; mais ce n'est pas tout. Croyez-vous par hasard, mon cher monsieur Butterfly, que nous voulons passer la vie à filer le parfait amour? C'est bien assez que nous ne demandions pas de dot à votre charmante fille ! Miss Cora est un vrai diamant; mais, entre nous, sa béauté est à son apogée et ne peut plus que décliner. Dans deux ans, elle sera presque laide... Parlons sérieusement, reprit Roquebrune. Vous avez pris la forêt de mon ami Bussy sans sa permission; il a dans les mains de quoi vous ruiner, et il vous ruinera, soyez-en certain, si vous refusez ce que je vous propose. Vous avez une fille charmante, miss Cora, la plus belle personne de New-York, qui devrait être mariée, et qui ne l'est pas. Attend-elle un lord anglais ou un prince russe? Je ne sais. Avant peu, elle vous retombera sur les bras. Faites une bonne affaire et une bonne action. Par bonheur, vous avez trouvé un homme de cœur, immensément riche, qui l'aime, et qui en sera aimé dès qu'elle connaîtra le chiffre de sa fortune. Cet homme est celui-là même que vous avez dépouillé, et qui peut vous ruiner. Faites-lui rendre, sinon son bien, ce qui n'est pas possible, du moins une indemnité suffisante, quatre cent mille dollars, par exemple. Vous êtes assez puissant pour faire payer cette somme aux habitants de Scioto. Donnez-lui votre fille en mariage: ces quatre cent mille dollars seront sa dot. De cette façon, le public payera vos dettes, et tout le monde sera content. Cet arrangement vous plaît-il?

— Parfaitement, dit Samuel après un instant de réflexion; mais je veux pour ma part cent mille dollars, et cent mille pour celle de Cora.

— Accordé, mais avec cette restriction que, si

miss Cora refuse d'épouser mon ami, Bussy recevra la somme tout entière.

— Je réponds de son consentement, répliqua Samuel, et le mariage se fera trois semaines après le payement de l'indemnité. »

Roquebrune alla retrouver son ami, et lui parla du traité qu'il avait conclu avec Butterfly.

« Ah ! malheureux, qu'as-tu fait? s'écria Bussy. Épouser Cora ! Plutôt la mort !

— Est-ce que tu lui gardes rancune ?

— Non.

— Crains-tu le mariage ?

— Je crains la fille d'un Butterfly.

— Et bien! compte sur moi; je suis homme de ressource, et tu n'épouseras qu'autant que tu voudras.

— Mais tu as engagé ma parole....

— Cora te la rendra.

— Je m'en rapporte à toi. Allons dormir. »

Le lendemain, toute la ville de Scioto était mise en rumeur par un article du *Morning-Enquirer*, dont Samuel Butterfly était le principal actionnaire. « Nos lecteurs se rappellent, qu'un jeune Français, M. Charles Bussy, vint, il y a deux mois, présenter au maire de Scioto-Town un titre de propriété duquel il résulte que le sol même sur lequel notre ville est bâtie lui appartient. Cet honorable gentleman, victime d'une erreur que toute la popu-

lation avait partagée, et que notre illustre maire,
M. Samuel Butterfly, déplore hautement, fut accusé
de faux et forcé de chercher un asile hors du comté.
Il est allé à Washington, et l'on assure que le gouvernement fédéral a reconnu la justice de ses prétentions et donné ordre de lui prêter main-forte
au besoin. On a cependant de grandes raisons de
croire que les intentions de ce jeune gentleman sont
tout à fait conciliantes, et qu'on pourra traiter avec
lui de gré à gré pour le règlement de l'indemnité.
La plus-value du terrain est telle qu'en droit rigou-
reux cette indemnité ne s'élèverait pas à moins de
sept ou huit millions de dollars; mais un avocat
canadien d'un grand talent, le chevalier de Roquebrune, qui est chargé de ses affaires, consent à la
faire réduire à quatre cent mille dollars. Nous espérons que le conseil municipal se hâtera de décider
une question qui pourrait faire naître de grands
embarras pour la ville et pour les citoyens. »

Cet article, développé, commenté, reproduit,
contredit par tous les autres journaux de Scioto-
Town, fut comme une pierre de touche avec laquelle le vieux Butterfly fit l'essai de l'opinion publique. La grande majorité des habitants se montra
d'abord, comme il s'y attendait, très-peu disposée
à donner une indemnité; mais le vieux *Yankee* ne
se rebuta point. Il s'inquiétait peu de se démentir
lui-même : ces sortes de scrupules n'ont pas cours

aux États-Unis. Le passé n'existe pas pour les Américains ; ils sont tout au présent et à l'avenir. En
avant ! en avant ! Telle est leur devise. C'est un peuple de gens d'affaires.

Pendant six semaines, tous les journaux refirent
le même article sur la même question, sans se sou-
cier de la fatigue des lecteurs. « Voulez-vous persuader, dit un sage, répétez sans cesse la même chose
dans les mêmes termes. Si vos raisons sont bonnes,
elles ne perdent rien à être répétées ; si elles sont
mauvaises, elles ne peuvent qu'y gagner. » Ainsi pensait le vieux Butterfly. Enfin, jugeant que l'opinion
publique était préparée à céder, il convoqua un
meeting. J'ai déjà donné une idée de son éloquence ;
je n'essayerai pas de reproduire son second discours.
Il suffit de dire qu'il se surpassa. Ses paroles onc-
tueuses exprimaient le regret d'un homme de bien
qui s'est trompé et qui a calomnié l'innocent. Heureusement, ajoutait-il, dans la libre Amérique, cette
patrie de la vérité, l'erreur ne pouvait être ni dangereuse ni de longue durée. Il expliqua ensuite que
la richesse toujours croissante de Scioto permettait
aux habitants de payer aisément une indemnité légitime ; qu'un emprunt de quatre cent mille dollars,
amorti en trente années, serait un poids fort léger
pour une ville destinée à devenir l'un des grands
entrepôts du monde. Il fit valoir une foule d'autres
raisons américaines qu'on m'accuserait d'inventer,

si je les rapportais ici, et il obtint que le *meeting* proposerait au conseil municipal la résolution suivante : « Il sera fait un emprunt de quatre cent mille dollars, payable en trente années par voie d'amortissement, et qui sera destiné à indemniser Charles Bussy, légitime propriétaire de l'ancienne forêt du Scioto. »

Le lendemain, cette résolution fut votée par le conseil municipal, et le maire offrit de souscrire l'emprunt à dix pour cent. Sa proposition fut acceptée, et le vieux Samuel se donna le plaisir d'annoncer à tous ses amis le prochain mariage de Charles Bussy avec la belle Cora. « Quel homme ! dit un des conseillers municipaux : tout lui réussit. »

Butterfly devint plus puissant que jamais à Scioto-Town. Il écrivit à la belle Cora de partir de New-York et de se tenir prête à épouser Bussy. En même temps, suivant leurs conventions, il paya à celui-ci deux cent mille dollars et garda les deux cent mille autres pour lui et pour Cora. Bussy, transporté de joie, emporta le portefeuille tout bourré de *bank-notes* américaines, et alla trouver son ami Roquebrune. Celui-ci l'attendait avec impatience.

« Grâce à toi, je suis riche, dit le Français en l'embrassant. Ma fortune, ma vie, tout est à toi.

— Ta vie, c'est bien, mon cher ami, je l'accepte ; mais ta fortune ? me prends-tu pour un Butterfly ?... Ce n'est pas tout, ajouta Roquebrune. Et la mariée ?

— Comment ! la mariée ! dit Bussy en pâlissant.

— Sans doute. N'ai-je pas engagé ma parole que tu épouserais miss Cora, la plus belle des filles de New-York ?

— Et ne m'as-tu pas promis qu'elle me rendrait ma parole ?

— Allons, encore une corvée !

— Mon cher Roquebrune, au nom du ciel ! sauve-moi de miss Cora. Voudrais-tu me voir jusqu'au cou dans les Butterfly ? C'est bien assez d'être forcé de faire bon visage à ce vieux misérable, que j'ai trois fois par jour envie d'étrangler, et à son coquin de fils qui a voulu m'assassiner. Écoute-moi : j'aime une fille charmante, mille fois plus belle que Cora, et je veux l'épouser.

— Encore une passion en l'air; mon cher ami, tu vas t'embourber de nouveau. Je ne puis pas, après tout, passer ma vie à te tirer d'embarras. Retourne en France, marie-toi, fais souche d'honnêtes gens, et laisse-moi plaider tranquillement mes procès à Montréal.

— Ne me raille pas, dit Bussy, j'aime aujourd'hui, et d'un amour sincère. Veux-tu me donner ta sœur en mariage ?

— Peste ! dit Roquebrune en riant, tu n'es pas dégoûté. Je ne te la donne pas, je te la refuse encore moins. Elle est libre et maîtresse de ses actions.

— Au moins voteras-tu pour moi dans le conseil de famille ?

— Si tu es sage.... Délivrons-nous d'abord de miss Cora.

— C'est bien aisé, dit Bussy. Je laisse au vieux Samuel et à sa fille les deux cent mille dollars que stipule le traité, et je suis dégagé de tout.

— Oui, dit Roquebrune; mais le vieux *Yankee* gardera ton argent et se moquera de toi. Voilà une belle invention vraiment ! N'as-tu pas honte d'un si pauvre expédient? Quoi ! ce coquin t'aura voulu déshonorer, t'aura fait assassiner à moitié, et tu lui laisses pour sa peine deux cent mille dollars ?

— Conseille-moi donc, reprit Bussy. J'ai déjà pensé à tuer en duel son brigand de fils.

— Patience! L'idée est bonne, mais chaque chose doit venir en son temps. Je te fournirai une occasion superbe de lui couper la gorge. A présent, je veux que Samuel te restitue ton argent, je veux que Cora refuse de t'épouser, et Samuel restituera, et Cora n'épousera point, je le te garantis.

— Comment feras-tu pour la dégoûter de moi ?

— Charmante fatuité ! Va, j'aurai moins de peine que tu ne crois. Que veut Cora ? Un mari et de l'argent. Connais-tu lord Georges Aberfoïl, comte de Kilkenny, pair d'Écosse et d'Irlande ?

— Point du tout. Qu'est-ce que cela ?

— C'est un grand homme au poil roux, orgueilleux comme Artaban, droit comme un fil à plomb, gros comme un muid, haut comme une cathédrale. Voilà le mari que je destine à Cora.

— Tu le hais donc beaucoup ?

— Jusqu'à la mort. Je veux que Cora soit comtesse; c'est ma fantaisie. Cette petite personne me plaît, et je veux faire sa fortune. Elle est jolie, elle a de l'esprit, de la grâce, elle est égoïste comme son père et souverainement impertinente; ce sera une pairesse accomplie.

— Où est ce lord précieux ?

— A New-York. Il a quarante ans et voyage pour son instruction.

— C'est un savant ?

— Lui ! le pauvre homme, je crois, n'a jamais mis le pied dans une bibliothèque; mais c'est un boxeur distingué, un vaillant nageur, un cavalier parfait, et le gentleman de toute l'Europe qui boit le plus longtemps sans tomber sous la table. Il est d'une force herculéenne. Un jour, dans une course de chevaux, son cheval, qu'il montait lui-même, fit un faux pas. Furieux d'avoir perdu le prix, il mit pied à terre et l'assomma d'un coup de poing. Le pauvre animal tomba mort comme s'il eût été frappé de la foudre. Voilà ce que c'est que le lord Aberfoïl, comte de Kilkenny, mon ennemi personnel.

— Comment êtes-vous devenus ennemis ?

— Par hasard. Je nage comme un esturgeon, et
lui, comme un alligator. Un jour, nous nous rencon-
trâmes aux chutes du Niagara. Il paria qu'il traver-
serait la rivière d'un bord à l'autre, à trois cents
pas au-dessous des chutes, et que personne n'oserait le suivre. Tous les assistants se moquèrent de
lui. Il avait bu, il s'échauffa et se vanta qu'aucun
Canadien français n'oserait faire ce que faisait un
Anglais. Tu sais le peu de sympathie des deux races. Nous ne supportons les habits rouges qu'à la
condition de ne les voir jamais et de n'en être pas
gouvernés. J'acceptai le pari, j'ôtai mon habit, et
nous nous jetâmes dans la rivière. J'arrivai sans
peine à l'autre bord ; mais le pauvre Kilkenny, bien
qu'excellent nageur, s'arrêta court au milieu de
l'eau, et, sans le bateau à vapeur qui se trouva là
fort à propos pour le recueillir, la chambre des
lords perdait l'un de ses plus agréables boxeurs. Il
ne m'a jamais pardonné mon triomphe. Depuis ce
temps, il me suit partout et me propose cent paris
différents : car il ne peut pas supporter, dit-il, l'idée
qu'un être vivant l'emporte sur lui en quoi que ce
soit. Je l'envoie tous les jours au diable, c'est-à-dire
en Angleterre, et je ne puis pas me délivrer de lui.
C'est Cora seule qui fera ce miracle.

— Va pour lord Aberfoïl. J'accepte tout, mais
débarrasse-moi de la fille du vieux Butterfly.

— Compte sur moi. Dans quinze jours, tu seras dégagé, et tu pourras redemander au brave Samuel tes deux cent mille dollars. Il ne s'attend pas à ce compliment, et je suis sûr que sa figure nous fera rire. Je pars pour New-York. Quant à toi, ton rôle est facile. Montre la plus vive impatience de conclure ce mariage; écris lettres sur lettres à miss Cora, et tâche d'obtenir une réponse. Le reste me regarde. »

Les deux amis se séparèrent. Trois jours après, Roquebrune se faisait présenter à New-York dans le club des *riflemen*. Justement le lord Aberfoïl était sur le point de tirer à la cible, car c'était l'homme du monde le plus occupé de faire des tours de force ou d'adresse. En voyant Roquebrune, il se hâta de faire feu et manqua le but. Le Canadien sourit d'un air méprisant.

« Milord, dit-il, vous n'êtes pas de force.

— Je ne suis pas de force! répliqua l'Anglais en colère. Monsieur, vous me rendrez raison de ce mot.

— Très-volontiers, milord; mais avec quelle arme ? »

En même temps il prit la carabine que l'Anglais avait déposée à terre, visa la figurine en plâtre qui servait de but, et la brisa à une distance de cent cinquante pas.

« Vous voyez, milord, qu'il faut renoncer à la carabine.

292   l

— Encore un échec, dit tristement lord Aberfoïl ; mais j'aurai quelque jour ma revanche. Ce soir, je donne un grand souper aux membres du club des *riflemen*. Venez avec nous. »

Ce souper, comme Roquebrune l'avait prévu, était un piége que lui tendait Kilkenny. Le lord, furieux de ses deux défaites, voulait pousser le Canadien à boire et le faire tomber sous la table ; mais celui-ci, se tenant sur ses gardes, refusa le pari, et, profitant de la gaieté que le souper avait répandue parmi les convives, prononça le nom de miss Cora Butterfly. A ce nom, on cessa de parler politique, et tous les verres furent remplis jusqu'au bord. « Je bois, dit un des assistants, à la perle de New-York, à la belle des belles, à miss Cora Butterfly. » Ce toast fut suivi d'applaudissements unanimes. Toutes les têtes étaient échauffées, et l'on se mit à commencer l'éloge de la jolie New-Yorkaise. L'un vantait sa beauté, l'autre sa grâce, un autre son esprit, un autre son talent pour la danse, un autre la fortune du vieux Samuel. Au milieu de ce feu de propos croisés et interrompus, Roquebrune dit d'une voix claire :

« Quel dommage qu'une beauté si rare et si parfaite soit près de se marier ! Nous ne pourrons plus l'aimer que de loin.

— Oh ! dit le lord Aberfoïl d'un air fat, si je voulais m'en donner la peine !

—Ni vous, milord, ni personne. Elle est fiancée
à un Français de mes amis. .

— Par les mânes de Richard Strongbow, s'écria
Kilkenny, à moins que ce Français ne soit le grand
diable d'enfer, je parie qu'avant quinze jours son
mariage sera rompu.

— Milord, dit dédaigneusement le Canadien, souvenez-vous des chutes du Niagara. La France vain- .
cra l'Angleterre encore une fois.

— Je parie mille dollars qu'il sera rompu, s'écria
Aberfoïl, et que j'épouserai miss Butterfly avant trois
semaines.

— Je tiens le pari, » dit Roquebrune.

Le lendemain, les fumées du vin étant dissi-
pées, Aberfoïl se souvenait à peine de son pari ;
mais Roquebrune n'avait garde de le lui laisser
oublier.

Le lord Aberfoïl, comte de Kilkenny, pair d'É-
cosse et d'Irlande, était le plus grand fou des Trois-
Royaumes. Ruiné par ses voyages et ses paris, il
fuyait Londres et ses créanciers. L'éloge qu'on avait
fait de la beauté de Cora le touchait peu ; il n'aimait
que la chasse au renard, la boxe et les festins ; mais
il souriait à la pensée d'hériter du vieux Butterfly.
Il ne doutait point d'ailleurs que son nom, son titre
et son mérite extraordinaire, ne vinssent aisément
à bout d'une petite Américaine. Il fit donc les premières démarches pour se rapprocher de Cora,

qu'il n'avait fait qu'entrevoir. Néanmoins il affectait
la plus grande réserve.

« Il ne faut pas gâter ces petites gens, se dit-il,
par trop de familiarité. Ces boutiquiers sont trop
heureux de recevoir sous leur toit un descendant
de Richard Strongbow, premier comte de Kilkenny. Je veux que Cora me respecte avant de
m'adorer. »

C'est une chose digne d'attention que la passion
des sociétés démocratiques pour les titres de no-
blesse. Chacun veut être l'égal de son supérieur,
et non de son inférieur. Il n'est pas un Américain revenant d'Europe qui ne soit plus fier d'avoir
été l'hôte d'un diplomate ou d'un prince que d'avoir
été l'ami de Humboldt ou de Geoffroy Saint-Hilaire.
Quand l'aristocratie de naissance n'aura plus de
crédit en Europe, elle retrouvera une patrie dans la
fière république des États-Unis. C'est un reste de
l'éducation et des préjugés anglais, dont les fonda-
teurs de la confédération étaient imbus dès l'enfance. Aujourd'hui même, les planteurs du Sud se
considèrent encore comme très-supérieurs aux ma-
nufacturiers du Nord, et se décernent volontiers
l'épithète de *chilvarous*, c'est-à-dire descendants des
nobles et des chevaliers : tant il est beau de com-
mander, même à des nègres !

On devine que miss Cora Butterfly, si facilement
séduite par l'espérance d'épouser un riche Fran-

çais et de déployer ses grâces dans un salon de Paris, fut vivement émue en apprenant l'arrivée d'un jeune lord, neveu, disait-on, du dernier gouverneur général des Indes, et appelé lui-même aux plus hautes destinées. On racontait des merveilles de sa fortune et du crédit dont il jouissait à la cour d'Angleterre. En quelques jours, grâce aux bruits habilement semés par Roquebrune lui-même, le lord n'était rien moins que le gouverneur général des possessions anglaises dans l'Amérique du Nord. On savait de bonne part que le précédent gouverneur venait d'envoyer à Londres sa démission, et que son successeur devait négocier à Washington un traité d'alliance avec le président de la république américaine. Les gobe-mouches sont nombreux dans les grandes villes. Les gens de New-York, bien que fort occupés de leurs affaires, ont encore du temps pour imaginer ou répandre les *puffs* les plus extraordinaires. On devine quel effet de tels bruits produisirent sur l'esprit aventureux de la belle Cora. Le jour même où elle rêvait la conquête d'un gouverneur du Canada, elle reçut deux lettres, l'une de son père et l'autre de Bussy. Le vieux Butterfly lui rappelait les conditions du marché qu'il avait conclu, et la pressait de revenir à Scioto-Town. Bussy, de son côté, feignait le plus amoureux empressement, et la menaçait d'un voyage à New-York.

« Qu'il s'en garde bien! pensa Cora. Qui sait ce
que le hasard peut amener?... »

Elle écrivit à Samuel :

« Mon cher père, dans huit jours je serai à Scioto-
Town. Jusque-là, prenez patience; vous pourriez
regretter de m'avoir trop pressée d'exécuter un
marché sur lequel vous ne m'avez pas consultée.
Recevez toujours M. Bussy comme un gendre futur :
il est bon d'avoir deux cordes à son arc. En attendant, agréez, cher père, l'expression de la tendresse
de votre dévouée

« CORA. »

Le même jour, elle écrivit à Bussy :

« New-York, 14 août 184...

« Je vous remercie, monsieur, du choix que vous
avez bien voulu faire de moi pour votre femme.
Dois-je l'avouer? Mon cœur peut-être avait prévenu le vôtre, et, si je montrai d'abord quelque
froideur, croyez qu'il n'en faut accuser que la réserve qui est l'arme naturelle de mon sexe. Je voulais éprouver votre constance. Aujourd'hui je sais
et je sens combien vous m'aimez, et moi aussi je
vous aime.

« Mon père me presse de partir aujourd'hui même
pour Scioto; mais mon père est un homme d'affaires exact et probe, qui ne connaît que ses échéan-

ces. Il n'entend rien aux délicatesses de l'amour. De bonne foi, monsieur, le mariage est-il un payement qu'on doive faire à époque fixe, et n'est-ce pas froisser la sainte pudeur de la femme que de la presser trop vivement dans une circonstance aussi solennelle? Soyez assez bon pour faire comprendre à mon père qu'on n'expédie pas une fiancée par le chemin de fer comme un simple colis, et qu'il y a des ménagements à garder avec le monde. C'est le premier service que je vous prie de me rendre, et, si vous avez pour moi tout l'amour que vous me jurez, et auquel je crois, vous ne me refuserez pas un délai de quelques jours.

« Voulez-vous savoir le secret de ces retards? On ne se marie pas sans robe, et j'attends de France une robe qui est une perle véritable, et dont les dentelles doivent faire mourir de jalousie toutes les *belles* de New-York. Voudriez-vous que votre femme fût habillée comme tout le monde le jour de son mariage? Excusez ma frivolité, et croyez-moi, cher Bussy, votre obéissante et tendre

« CORA. »

Samuel, en recevant la lettre de sa fille, la froissa avec colère.

« Encore quelque folie! dit-il. Je lui ai trouvé un mari qui est riche, jeune, beau et bon compagnon, et elle le refuse! Elle lâche la proie pour l'ombre!

Au diable la péronnelle ! Je ne veux plus me mêler de ses affaires. »

Quant à Bussy, il devina l'effet des premières manœuvres de son ami Roquebrune, et se mit à rire en lisant la lettre ; puis il la serra précieusement dans son portefeuille, et alluma un cigare de la Havane. Il ne se trompait pas. Le lord Aberfoïl, comte de Kilkenny, pair d'Écosse et d'Irlande, futur gouverneur du Canada, avait daigné se laisser présenter dans les salons d'un riche banquier de New-York, où il savait qu'il trouverait la belle Cora. L'un de ses domestiques était nègre et avait ordre de répondre à toutes les questions dans cette langue inintelligible qui est familière aux Africains des colonies : *Massa, bon maître à moi, posséder des dollars beaucoup, avoir des chambres pleines d'or.* L'autre domestique, Irlandais d'origine, devait contrefaire le sourd. Tous deux étaient splendidement galonnés, et portaient dans les rues des cannes à pommes d'or, avec la gravité des suisses de paroisse.

Cora entra chez le banquier pleine d'une confiance orgueilleuse dans sa beauté, et éblouit toute l'assemblée. Le lord Aberfoïl lui-même en fut étonné. Il fit d'abord le tour de la salle, le menton dans sa cravate, les coudes serrés contre le corps, les yeux fixes, suivi de la maîtresse de la maison, qui lui nommait et lui présentait successivement tous ses invités. Quand ce fut le tour de Cora, la présentation se fit comme à l'ordinaire, et le lord répondit gravement d'une voix gutturale :

« Miss Cora Butterfly? Oh! »

Cet *oh!* la première parole qu'il eût prononcée depuis son entrée dans la salle, fit une sensation extraordinaire. Cora fut émue de ce témoignage d'admiration concentrée et rougit de plaisir. Toutes les dames présentes lui envièrent son bonheur. Qu'un pair d'Angleterre, qui avait vu à Buckingham-Palace les plus célèbres beautés des Trois-Royaumes et la reine Victoria elle-même, fût ému au point de dire : « Oh ! » en voyant une beauté américaine, c'est un prodige qui ne se renouvelle pas trois fois en un siècle.

Le lord s'assit près de Cora et lui dit : « Dansez-vous, miss Butterfly ? »

Elle crut qu'il allait l'inviter et se hâta de dire qu'elle dansait.

« Quelle danse? demanda Kilkenny.

— La contredanse, milord.

— La contredanse est une danse de boutiquiers, dit le comte avec une impertinence toute britannique.

— Oh! se hâta de dire Cora, je la danse rarement, et seulement par complaisance. Il faut avoir quelques égards pour ses amis.

— Je n'ai point d'amis parmi les boutiquiers, répliqua l'Anglais. Valsez-vous ?

— Souvent, dit Cora, qui crut réparer sa faute.

— Tant pis, la valse est inconvenante. Dansez-vous la polka, la redowa, la mazurka ? »

Cette fois Cora hésitait. Le lord sourit et dit : « Un peu, n'est-ce pas ? Vous avez tort ; moi, je ne danse que le menuet.

— Qu'est-ce que le menuet ? demanda timidement Cora.

— C'est la plus aristocratique de toutes les danses ; c'est la seule que connût Louis XIV, et la reine Victoria n'en danse jamais d'autre. »

Miss Butterfly était pleine d'admiration.

« Voilà, pensait-elle, un vrai lord d'Angleterre, qui n'aime rien hors de son pays, et qui méprise tout l'univers, excepté lui-même. »

— On ne danse pas le menuet ici ? » demanda le lord après un instant de silence.

La femme du banquier entendit la question et en fut troublée. Il y avait donc des danses qui n'appartenaient qu'aux femmes des lords, et que les autres femmes ne connaissaient pas ! Elle s'excusa timidement. Le lord l'écouta, les jambes étendues, les mains dans ses poches, à demi couché sur un canapé. Quand elle eut fini : « J'ai eu tort, dit-il, de parler de ces choses ; j'aurais dû savoir la différence qu'il y a entre Londres et New-York. On sait gagner de l'argent en Amérique, mais on ne sait le dépenser qu'en Angleterre. Au reste, avec le temps, vous

ferez peut-être quelque chose. Le progrès du bon
goût est lent, mais réel. Je connais des bourgs en
Angleterre qui ne sont guère plus civilisés que
New-York. »

Ce dernier coup fut terrible. La feinte bonhomie
avec laquelle le lord débitait ses impertinences indigna l'assemblée. Cora seule, insensible à la gloire
de sa patrie, fut saisie d'admiration en voyant l'insolence d'Aberfoïl. En Amérique, la grossièreté est
un signe de force.

Le reste de la soirée ne fut marqué par aucun incident particulier. Kilkenny garda Cora près de lui
et lui parla pendant plusieurs heures de ses chevaux
et de ses chiens, conversation tout à fait *fashionable*.
Après les chevaux et les chiens vinrent les ancêtres,
et la longue énumération des comtes de Kilkenny,
dont le premier fut Richard Strongbow, conquérant de l'Irlande. Richard eut pour fils Walter, qui
assiégea Saint-Jean-d'Acre et renversa de cheval le
sultan Saladin à la bataille de Tibériade. Le petit-fils
de Walter désarçonna le fameux comte de Leicester
à la bataille de Lewes. Depuis ce temps, les Kilkenny
portent dans leurs armes un dragon terrassé : le
dragon était dans les armoiries de Leicester. L'arrière-grand-père de lord Aberfoïl était le premier
lieutenant du colonel Clive à la bataille de Plassey,
et battit deux fois Hyder-Ali, sultan de Mysore.
Il obtint un million de livres sterling et le plus beau

diamant de la sultane favorite de Hyder pour sa part de pillage.

A deux heures du matin, le lord prit congé de l'assemblée, laissant Cora sous le charme de ses récits héroïques et hippiques. Elle reçut, après le départ d'Aberfoïl, les félicitations jalouses de toutes les femmes, et se coucha tout émue. Le lendemain, au moment où elle faisait sa toilette du matin, chose de grande importance, elle reçut la lettre suivante :

« New-York, 16 août 1849.

« Chère miss Butterfly,

« Oserais-je vous demander de vouloir bien m'accompagner dans une promenade que je vais faire à Long-Island? La mer est belle, et le *steamer* va partir dans une demi-heure. J'attends votre réponse au parloir.

« GEORGES, lord ABERFOÏL, comte de KILKENNY. »

Cette lettre fit battre le cœur de Cora.

« Il est à moi, pensa-t-elle. A moi un lord gouverneur du Canada, un descendant de Richard Strongbow, plus noble que les Plantagenêts ! »

Elle se hâta de s'habiller et descendit au parloir; le comte l'attendait, et tous deux prirent la route de Long-Island. Je ne m'arrêterai pas à rapporter les discours du lord et de la belle Cora : ils ne se dirent rien qui ne fût parfaitement convenable et prévu en pareille circonstance. Aberfoïl évita même avec soin de parler d'amour. Il continua le récit de sa généalogie et des exploits de ses pères. Il fit la description de sept châteaux qu'il avait en Irlande à l'instar du roi de Bohême, et de la forteresse gaélique qu'entouraient en Écosse les eaux de son lac d'Aberfoïl. C'est là que Robert Bruce, poursuivi par les Anglais, avait trouvé un asile. Pendant cette conversation aussi instructive qu'intéressante, on dîna vaillamment, à la mode américaine, et miss Butterfly fit honneur à deux bouteilles de vin de Champagne que les domestiques du lord avaient apportées à Long-Island. Cependant ils se séparèrent sans avoir dit un seul mot de ce qui les occupait tous deux.

Le lendemain Cora reçut une nouvelle lettre :

« Chère miss Butterfly,

« Hier, bercé près de vous sur les flots de l'Océan, j'ai voulu vous déclarer mon amour. Je n'en ai pas eu le courage. Chère Cora, ma vie est en vos mains. Je vous adore. Soyez ma femme, et je serai toute ma vie, comme aujourd'hui, votre tout dévoué et passionné

« GEORGES, lord ABERFOÏL, comte DE KILKENNY. »

Cora faillit s'évanouir de joie. Toutefois elle eut assez de force pour écrire le billet que voici :

« Cher lord,

« Mon cœur est libre, mais ma main dépend de mon père. Un odieux marché, auquel je n'ai pas consenti, me condamne à épouser un Français de ses amis. Venez avec moi à Scioto-Town. Je me jetterai aux genoux du vieux Samuel; je suis sûre qu'il ne sera point inflexible, et qu'il se rendra à mes prières et à mes larmes.

« Toute à vous,

« CORA BUTTERFLY. »

« Voilà un joli rôle pour un lord ! dit Aberfoïl en recevant cette lettre. Elle va se jeter aux pieds d'un vieux chanteur de psaumes, et elle espère qu'il daignera prendre pour gendre un Kilkenny! Sur ma parole, ces petites filles sont folles. J'ai bien envie de la planter là avec ses scrupules et toute la famille Butterfly. Oui, mais les dollars du père rendront leur antique éclat à l'astre pâlissant des Kilkenny. Et que dira Roquebrune, s'il gagne encore son pari? Cet enragé Canadien se moquera de moi. Il dira partout que j'ai cédé la place au Français. Non, de par tous les diables! »

Et sur-le-champ il écrivit la lettre suivante :

« Chère Cora,

« Je respecte et j'admire vos scrupules; mais, croyez-moi, le plus sûr est de nous marier avant de partir. Mon orgueil souffre d'être mis en balance avec ce Français, quel qu'il soit. Je vous attends dans ma voiture avec deux témoins. Le ministre est prévenu. Après la cérémonie, il sera toujours temps d'apaiser votre père. J'ai peine à croire qu'il éprouve une colère bien sérieuse de voir sa fille comtesse de Kilkenny, pairesse d'Écosse et d'Irlande. Dans cet espoir, je baise vos mains divines.

« Votre dévoué et passionné

« GEORGES. »

Cora fit sa toilette, descendit, et trouva dans la voiture le lord et deux témoins qui l'attendaient. L'un des deux était Roquebrune; l'Anglais, parieur loyal, voulait qu'il fût spectateur de son triomphe.

Une heure après, le mariage était célébré. Le lendemain, les deux époux partirent pour Scioto-Town. Roquebrune les avait précédés.

En arrivant, il dit à Bussy :

« Cora est comtesse de Kilkenny, et il ne t'en coûtera que mille dollars. »

En même temps il lui raconta l'histoire de ce mariage improvisé. Les deux amis éclatèrent de rire, et coururent chez le vieux Samuel Butterfly.

Bussy entra d'un air affligé, et demanda la restitution des deux cent mille dollars qui avaient été
réservés pour la part du vieux Butterfly et de
Cora.

Au récit de cette triste aventure, Samuel se mit
dans une violente colère.

« Ce n'est pas possible, s'écria-t-il. Cora n'est
pas mariée. »

Au même instant, elle entrait chez son père avec
son mari.

« Cher père, dit-elle en se jetant au cou du vieux
Butterfly, je te présente mon mari bien-aimé,
Georges, lord Aberfoïl, comte de Kilkenny, pair
d'Écosse et d'Irlande. »

L'Anglais inclina la tête avec roideur.

« Au diable les lords et les comtes ! s'écria Samuel avec désespoir. Ta folie nous coûte deux cent
mille dollars.

— Oh ! dit l'Anglais d'un air mécontent, vous ne
m'aviez pas averti de cela, milady.

— Milord, répondit Cora blessée, vous ne me
l'aviez pas demandé.

— Après tout, dit Aberfoïl, votre père est assez
riche pour supporter cette perte, et, pourvu que le
chiffre de la dot n'en soit pas diminué.... »

A ces mots, Samuel bondit comme s'il eût été
piqué d'une guêpe. « Le chiffre de la dot ! Qu'entendez-vous par là, milord ? Quoi ! vous me faites

perdre cent mille dollars, et à Cora cent mille ;
vous l'épousez sans mon consentement, et vous
comptez sur une dot ! Demandez-la à qui vous voudrez, milord, au ministre qui vous a mariés, au
chemin de fer qui vous a transportés ici, au vent
qui souffle, à l'eau qui coule, à la terre ou aux
étoiles ; mais jamais, non, je le jure, jamais de mon
vivant un dollar du vieux Samuel n'entrera dans la
poche des Kilkenny.

— Pardieu ! dit l'Anglais, qui reçut toute cette
bordée sans s'émouvoir, j'ai fait une belle équipée.
J'ai gagné mille dollars et un beau-père qu'on
pourrait faire voir pour de l'argent au *British-Mu-
seum*.

— Quant à toi, malheureuse enfant, cria encore
plus fort le vieux Samuel, garde-toi de reparaître
devant mes yeux. Je te donne ma malédiction. »

A ce dernier coup, Cora accablée baissa la tête
et sortit, entraînant Aberfoïl. Roquebrune et Bussy
étaient demeurés spectateurs impassibles de toute
cette scène. « Eh bien ! dit Bussy, doutez-vous encore, monsieur, et voulez-vous me faire l'honneur
de me payer mes deux cent mille dollars ? »

Au même instant entra Georges-Washington Butterfly. « J'en apprends de belles ! s'écria-t-il ; Cora
se marie sans votre consentement avec un lord
ruiné, et c'est M. de Roquebrune qui est le témoin
du lord. Il y a là-dessous quelque intrigue infâme

que ces hommes ont nouée pour manquer impunément à la parole donnée.

— Monsieur Georges-Washington Butterfly, dit
Roquebrune, vous avez parfaitement deviné. C'est
grâce à mes soins que miss Cora est devenue comtesse. Quant à vos expressions « d'infâme intrigue, »
j'espère que vous voudrez bien m'en rendre raison.

— A l'instant même », répliqua Georges-Washington; et, tirant de sa poche un *bowie-knife*, il se précipita sur Roquebrune.

Heureusement le Canadien veillait. Il saisit d'une
main vigoureuse le bras de Butterfly et l'arrêta
court. En même temps il le désarma et jeta le poignard dans la rue.

« Payez d'abord vos deux cent mille dollars,
lui dit-il avec sang-froid, et nous nous reverrons
plus tard.

— Après moi, s'il vous plaît, interrompit Bussy;
j'ai un vieux compte à régler avec toute la famille. »

Samuel signa en soupirant un bon de deux cent
mille dollars sur la banque de Scioto, et les deux
amis se firent payer cette somme. Le lendemain,
ils écrivirent à Georges-Washington qu'ils respec-
taient trop les lois de l'Union pour se battre sur le
territoire américain, mais que, s'il voulait venir les
rejoindre dans l'île qui est au milieu de la cataracte du Niagara, ils seraient prêts, l'un et l'autre,
à lui donner satisfaction les armes à la main.

« Amenez un témoin, si vous voulez, ajoutait Bussy en terminant. Le combat sera sans merci, et le vaincu sera jeté dans le Niagara. »

« Viendra-t-il ? dit Bussy à son ami.

— N'en doute pas, répondit Roquebrune. Rien n'est plus vindicatif qu'un *Yankee*. Tu as mortellement offensé celui-ci ; sois certain qu'il te tuera ou qu'il se fera tuer, plutôt que de reculer. »

Trois jours après, le jeune Butterfly et un capitaine de milice qui était son témoin allèrent chercher Bussy et Roquebrune à l'*International-Hôtel*. Les deux combattants et les deux témoins passèrent dans l'île qui est située sur le fleuve même, au milieu de la cataracte. Butterfly ne voulut se battre qu'à la hache, et par complaisance Bussy accepta cette arme. Ce choix fit frémir Roquebrune, qui avait conçu pour le jeune Français une amitié véritable et profonde.

« Cet enragé veut t'abattre comme un chêne, dit-il à Bussy. Garde ton sang-froid, et ne te hâte pas de frapper. Attends son coup, pare et riposte. Avec cette arme-là, tout coup qui frappe est mortel. Surtout ne te laisse pas défigurer. Valentine ne me le pardonnerait pas. »

Au delà de l'île, qui est couverte de sapins et de mélèzes, se trouve, au milieu même de la cataracte, une petite presqu'île de quelques pieds carrés, surmontée d'une tour branlante. C'est du haut de cette tour, qui repose sur un sol miné en dessous par la chute du fleuve, que les curieux vont voir de près ce gouffre, le plus beau peut-être qui soit sur la terre. Un petit pont en bois joint cette presqu'île à la grande île. C'est au pied de la tour, à trois pas -de la cataracte et en vue de la rive canadienne, que les deux combattants se joignirent, armés chacun d'une hache pesante en bois de fer. Le tranchant était d'acier poli, comme la hache de nos sapeurs. Bussy jeta les yeux sur le Niagara, qui s'étendait à perte de vue jusqu'au pont suspendu au moyen duquel on a joint le territoire américain au Canada.

« L'un de nous, dit-il, avant quelques minutes roulera dans le Niagara et ira visiter les rives du lac Ontario.

— Chien de Français, dit grossièrement Georges-Washington, je vais t'envoyer au pays qu'occupaient tes pères.

— En garde! » répondit Bussy.

Et tous deux s'attaquèrent avec une ardeur égale.

Après quelques feintes, dans lesquelles chacun des deux voulut tâter son adversaire, l'Américain impatient leva sa hache à deux mains pour fendre la tête à Bussy; mais celui-ci l'évita, fit un pas de côté, reçut la hache de Butterfly sur le manche de la sienne, et détourna le coup. En même temps il frappa à son tour. Le tranchant de sa hache atteignit l'Américain à l'endroit où l'épaule droite se joint au cou. Georges-Washington tomba mort sans pousser un cri. Suivant les conventions qui avaient précédé le combat, son corps fut jeté dans le Niagara, et il ne fut pas question du duel dans les journaux du pays.

« Maintenant, dit Roquebrune, allons nous marier, si Valentine y consent. »

Elle y consentit en effet, l'aimable Canadienne; Bussy ne lui plaisait pas moins qu'à son frère. Ils se sont aimés, s'aiment et s'aimeront toujours, selon toute apparence. Bussy est aujourd'hui le meilleur homme du monde et le plus heureux. Il est établi dans l'Ohio, à deux lieues de Cincinnati et de l'un des plus beaux fleuves de l'Amérique. Il est riche, estimé de ses voisins, et pourrait jouer un rôle public, si le métier d'homme politique lui plaisait. Son ami Roquebrune, qui a épousé une jeune et charmante Américaine malgré le souvenir de Cora, cultive à une demi-lieue de là une ferme de douze cents acres. Il fait du vin de Champagne et de Madère avec le raisin Catawba, et les indigènes préfèrent ces crus à ceux de l'Europe. Bussy le lui reprochait.

« Mon cher ami, dit Roquebrune, tu n'y connais rien. Ces gens-là aiment mon vin : je n'ai pas le droit de les en priver. »

Bussy ne maudit plus l'Amérique ni la démocratie. Il a compris que les meilleures institutions ont quelques inconvénients, et qu'un peuple qui a fait

en si peu de temps de si grandes choses a bien le
droit d'avoir quelques défauts et quelques ridicules.

« C'est affaire aux Anglais, disait-il un jour à son
ami, de se moquer des Américains, de prétendre
que les *Yankees* sont sales, grossiers, brutaux, avides
et sans scrupules. Entre gens de la même famille,
on peut bien se pardonner quelques injures. Quant
à nous, Français, qui ne sommes ni frères ni cou-
sins des Américains et qui ne leur disputons rien,
avouons que jamais république n'a été plus grande,
plus industrieuse, plus sagement conduite, plus
libre : si elle est devenue l'une des quatre grandes
puissances qui se partagent le monde, elle le doit
surtout à elle-même, et non au génie de quelques
hommes privilégiés. Les *Yankees* aiment à se vanter : n'est-il pas permis à celui qui travaille beaucoup de faire quelque bruit? Ils ont peu de police,
il faut l'avouer; mais que le ciel les préserve d'en
avoir jamais davantage! Les peuples ne sont pas des
enfants qu'on mène à la lisière, mais des êtres raisonnables et raisonnants. Il vaut mieux avoir la liberté
de faire quelques sottises que de ne pouvoir rien
faire du tout, ni bien ni mal, et de vivre emmaillotté
dans des règlements de toute espèce. Y a-t-il quelque
part des mœurs plus réglées, des richesses plus également réparties, un travail plus assuré, plus de
gens sachant lire et écrire, connaissant leurs droits
et leurs devoirs et sachant les pratiquer? Où voit-on

plus de blé, plus de viande, plus d'argent, plus d'é-
glises, plus d'écoles, plus de sociétés savantes, plus
de fondations pieuses ou charitables? Et si l'Amérique a plus de toutes ces choses-là qu'aucun pays
du monde, qu'on ne se scandalise pas pour quelques Butterfly qu'il a plu à la divine Providence de
mêler parmi les bienfaits dont elle nous comble.

— J'aime à voir comme tu es devenu indulgent et
raisonnable, dit Roquebrune. Les voyages forment
la jeunesse. A propos, sais-tu que le vieux Butterfly
a été tué, quelques mois après son fils, par l'explo-
sion du steamer *Erié?* La belle Cora, par la mort
de son père, est devenue cinq fois millionnaire.
Elle court la poste avec Aberfoïl, plus fou que jamais, et elle élève quatre enfants qui sont presque
aussi beaux que ceux de Valentine.

— Que la paix de Dieu soit avec elle! dit Bussy.

— *Amen!* » répondit Roquebrune.

UNE

FANTAISIE AMÉRICAINE

UNE

FANTAISIE AMÉRICAINE.

I.

Comment un perroquet troubla par ses discours le bonheur
de la belle Anita.

« Miss Anita, je vous aime.

— Aimez-moi.

— Anita, vous êtes belle comme le soleil, la lune
et les étoiles ; vos yeux sont profonds comme la mer
et bleus comme le ciel ; votre front est blanc comme
l'ivoire le plus pur.

— On me l'a dit en vers et en prose.

— Je vous prends pour femme ; prenez-moi pour
mari.

— Oui, rien n'est plus simple. Vous m'épousez,
je vous épouse, et votre martyre est terminé. En
vérité, mon cher Mayoribanks, vous êtes d'une fa-

tuité incroyable. Quoi ! vous me trouvez belle, vous
me le dites, vous jurez de m'aimer toujours, et me
voilà conquise ; ou, si je demande quelque répit,
vous criez à l'ingratitude. Non, non, mon cœur
vaut bien qu'on l'assiége. Qu'avez-vous fait pour
que je croie votre amour éternel ?

— Anita, je vous aime depuis deux ans.

— Quoi ! deux ans entiers ! Rare constance et qui
mérite d'être louée dans les siècles à venir ! On lira
sur votre tombe cette glorieuse épitaphe : « Ci-gît
« James Mayoribanks, le modèle des amants ! Il
« aima pendant deux ans la même femme, et ne
« cessa de l'aimer qu'après l'avoir épousée. »

— Anita, que faut-il que je fasse ?

—Aimez-moi cinq ou six ans encore, mon cher James, et revenez me demander ma main.... Ce jour-
là, je vous promets d'y réfléchir sérieusement. J'ai
dix-huit ans ; on dit que je suis belle, mon père est
le premier distillateur de whiskey du Maryland et
n'a pas d'autre volonté que la mienne ; mes concitoyens (parmi lesquels vous êtes) me font l'honneur
de trouver mes caprices adorables ; mes concitoyen-
nes me déchirent à belles dents : vais-je échanger une
position si belle contre un mari impérieux, ou jaloux, ou froid, ou ennuyeux, qui me gardera
pour lui seul, qui surveillera ma conduite, qui suivra tous mes pas, qui m'embarrassera d'un ménage,
d'une famille, qui me parlera de ses affaires, de ses

spéculations sur les grains ou sur les cotons, qui
me prêchera l'économie, qui me rompra la tête avec
la politique, les élections, les journaux, et tout cet
amas de graves niaiseries que les hommes ont in-
ventées pour tuer le temps? Non, mon cher James;
je vous aime et vous estime infiniment, mais je ne
m'exposerai à tous ces ennuis pour personne. »

Mayoribanks frappa de sa canne le tronc d'un sas-
safras.

« Ainsi, dit-il en se levant, vous êtes inflexible?

— Comme la justice divine, répondit Anita en
riant.

— Je n'ai donc qu'à me poignarder! Adieu, Anita.

— Où courez-vous avec cet air tragique?

— Anita, ne vous jouez pas de moi, je vous en
supplie. Vous me connaissez. S'il arrive quelque
malheur, n'accusez que vous-même.

— Comme il dit bien cela, le tigre! Vous feriez
pâlir Macready dans le rôle d'Otello. Venez ici, ja-
guar indompté, asseyez-vous. Vous m'aimez?

— Plus que la vie!

— Bien. Vous êtes prêt à mourir pour mon service?

— A l'instant même.

— Et à tuer aussi, je pense?

— A tuer?... Je ne comprends pas cette plaisanterie, dit Mayoribanks.

— Bon! il hésite déjà! Mon cher James, j'ai fait

vœu de n'aimer que l'homme qui m'aime assez
pour tuer mes ennemis. Je suis sanguinaire,
moi !

— Qui dois-je tuer ?

— Très-bien; Macready ne répliquerait pas mieux.
Quelle férocité dans vos yeux gris, dans vos na-
rines ouvertes, dans vos dents blanches et aiguës!
Ah! mon cher James, si jamais je vous épouse, à
quoi serai-je exposée !

— Le nom de votre ennemi, Anita !

— Vraiment, vous êtes prêt à le tuer sur l'heure,
sans miséricorde, avec un vrai poignard ? O James
précieux, si vous le faites, je suis à vous, je le
jure !

— Je le tuerai, Anita, mais loyalement. Nous
nous battrons à coups de poignard comme deux
braves gentlemen, et je le tuerai pour l'amour de
vous.

— Vous le jurez sur votre foi de gentleman, sur
votre honneur?

— Sur mon honneur et ma foi, je le jure! »

Anita éclata de rire.

« O mon ami, dit-elle, c'est ainsi qu'il faut aimer. Votre dévouement me ravit. Il est ce qu'il doit
être, moitié sublime et moitié idiot. Mais je ne veux
pas le mettre à une trop rude épreuve. James, je suis
la plus malheureuse des femmes si vous ne me donnez pas un perroquet blanc.

— Un perroquet blanc ! dit Mayoribanks étonné.

— Vous délibérez, je crois ?

— Pardon, miss Anita ; je vais réparer ma faute. Je cours au marché. Ce soir, vous aurez le plus beau perroquet blanc qui ait jamais paru à Baltimore.

— Au marché, monsieur ! qui vous dit que je veuille des perroquets qu'on vend au marché ? Je veux le perroquet blanc de miss Cecilia, la sœur du colonel Persifer Antrobus. Au marché ! pour qui me prenez-vous ? Suis-je femme à qui l'on offre un kakatoès de hasard ? Non, celui de miss Antrobus me plaît. Son plumage est d'une blancheur admirable ; sa voix est grave et nasillarde comme celle d'un ministre presbytérien. C'est le perroquet qu'il me faut, et, si vous avez la cruauté de me le refuser, James, j'en mourrai de chagrin.

— Et si miss Antrobus refuse de le vendre ? dit Mayoribanks.

— En ce cas, monsieur, dit Anita en souriant, je suis votre servante ; ne revenez jamais. Sérieusement, James, n'êtes-vous pas honteux d'une pareille supposition ? Quoi ! vous m'offrez de tuer mes ennemis sans calculer ni le nombre ni le danger ; et quand je vous demande de m'acheter un perroquet, le plus innocent des kakatoès, vous prévoyez qu'on refusera de le vendre ? Que serait-ce donc si je vous avais demandé, comme fit Oriane au brave Amadis,

de conquérir la Chine et la Grande-Tartarie ?
Avouez la vérité, James : vous avez peur de déplaire
à miss Cecilia.

— Pourquoi non ? Miss Antrobus est ma cousine
au sixième degré, et je respecte en elle le sang de
Cecilius Calvert, auteur commun de nos deux familles.

— Cecilius Calvert ! qu'est-ce que cette parenté
dont je n'avais jamais entendu parler ?

— Quoi ! ignorez-vous que Cecilius Calvert, baron
catholique de Baltimore en Irlande, remonta le Pat-
tawomeck et le Piscattaway jusqu'à la célèbre ville
de Yoamaco ; qu'il dîna le 1er septembre 1632 avec
l'illustre Patuxent, chef des Susquehannahs, d'un
anas valisneria, autrement dit d'un canard sauvage
rôti, d'un raton laveur bouilli, d'un écureuil en
daube et de plusieurs crabes accommodés à la sauce
blanche ? Ignorez-vous qu'assis à l'ombre d'un
chêne et fumant avec Patuxent le calumet de paix,
le noble lord jura qu'il y aurait alliance éternelle
entre son peuple et les Susquehannahs ; qu'il reçut
par lettre patente de Charles Ier la propriété du Maryland, à la condition d'apporter tous les ans à
Windsor deux arcs d'Indiens, et que de cette patente date la fondation de cette colonie ? Ignorez-
vous encore que miss Helena Calvert, petite-fille de
Cecilius, fut enlevée le 15 juin 1740 et épousée le
lendemain par le colonel Marcus Sloane, que scal-

pèrent quinze ans plus tard les Onnontaguès du Canada? Ignorez-vous que ma bisaïeule, miss Mary,
fille d'Helena, épousa le 1er décembre 1770 le commodore Ralph Mayoribanks, qui battit les Anglais
sur mer en tant de rencontres, et qui aurait planté
le drapeau américain sur la Tour de Londres, si les
dieux l'avaient permis? Ignorez-vous enfin que
miss Alice Sloane, sœur de ma bisaïeule, épousa le
major Antrobus, de qui descendent miss Cecilia et
le colonel Persifer?

— De sorte, dit Anita, que le major Antrobus et le
commodore Mayoribanks ayant épousé deux des-
cendantes de lord Baltimore, je n'aurai pas mon
perroquet blanc! J'ai cru trouver en vous un
ami, et je me vois sacrifier à une arrière-cousine
dont le grand-père s'est fait scalper par les Onnontaguès!

— Anita, dit Mayoribanks d'un ton sérieux,
vous aurez votre perroquet, je le jure. Voulez-
vous aussi que je vous apporte la tête du colonel
Antrobus?

— Que vous êtes bon, mon cher James! répondit
la jeune fille d'une voix languissante; mais que
pourrais-je en faire? C'est le perroquet de miss Cecilia que je veux, et non la tête de Persifer. Mon
bon James, je compte sur votre parole. Comptez sur
la mienne. Si j'ai mon perroquet ce soir, demain
je suis prête à vous épouser.

A ces mots, Anita descendit avec une grâce né-
gligente du hamac dans lequel elle était couchée, et
découvrit aux yeux ravis de James la cheville la
mieux faite et la plus jolie qu'on pût voir. Il baisa,
comme un chevalier du moyen âge, la main qu'elle
lui tendait, et partit à la conquête du perroquet.

II.

James Mayoribanks était, par sa naissance et son
caractère, l'un des plus nobles enfants de la vail-
lante Amérique. Il avait des ancêtres, chose rare
aux États-Unis, et il en était fier. Je n'ose dire qu'il
fût le plus savant ou le plus habile homme du Maryland; mais, pour franchir un fossé ou une haie,
à pied ou à cheval, il était sans pareil. Il lisait peu,
réfléchissait encore moins, aimait à boire, à chasser, à se battre, à galoper. Orgueilleux jusqu'à la
férocité, il ne ménageait ni son argent, ni sa vie, ni
la vie des autres hommes. La moindre contradiction
le mettait en fureur, et ses querelles ne finissaient
qu'à coups de poignard. Vingt-deux rencontres,
dans lesquelles il avait tué ou blessé tous ses adversaires, le rendaient illustre et redoutable.

Baltimore, qui est la ville la plus turbulente du
monde entier, sans en excepter New-York, le recon-

naissait pour maître. A peine âgé de vingt-trois ans, il y régnait de fait et sans aucun titre légal. Sa volonté était plus respectée que la loi, ou plutôt c'était la loi même.

Ce gentleman ainsi fait, fort comme Hercule et brave comme un lion, deux fois millionnaire, et généreux comme un Bohême, mais plus féroce qu'un tigre d'Hyrcanie, s'avisa un jour d'aimer la belle Anita Bradley.

Miss Anita était la blonde fille de M. Nathaniel Bradley, du Rhode-Island, ancien cabaretier, qui était devenu l'un des plus *respectables*, je veux dire l'un des plus riches citoyens du Maryland. Le malheur éternel des parvenus est d'exciter la haine de leurs anciens amis et le mépris des nouveaux. Anita, parfaitement belle, spirituelle et vaine, fut cruellement blessée de voir que l'argent de son père et sa propre beauté ne pouvaient pas l'introduire dans la haute société de Baltimore : car le planteur virginien qui vit du travail de ses nègres méprise le Yankee qui vit de sa propre industrie. Anita, fille d'un cabaretier, eut beau donner des bals magnifiques; pas une des filles de l'aristocratie de Baltimore ne daigna danser dans la maison du vieux Bradley. Anita fut réduite (quelle humiliation!) à ne recevoir que des filles de marchands.

Heureusement, James Mayoribanks la vit et l'aima. Aussitôt l'étoile d'Anita, un moment obscurcie, re-

parut plus brillante. Miss Bradley fut enviée de toutes les filles à marier de Baltimore. Quel homme,
mieux que James, savait faire sa cour aux dames?
Un gentleman, dans un banquet, ayant refusé d'a-
vouer qu'Anita était la plus belle des femmes, fut saisi
à bras tendus par le brave Mayoribanks, et jeté par
la fenêtre. On le releva tout meurtri. Un autre, pour
quelque sacrilège du même genre, fut forcé de se
battre à coups de sabre et eut le crâne fendu. Un
troisième, menacé d'un sort pareil, se hâta de s'excuser et de rétracter d'imprudentes paroles. C'est
par ces *joyeusetés* que James maintenait son empire
et la gloire de la belle Anita.

Un nuage troublait encore le bonheur de miss
Bradley : c'était la rivalité de miss Cecilia Antrobus,
cousine de James. Cecilia était la plus adorable
brune qu'on pût voir. Sa beauté était le moindre
de ses charmes. Elle avait le chant du rossignol
avec la souplesse du boa constrictor et la perfidie
des panthères.

Le seul Mayoribanks, retenu dans les fers de miss
Bradley, résista aux avances gracieuses de Cecilia.
Malheureusement, Cecilia n'aimait que l'insensible
James. *Désir de femme est un feu qui dévore*; miss
Antrobus rêva jour et nuit de se venger de sa ri-
vale. Toutes les perfidies qu'une civilisation raffinée
permet aux femmes bien élevées furent mises en
œuvre pour blesser la fille de l'ancien cabaretier.

Cecilia, fière de son nom et du souvenir de lord Baltimore, fit exclure la pauvre Anita de toutes les réunions aristocratiques.

Miss Bradley, de même que Calypso, était inconsolable. On se console de perdre son bien, son père, sa mère, son mari ou ses enfants, mais on ne se console pas du dédain d'une rivale. Par malheur, l'injure n'était pas de celles qu'on venge à coups de poignard. James, tout-puissant qu'il était, ne pouvait rien contre cette conspiration féminine. Anita, trop sage d'ailleurs pour ne pas voir le danger d'une confidence, cachait son désespoir à son amant.

Au reste, elle rendait coup pour coup et blessure pour blessure. Elle devina bien vite le secret motif de la haine de Cecilia, et triompha de cette découverte. Mayoribanks, qu'elle aimait, fut victime de sa coquetterie. Traité tantôt comme un fiancé, tantôt comme un indifférent, il passait vingt fois en une journée de la joie d'être aimé au désespoir le plus profond. L'impatiente Cecilia souffrait cruellement de ne pouvoir détacher de sa rivale celui qu'elle aimait. Peu à peu, la haine croissant de part et d'autre, les coups d'épingle devinrent des coups de poignard. Miss Antrobus, irritée de ne pouvoir pas enlever James à son ennemie, s'exerça pendant plusieurs semaines à faire répéter à son perroquet cette phrase fatale :

« Va vendre du whiskey, Anita. »

Anita l'apprit, et jugea le moment venu de livrer une bataille décisive. Il fallait en même temps s'emparer de cet odieux perroquet, et par un coup d'éclat brouiller irrévocablement James avec sa rivale. A ce prix, elle consentait à épouser son amant. On a vu dans le chapitre précédent comment elle l'avait envoyé à la bataille.

Mayoribanks partit au pas de charge. Il entra chez miss Antrobus de l'air d'un conquérant à qui rien ne résiste, et baisa galamment la main de la belle Cecilia, qui se préparait à sortir.

Elle le fit asseoir, et s'assit elle-même à l'ombre d'un plaqueminier.

« Monsieur, dit-elle d'un air réservé, quel bon vent vous amène?

— Le désir de vous voir, miss Cecilia, dit James. Jamais je ne vous vis si belle. »

Cecilia rougit légèrement et sourit. Cette rougeur et ce sourire signifiaient beaucoup de choses; mais James allait toujours droit devant lui comme un boulet de canon, et n'était pas homme à *flirter* en temps prohibé.

« Persifer se plaint de ne plus vous voir, reprit-elle.

— C'est la faute de Persifer, dit-il. J'étais ce matin encore au club des *Amis de la liberté*.

— C'est une magnifique chose que d'aimer la liberté et d'aller au club de ceux qui l'aiment,

dit Cecilia; mais passez-vous là toutes vos jour-
nées?

— Je monte à cheval, et je chasse quelquefois.

— Quoi n'aimez-vous que les chevaux et les
chiens? Le bruit court qu'on vous voit quelquefois
dans une société moins sauvage, et que vous êtes fort
au courant des prix du whiskey. »

Mayoribanks sentit le coup et voulut détourner la
conversation. Justement le perroquet, perché à
quelques pas de lui, le regardait d'un œil mélancolique.

« Vous avez là un bien beau perroquet, dit-il
d'un air indifférent.

— C'est un citoyen du Brésil, unique dans son
espèce. Regardez, je vous prie, ce plumage blanc
qui jaunit sous les ailes, et cette huppe aux longues
plumes effilées qu'il relève et jette en avant. C'est
le plus beau des kakatoès. Il est doux, il est docile,
il parle autant qu'on veut, pourvu qu'on lui donne
à boire et à manger; il en remontrerait à tous les
orateurs du Congrès.

— Combien vaut-il?

— Fi donc! monsieur, laissez à la porte ces manières de parler que vous avez apprises chez les
Yankees, et reprenez le langage et les manières d'un
gentilhomme et d'un descendant de lord Baltimore.
Mon perroquet n'a pas de prix.

— Quoi ! si je vous offrais dix fois, vingt fois ce qu'il vous coûte ?

— Encore ! décidément, mon cher cousin, il faut vous défier de la société des débitantes de whiskey. Mon-perroquet n'est pas à vendre. C'est un présent qu'on m'a fait.

— Eh bien ! donnez-le-moi, miss Antrobus. Je le garderai en souvenir de vous. »

Cecilia sourit.

« William, dit-elle en s'adressant au perroquet, approche ici, et dis-nous quelque chose pour témoigner à ce gentleman ta joie de le voir. »

Le perroquet s'envola lourdement sur les genoux de sa maîtresse, et prononça distinctement ces mots :

Va vendre du whiskey, Anita!

James, qui jusque-là soupçonnait à peine l'inimitié des deux jeunes filles, comprit tout d'un coup la cause du caprice d'Anita, et garda le silence.

« Admirable kakatoès ! dit Cecilia en baisant le perroquet avec tendresse ; va, tu es plus savant que le révérend docteur Robertson, et plus éloquent que tous les Pères de l'Église. Si saint Augustin ressuscitait, parlerait-il mieux que toi ?

— Miss Cecilia, dit James, votre perroquet est ravissant ; donnez-le-moi, je vous en prie, en échange de mon beau cheval noir *Tempestas*, que vous aimez.

— Gardez *Tempestas*, mon cher cousin, j'aime mieux *William*.

— Miss Cecilia, voulez-vous aussi *Neptunus*, qui a remporté le prix aux dernières courses?

— Mon cher Mayoribanks, *Tempestas* et *Neptunus* ne valent pas une seule des plumes de mon beau kakatoès. »

James eut beau supplier et offrir jusqu'à cent mille dollars, Cécilia demeura inexorable. Elle jouissait enfin de sa vengeance. Elle avait humilié sa rivale aux yeux de son amant. Hélas! ce triomphe si court devait avoir des suites bien funestes.

Mayoribanks sortit plein de rage, et, pour apaiser sa colère, monta à cheval et partit au galop. Tout en galopant il réfléchissait.

« Au diable les haines de femmes! dit-il. C'est un écheveau que rien ne peut débrouiller. Anita veut son perroquet; Cecilia ne le donnerait pas pour un million. Que faire? Maudit animal! Sotte invention d'enseigner la parole à ces brutes! Plût au ciel que le Brésil et ses perroquets, et ceux qui les élèvent, et ceux qui les écoutent, fussent tous, avec une pierre au cou, jetés au fond de la Chesapeak! Anita va me mettre à la porte, et je l'aurai bien gagné.... Belle diplomatie que la mienne! Dieux immortels! perdre en une heure le fruit de deux ans de constance! Ah! si je pouvais seulement, pour me calmer, fendre le crâne à quelque chrétien! »

Au bout d'une heure, il revint chez miss Bradley. En le voyant, elle poussa un cri de joie.

« Ah ! mon bon James, que je suis contente de vous voir ! Eh bien ! ma commission est faite, n'est-ce pas ? Où est-il, ce cher perroquet, que je l'embrasse ? Cher James ! bon James ! quelle bonté vous avez de comprendre et de satisfaire ainsi tous mes caprices ! Oh ! comme je vous aimerai quand nous serons mariés !

— Chère Anita, dit Mayoribanks, pardonnez-moi. »

Et il raconta sa conversation avec Cecilia. Miss Bradley l'écouta dans un profond silence et pâlit.

« Ainsi, vous revenez seul ? dit-elle.

— Seul.

— Monsieur Mayoribanks, oubliez que vous m'avez connue.

— Anita !

— Anita ! Qui m'appelle ainsi ? Vous, monsieur ! Je ne vous connais plus. Quoi ! vous m'aimez, vous savez qu'on m'offense, et vous ne m'avez pas vengé ! O Dieu ! à quelle honte étais-je réservée ! Qui craignez-vous ? Miss Antrobus, peut-être, ou le colonel Persifer ?

— Persifer ! dit James avec hauteur.

— Vos fanfaronnades ne m'en imposent pas, monsieur. Vous craignez la colère de Persifer : le colonel Antrobus est un des plus braves hommes du Maryland. Ce n'est pas lui qui laisserait insulter sa sœur ou sa fiancée !

— Eh bien, de gré où de force, miss Anita, dans une demi-heure, vous aurez votre perroquet, je le jure. »

A ces mots, il sortit, et courut, sans s'arrêter, chez Cecilia.

Miss Antrobus était assise avec son frère au parloir.

Le colonel Persifer était un homme de vingt-six ans, grand, sec et vigoureux, habile aux exercices du corps comme presque tous les créoles; en un mot, le digne rival de Mayoribanks. Du reste, aussi froid et réservé que Mayoribanks était impétueux et violent, il avait peu de sympathie pour son cousin.

James, échauffé de sa course et indigné du discours outrageant d'Anita, entra dans le parloir avec les dispositions les moins conciliantes. Il fut ravi d'y trouver Persifer, et de pouvoir du même coup provoquer le colonel et conquérir le perroquet.

« Miss Cecilia, dit-il sans saluer Persifer, avez-vous réfléchi ? Voulez-vous me vendre votre perroquet ?

— De quel ton singulier vous parlez ! dit Cecilia. Mayoribanks, vous me faites peur.

— Miss Antrobus, dit encore James d'une voix altérée, vendez-moi votre perroquet, je vous en supplie. Voulez-vous deux cent mille dollars ? c'est la moitié de ma fortune, mais je vous la donnerai avec joie.

— Vous tenez donc beaucoup à ce vilain kaka-toès ? demanda Persifer.

— Monsieur, dit James, je n'ai pas l'honneur de vous parler.

— Oh ! oh ! vous le prenez bien haut, mon jeune coq, » dit le colonel en se levant.

Les yeux de James étincelaient de colère. Cecilia, craignant quelque fâcheuse querelle, se jeta entre les deux adversaires.

« Y pensez-vous, messieurs ? dit-elle ; en ma présence !

— Miss Antrobus, dit James, recevez mes excuses. J'emporte votre perroquet. »

A ces mots, il saisit le kakatoès, et s'élança au dehors. A peine revenu de sa surprise, Persifer courut sur ses traces et lui cria :

« Tu fuis, Mayoribanks ! »

James se retourna et l'attendit de pied ferme.

« Rends-moi ce perroquet ! reprit Antrobus.

— Tu ne l'auras qu'avec ma vie.

— En garde, donc ! »

Jamais on ne vit plus beau combat sous la lu-mière du soleil. Les deux adversaires, d'une force, d'une adresse et d'une intrépidité presque égales, s'élançaient l'un sur l'autre d'un bond comme deux

tigres. Chacun d'eux était armé d'un *bowie-knife* à
la lame large et tranchante.

Autour d'eux, attirée par le bruit, s'assemblait la
foule des curieux. Les habitants de Baltimore, ha-
bitués aux scènes de ce genre, prennent à les contempler un plaisir de connaisseurs. Ils aiment à
juger des coups. Les policemen font ranger la
foule, et empêchent les femmes et les enfants de se
jeter étourdiment dans la bagarre.

Mayoribanks et Antrobus excitaient la terreur
et l'admiration. James surtout était le favori de la
populace, et l'on pariait généralement cinq contre
un en sa faveur. Persifer, moins généreux et plus
froid, excitait peu de sympathie.

Mayoribanks, tenant de la main gauche son perroquet et de la droite son *bowie-knife*, se précipite
le premier sur son ennemi. Persifer l'évite et le
bowie-knife, frappant avec force la porte d'une
maison voisine, se brise près de la garde. Antrobus
s'élance à son tour et frappe Mayoribanks. Celui-ci
pare à demi le coup avec son bras gauche, et,
quoique légèrement blessé, cherche à désarmer
son adversaire.

Tous deux se saisissent au corps et veulent se
renverser mutuellement. Dans la lutte, Persifer
laisse tomber son poignard, et James jette la poignée du sien. Le combat allait finir faute d'armes,
lorsqu'un citoyen obligeant, dont l'historien regrette

de n'avoir pas conservé le nom, tremblant pour le succès de son pari, présente à Mayoribanks son propre revolver chargé et amorcé.

« Qui me donnera un revolver ? » s'écria à son tour Antrobus.

Un autre citoyen s'avance et lui offre son revolver. Le combat recommence.

« Place ! » dit James d'une voix retentissante.

Tous deux tirent en même temps. La balle d'Antrobus va frapper un mulâtre, placé au premier rang de la foule. Le mulâtre tombe mort. Les voisins s'écartent avec empressement.

De son côté, Antrobus est blessé. Une nouvelle décharge frappe James à l'épaule. Antrobus tombe percé d'une seconde balle dans la poitrine, et se relève sur un genou pour tirer encore. James tire à son tour et brûle la cervelle à son ennemi.

Pendant tout le combat, les spectateurs avaient gardé le plus parfait silence. Chaque parieur craignait de compromettre son enjeu en dérangeant les deux champions. Lorsque Antrobus expira, tous ceux qui avaient parié en sa faveur furent cruellement désappointés et poussèrent des cris de fureur contre le brave James, qui perdait son sang par deux blessures. Quelques-uns menaçaient de l'arrêter. Un Irlandais surtout, plus hardi que les autres, et irrité d'avoir perdu un pari de vingt dollars, osa saisir James par le bras.

Celui-ci se retourne et lui casse la tête d'un coup de pistolet. D'autres Irlandais, amis du défunt, se jettent sur Mayoribanks, le désarment après des efforts inouïs, et, sans pouvoir lui arracher son kakatoès, l'emmènent en prison.

Le triste cortége passa sous la fenêtre d'Anita, qui reconnut son amant, et le perroquet, et le funeste effet de ses reproches. En la voyant, James fit un dernier effort, entraîna près de la fenêtre ceux qui le tenaient, et lui donna le perroquet.

« Êtes-vous contente, Anita? » dit-il.

Et il se laissa emmener.

La jeune fille prit le perroquet, ferma la fenêtre avec soin, et, comme il est d'usage en pareil cas chez les demoiselles bien élevées, s'évanouit.

III.

Un magistrat ami de l'ordre.

Une heure après ce triste événement, M. Andrew Stephenson, maire de Baltimore, recevait dans sa maison la visite du commissaire de police Smith.

Andrew Stephenson était un grand vieillard de bonne mine, dont les cheveux blancs inspiraient le respect et la sympathie. Il avait amassé une belle fortune en achetant les sujets du sultan de Dahomey pour en faire présent, à cinq cents dollars la pièce, aux planteurs de Cuba. Poli, du reste, et bien élevé, il avait visité les principales villes de l'Europe et brillé partout par ses fêtes et son luxe. Excepté l'habitude qu'il avait contractée dès l'enfance de se moucher dans ses doigts, et qu'il avait gardée jusque dans les salons de l'aristocratie européenne, c'était le modèle du parfait gentleman. Il buvait, sans qu'il y parût, cinq ou six bouteilles de sherry ou de vin de Champagne, et tenait tête à tous les convives et à tous les toasts. Il montait fort bien à

cheval, boxait encore avec grâce, et se plaignait
qu'on laissât perdre dans les querelles particulières
le noble et antique usage de faire sauter, avec le
pouce et l'index, l'œil de son adversaire. De tout
temps, et dans tous les pays, les enfants furent inférieurs à leurs pères.

« Monsieur, dit Smith en entrant, voici du nouveau.

— Tant mieux, dit Stephenson; je ne savais que
faire de ma soirée. »

Il frappa sur un timbre. Un nègre parut.

« Tom, dit le maire, donne-nous deux verres de
sherry-cobbler. »

Le nègre obéit. Les deux magistrats aspirèrent
gravement le *sherry-cobbler* avec leurs chalumeaux.
Après quelques gorgées, chacun d'eux alluma un
cigare.

« Voyons maintenant votre histoire, dit Stephenson.

— M. James Mayoribanks a tué deux hommes,
répondit Smith.

— Encore! Ce garçon-là va bien, en vérité. Si
nous le laissons faire, il dépeuplera Baltimore. Avec
quoi les a-t-il tués ?

— A coups de revolver.

— Mauvais! mauvais! La jeunesse d'aujourd'hui
ne respecte plus les anciennes traditions qui ont
fait la gloire de ce noble pays. De mon temps,

c'est avec de longs dirks écossais qu'on s'ouvrait le ventre ou la poitrine. C'était un plaisir de sentir le fer pénétrer dans la chair de son ennemi. Aujourd'hui, on s'assassine à dix pas de distance. J'en suis fâché ; James s'est mieux conduit en d'autres occasions.... Quels sont les morts ? Des Irlandais, je pense. Entre nous, il n'y a pas grand mal à nous défaire de cette vermine.

— Ah ! monsieur, plût à Dieu que ce fussent des Irlandais, mais c'est le plus pur sang du Maryland qui vient de couler dans cette malheureuse affaire. L'un des deux est le colonel Persifer Antrobus.

— Que dites-vous ? Antrobus ! Quoi ! c'est le colonel Persifer que Mayoribanks vient d'assassiner ! dit Stephenson en se levant tout à coup.

— C'est lui-même, monsieur ; mais le combat a été loyal, au dire de tous les spectateurs.

— Les spectateurs n'y entendent rien, répliqua le maire indigné. Je sais mieux que vous ce qui s'est passé. Persifer n'a pu succomber que sous une infâme trahison.

— Mais.... dit Smith.

— Monsieur, reprit Stephenson avec hauteur, souvenez-vous que vous me devez votre place, et tâchez de faire votre devoir. A-t-on arrêté Mayoribanks ?

— Il est déjà en prison.

— Bien. Je vais mander le coroner. Veillez sur

le prisonnier ; s'il s'échappe, vous m'en répon-
drez. »

Smith sortit la tête basse.

« Bonne affaire ! dit Stephenson resté seul. Me
voilà délivré du seul homme qui pouvait me faire
ombrage. Excellent Mayoribanks ! Va, je te ferai
pendre si haut que ton cadavre sera vu des deux
Amériques. Ah ! tu me braves, tu fais rosser mes
policemen, tu violes mes ordonnances, et tu crois
que le vieil Andrew n'osera pas se venger ! La potence est dressée, mon bon James, et tu danseras
au bout de la corde, je t'en réponds ! »

Il se promenait en se frottant les mains avec
joie.

« Pauvre Persifer ! dit-il après un instant de réflexion. Sa mort va faire de Cécilia la plus riche héritière du Maryland. Il faut que je la marie. Avec
qui ? Eh ! parbleu ! avec mon cher fils George, le
plus damné vaurien de Baltimore. Elle le conver-
tira, ou, s'il résiste à la conversion, ma foi ! je m'en
lave les mains. J'en suis débarrassé. J'ai rempli
mon devoir de père de famille. Franchement, Persifer est mort à propos. »

Après cette réflexion philosophique, il prit sa
canne, et d'un pas leste alla présenter ses condo-
léances à la pauvre Cécilia.

Elle était assise près du corps de Persifer, et le
regardait dans un sombre silence. Elle songeait au

motif de ce funeste combat, et se repentait amèrement d'avoir méprisé les offres de Mayoribanks. Le désespoir d'avoir perdu son frère et le remords de l'avoir perdu par sa faute lui déchiraient le cœur.

Stephenson entra sur la pointe du pied, sans faire de bruit. Elle leva les yeux et aperçut le vieillard.

« Ah! c'est vous, monsieur, dit-elle d'une voix faible.

—Miss Cécilia, dit le vieil Andrew en lui serrant la main, je jure que vous serez vengée de cet infâme assassin.

— Hélas! dit miss Antrobus, je n'ai ni le désir ni l'espoir de la vengeance. Mon pauvre Persifer est mort, cruellement frappé par une main loyale.

— Miss Cécilia, on vous trompe, dit Stephenson. Tous les témoins assurent que votre malheureux frère a été tué par surprise et par trahison. Mais vous êtes encore trop faible, ma chère enfant, pour songer à une juste vengeance, ajouta-t-il d'un ton affectueux et paternel. Laissez-moi le soin de vous faire rendre justice, et, dès à présent, usez de moi comme d'un ami et d'un père. Ma maison sera la vôtre.

— Je vous remercie, répondit miss Antrobus, touchée de tant de sollicitude, je ne veux pas quitter la maison où mon frère et moi nous sommes nés, où nous avions espéré de vivre ensemble et si longtemps. »

Elle fondit en larmes.

« C'est assez pour un jour, pensa le vieux Stephenson. Il serait maladroit d'insister davantage. Voyons maintenant le coroner et les témoins. »

Il prit congé de la jeune fille et sortit. A quelques pas de là, il rencontra le coroner qui venait commencer l'instruction. Il le prit à part.

« Quel malheur pour Baltimore ! lui dit-il. La vie des citoyens n'est plus en sûreté; la police est impuissante; les jeunes gens des meilleures familles s'égorgent au milieu de la rue. Il faut faire un exemple, monsieur, pour rétablir l'ordre; il faut faire un exemple. »

Il répéta ces mots avec affectation. Le coroner le regarda en clignant de l'œil.

« Vous haïssez donc beaucoup ce pauvre Mayoribanks ? dit-il.

— Qui ? moi, monsieur, je haïrais James Mayoribanks ou tout autre de mes administrés ! Vous oubliez, monsieur, à qui vous parlez. Soixante ans d'une vie honorable et sans reproche défendent assez le vieil Andrew Stephenson contre tout soupçon de partialité. Je dis qu'il faut faire un exemple, voilà tout. Peu importe qu'il s'agisse de M. Mayo-

ribanks ou de tout autre membre obscur de la
communauté. Je dis qu'il est temps que les plus
hautes têtes se courbent sous l'inexorable niveau
de la loi, et que la potence fasse justice des récal-
citrants.

— James vous a fait une rude guerre pendant
trois ans.

— Croyez-vous que je m'en souvienne? A cette
heure où l'assassin doit être écrasé sous le poids
du remords et le sentiment de son crime, croyez-
vous que je veuille encore l'accabler? Non, non, je
laisse ce soin à la justice et à la Providence, qui
sait, quand il le faut, amener le châtiment sur
la tête du scélérat par les voies les plus inatten-
dues.

— Vous prêchez à merveille, dit le coroner.

— Encore un mot, ajouta Stephenson à voix
basse. Si par vos soins James Mayoribanks est
pendu, comptez sur ma reconnaissance et sur trois
mille dollars. »

Le coroner ne parut pas étonné de ce change-
ment de ton.

— Et s'il n'est pas pendu, dit-il, si les témoins
conviennent que le combat est loyal, qu'arrivera-
t-il?

— Monsieur, répondit Stephenson, j'ai des amis
dans le conseil exécutif de l'État et dans les deux
Chambres; je vous ferai destituer comme prévari-

cateur. Entre ces deux alternatives, faites votre choix.

— J'y penserai, » dit le coroner, en entrant dans la maison de Cécilia.

De son côté, Andrew Stephenson courut aux bureaux du *Baltimorean Courier and Enquirer*.

IV.

Un journaliste impartial.

A l'entrée des bureaux du journal, M. Stephenson fut arrêté par un colosse de six pieds de haut, qui le regarda de travers.

« Que voulez-vous ? demanda-t-il d'une voix rauque.

— Voir M. Alexander Macpherson, éditeur du *Baltimorean Courier and Enquirer*.

— Venez-vous faire quelque réclamation ? dit le géant. C'est moi qui suis chargé d'y répondre, et je m'acquitte de cette besogne, j'ose le dire, à la satisfaction générale. »

Tout en parlant, il agitait un énorme gourdin. Andrew sourit.

« J'apporte de l'argent à M. Macpherson, dit-il. Voici ma carte.

— De l'argent! Passez, monsieur. Alexander Macpherson est toujours visible pour les gentlemen bien élevés. »

Stephenson fut introduit dans le bureau de M. Alexander. L'éditeur faisait une addition. C'était un petit homme sec avec une figure d'usurier et un regard insolent et moqueur. En voyant entrer le maire, il se leva, lui donna une poignée de main et attendit.

« Mon cher Macpherson, dit Andrew, on a bien de la peine à parvenir jusqu'à vous. Vous êtes gardé comme un prince. Qu'est-ce que ce bouledogue que j'ai vu à l'entrée et qui a pensé me dévorer?

— C'est mon rédacteur responsable, dit l'éditeur. Il est chargé d'assommer les gens qui se trouvent offensés de mes attaques. Tous les jours, trois ou quatre imbéciles, sous prétexte que j'offense leur honneur, ou leur famille, ou leur religion, ou leurs intérêts, ou leurs chiens, ou leurs chats, viennent m'égorger dans mon bureau. J'ai voulu résister quelque temps; chaque jour de la semaine était marqué d'une aventure nouvelle. Le lundi, j'étais roué de coups de bâton en pleine rue; le mardi, je recevais un soufflet; le mercredi, j'étais appelé en duel; le jeudi.... que sais-je? J'ai pris le bon parti. Lisez cet avis qui est en tête du journal.

« Les personnes qui croient avoir à se plaindre « de la rédaction du journal sont priées de s'adres- « ser à M. John Potter, de l'Arkansas. C'est un « gentleman d'une force herculéenne, qui prend

« sans effort un homme d'une seule main et le
« lance à dix pas. Il a dans ses poches douze bon-
« nes raisons à l'adresse de chacun des réclamants.
« Ces douze raisons sont les douze canons de ses
« deux revolvers, toujours chargés et amorcés.
« M. John Potter, qui est un gentleman de maniè-
« res exquises et d'une éducation parfaite, n'a pas
« son pareil dans le maniement du sabre, du bâton
« et de la carabine. Il fendit le crâne, l'an dernier,
« à M. Georgè Sutter du Wisconsin, qui avait eu
« le tort de l'appeler *mouche de Hesse;* il brisa d'un
« coup de poing la mâchoire inférieure de M. Char-
« les Bowie, de la Caroline, qui s'était servi par
« mégarde, à la table de l'hôtel Hopkins, une aile
« de dindon sauvage que notre honorable ami con-
« voitait; il a tué d'un coup de pistolet M. O'Connor,
« jeune Irlandais qui le regardait sans le saluer. En
« un mot, c'est un digne républicain, qui sait pro-
« téger ses amis et se faire craindre de ses enne-
« mis. »

—Voilà une idée de génie, » dit Stephenson.

Alexander s'inclina avec modestie.

« Monsieur, continua le maire, vous avez sans
doute entendu parler d'un crime qui vient d'être
commis il y a quelques heures ?

— Parlez-vous de la mort du colonel Antrobus?

— Précisément.

— Qu'appelez-vous crime ? dit Alexander. C'est une fort belle bataille qui fait grand honneur aux deux adversaires. James Mayoribanks n'a pas son pareil pour expédier un homme avec promptitude et dextérité. A peine John Potter lui-même oserait-il lui tenir tête.

— Mon cher Macpherson, dit le maire en lui présentant une petite liasse de banknotes, on a surpris votre bonne foi. Vous n'en douterez pas, je crois, quand vous aurez compté les mille dollars que je vous apporte. Le colonel Persifer a été lâchement assassiné sous les yeux d'un peuple indigné qui a failli faire justice du meurtrier.

— En vérité, monsieur, dit l'éditeur, j'aurais cru tout le contraire. Reprenez vos mille dollars, et écoutez ceci, qui vous convaincra pleinement de la loyauté de Mayoribanks.

En même temps, il prit sur la table une épreuve à demi corrigée et lut ce qui suit :

« La ville de Baltimore est consternée d'un événement aussi terrible qu'imprévu. Le colonel Persifer Antrobus ayant insulté gravement M. James Mayoribanks, ce jeune gentleman, forcé de se défendre, a tué le colonel d'un coup de pistolet. Tout le monde s'accorde à dire que la victime avait mérité son sort, et que la conduite de M. Mayoribanks est aussi généreuse que loyale. »

— J'arrive trop tard, dit Stephenson; l'avocat de

Mayoribanks m'a prévenu. Entre nous, mon cher Macpherson, combien vous a-t-il donné?

— Monsieur, dit le journaliste d'un air digne, je dédaigne de répondre à cette injure. Mon intégrité est à l'abri du soupçon. Et en supposant, monsieur, ajouta-t-il après une pause, que j'aie vu l'avocat de M. Mayoribanks, que vous importe? Vous n'avez pas, je pense, l'intention de surenchérir?

— Pourquoi non? dit le maire. Que pensez-vous de deux mille dollars? »

Macpherson sourit avec dédain.

« Mon cher monsieur, dit-il, je vais vous parler franchement. Mayoribanks vous gêne; cela est clair, car je ne suppose pas que vous preniez grand intérêt à la mort du colonel Antrobus.

— Monsieur, je suis chargé de veiller à la sûreté publique, et je prends intérêt à la santé de tous mes concitoyens. Qui les frappe me frappe.

— Bien; c'est votre affaire. De mon côté, je suis neutre. Que Ralph soit pendu ou non, cela m'est fort égal. Le compte rendu du procès va doubler la vente de mon journal. C'est donc une excellente affaire, et, en bonne justice, je devrais de la reconnaissance à M. Mayoribanks.

« Or, cette reconnaissance que je lui dois, et à laquelle je manque, vaut bien mille dollars, ci.................................... 1,000 dol⁵

« Secondement, son avocat m'a donné

de sa part deux mille dollars pour plaider sa cause devant le public; je serai forcé de les rendre, ci.............. 2 000.

« Troisièmement, j'ai quelque scrupule de nommer trahison un combat loyal et régulier, et d'envoyer à la potence un homme qui n'a fait que ce qu'on voit faire tous les jours aux gentlemen les plus honorables de Baltimore. Ce scrupule, joint à quelques autres petites choses dont je vous épargne le détail, vaut bien, au plus bas prix, cinq mille dollars, ci..................... 5 000

8 000 dol⁵

« Total, huit mille dollars. Voyez si la pendaison de M. Mayoribanks vaut cette somme. Si cela est, je passe dans votre camp avec armes et bagages.

— Huit mille dollars! dit le maire effrayé. Y pensez-vous? Pour ce prix, j'aurai les douze jurés, le *coroner*, l'*attorney* et l'avocat de James.

— Eh bien! dit l'éditeur, ayez-les et n'en parlons plus.

— Mais, mon cher ami, reprit Stephenson, ce prix est exorbitant. Combien vous a-t-on donné pour annoncer, il y a trois mois, la nouvelle de la perte du steamer *Ontario*, qui arriva le lendemain sain et sauf?

— Mille dollars; mais j'avais des intérêts dans l'affaire. Cette nouvelle fit baisser de vingt dollars les actions de la Compagnie Weller, et j'en achetai douze cents qui furent revendues le lendemain avec un bénéfice énorme.

— Huit mille dollars! répéta le maire. Qu'il en coûte pour faire pendre un ennemi !

— Voyons, dit Alexander, je veux faire quelque chose pour vous : car vous êtes bon homme et vous me plaisez. Comptez-moi cinq mille dollars et je vous tiens quitte de tout. »

Stephenson soupira et lui donna un bon sur la banque de Baltimore.

Le soir parut dans le *Baltimorean Courier and Enquirer* un article foudroyant contre le pauvre James. Son père était un brigand; sa mère une femme de mauvaise vie ; lui-même, le dernier des scélérats. Tous les bandits de Baltimore le reconnaissaient pour chef. Il avait assassiné par trahison le colonel Persifer Antrobus. La potence seule pouvait faire justice d'un si grand criminel. Sa mort devait rendre la paix, l'ordre et le calme à Baltimore.

Cet article souleva contre James tous les gens paisibles de la ville. Si méprisé que fût le journaliste, son journal, fort bien rédigé d'ailleurs et administré avec une grande habileté, exerçait une prodigieuse influence sur le public. James fut cruellement calomnié par ceux qui n'auraient pas osé braver son regard quand il était libre et heureux. En Amérique, les jurés qui décident detout, obéissent eux-mêmes tantôt à leur conscience, tantôt à l'argent, à la peur, ou à l'entraînement de l'opinion publique ; c'est ce qui faisait le danger de Mayoribanks.

V.

Réflexions de James.

En prison, James fut commodément installé dans une chambre assez bien meublée. Il avait grand besoin de repos, et la prison même, après les terribles émotions qu'il avait éprouvées, ne lui déplut pas trop. Une belle Irlandaise aux cheveux et aux yeux noirs, qui était la fille du geôlier, lui offrit ses services et banda ses blessures qui étaient légères. Il se coucha sur son lit et s'endormit d'un profond sommeil.

Une heure après, son avocat, qu'il avait fait demander, se présenta. C'était un Écossais froid, roide, gourmé, savant, chicanier, entêté, toujours retranché derrière un texte; habile dans son art, avide d'argent, effronté, menteur, ambitieux et grave comme un ministre presbytérien; au demeurant, le meilleur fils du monde.

« Eh bien! dit James en lui tendant la main, que pensez-vous de mon affaire, Mac Grégor?

— C'est grave. Vous avez beaucoup d'ennemis.

— Me mettra-t-on en liberté sous caution ?

— J'en doute. Tous les gens à qui vous faites peur vont s'unir contre vous. Le maire de Baltimore est ravi de l'aventure. Vous l'avez contrecarré souvent. Je l'ai vu courir tout à l'heure chez miss Antrobus avec un empressement qui ne présage rien de bon.

— Mon cher Mac Grégor, j'ai toute confiance dans votre mérite ; mais vous êtes comme le médecin qui exagère toujours la gravité du mal pour doubler la gloire qu'il aura de sauver le malade. Qu'y a-t-il dans la mort de Persifer qui ne soit parfaitement convenable et usité en pareille circonstance ? N'avait-il pas les mêmes armes que moi ? N'était-il pas sur ses gardes ? Le motif de notre querelle, c'est-à-dire l'honneur et le service des dames, n'est-il pas assez important ? L'an dernier, j'étais à Washington lorsqu'on permit à M. Kennedy, représentant du Tennessee, de donner caution. Mon affaire est-elle plus singulière que la sienne ?

— Tout cela est vrai, mon cher monsieur, mais vous oubliez les raisons graves qui plaidaient en faveur de M. Kennedy.

— Je me rappelle parfaitement toute l'affaire. Kennedy entra dans la salle à manger de l'hôtel où il demeurait, à Washington. Comme on tardait à le servir, il cria au garçon : « Vas-tu me donner un

bifteck, damné fils de chienne Irlandaise? » Le
garçon ne bougea pas. Kennedy se leva et brisa sa
chaise sur les épaules de l'Irlandais, qui lui jeta une
assiette à la tête. Jusque-là, tout allait bien, et les
deux parties auraient pu être renvoyées dos à dos,
dépens compensés. Malheureusement, un autre citoyen du Tennessee, qui se trouvait là, saisit à son
tour une chaise et frappa l'Irlandais. Le frère de ce
pauvre garçon accourut au bruit, et commença à
boxer le Tennessien avec fureur. Tous les habitants
de l'hôtel, qui déjeunaient, se levèrent pour échapper aux assiettes, aux bouteilles et aux carafes qui
volaient dans l'air. Seul, le ministre de Hollande,
qui était présent, maintint la réputation de flegme
de ses compatriotes et demeura tranquillement à sa
place. A ce moment, Kennedy, furieux, tua son Irlandais d'un coup de revolver. Le lendemain, on
l'admit à donner caution, et, trois jours après, il
partait pour la Californie, où la justice fédérale se
soucie peu de l'aller chercher.

— C'est très-vrai; mais remarquez qu'il s'agissait
d'un Irlandais, d'un simple Irlandais, et encore d'un
garçon d'hôtel, et que Kennedy était un gentleman,
un représentant du peuple. Mettre en prison Kennedy, c'était insulter le Congrès et le peuple qu'il
représente. Vous-même, mon cher monsieur Mayoribanks, quelque rencontre que vous ayez eue, on
vous a fort ménagé, mais vous étiez protégé par une

famille puissante, qui va vous poursuivre de sa haine, par des amis influents qui étaient aussi ceux du colonnel Antrobus. Andrew Stephenson vous hait, et c'est un dangereux ennemi.

— Ah ! si je tenais ce vieux coquin au bout de ma carabine !

— C'est fort bien ; mais il vous tient, lui, sous les verrous. Au reste, il ne faut pas trop s'inquiéter. J'ai vu déjà l'éditeur du *Baltimorean Courier and Enquirer ;* c'est un habile gredin que je ménage. J'ai réchauffé son zèle avec deux mille dollars.

— Cher ami, dit James, comment pourrai-je payer vos services ?

— Je vous le dirai quand vous serez hors d'affaire. L'important est de vous faire admettre à donner caution. »

L'entretien dura deux heures. Je passe sous silence les détails techniques dont le lecteur pourrait être ennuyé. Mac Grégor sortit enfin, et James soupa de bon appétit et dormit jusqu'au matin. Un historien moins véridique vous peindrait ses remords et son insomnie. Je suis forcé d'avouer que le pauvre Mayoribanks était un de ces braves gens qui suivent tout naturellement le précepte du sage : *Age quod agis.* Il n'était jamais ni indécis, ni partagé entre deux résolutions ou deux idées différentes. Il ne faisait qu'une seule chose à la fois : c'est le moyen de faire beaucoup d'ouvrage et de très-bon.

Le lendemain, il trouva sur sa table de nuit l'*Imitation de Jésus-Christ* que l'Irlandaise avait déposée pendant son sommeil, et il lut tout d'une haleine quatre ou cinq chapitres qui lui parurent les plus beaux du monde. James n'était pas de ces mélancoliques qui vont cherchant dans toutes les religions et dans tous les systèmes philosophiques sans s'arrêter à rien.

Il était bon catholique, et, si sa vie n'était pas remarquable par la pratique constante de toutes les vertus chrétiennes, sa cervelle au moins était parfaitement pure de tout raisonnement hérétique. Il médita pieusement pendant une heure sur le livre de Gerson ; mais les méditations les plus douces ont un terme. Mayoribanks songea qu'il était l'heure où, chaque matin, il montait à cheval et passait sous les fenêtres de la belle Anita.

« Tout est fini, pensa-t-il. Je ne la reverrai plus ; je ne galoperai plus à côté d'elle dans la campagne ; je ne verrai plus la douce lumière des vivants. Je demeurerai éternellement entre ces murailles. »

A cette pensée, il fut saisi d'un tel transport de rage qu'il prit à deux mains une table et la brisa contre le plancher avec un fracas épouvantable. Deux gardiens armés de revolvers entr'ouvrirent la porte avec précaution, et, le doigt sur la détente, lui reprochèrent de troubler ses compagnons d'infortune.

James les regarda, quoique sans armes, d'un œil si terrible qu'ils n'osèrent se fier à leurs revolvers et refermèrent précipitamment la porte.

Mayoribanks, resté seul, se promenait avec la vivacité et la fureur du tigre qui tourne dans sa cage. Il pensait à ses amis qui l'avaient sans doute oublié, à sa maîtresse qui l'abandonnait. Il levait les yeux au ciel et fermait les poings en menaçant un ennemi absent.

Vers midi, l'Irlandaise entra, et lui donna une lettre de miss Bradley. James rompit le cachet d'une main qui tremblait d'impatience et lut ce qui suit :

« Mon bien-aimé James, ne me maudissez-vous pas ?

« Hélas ! quel malheur épouvantable ! Comme la Providence se plaît à détruire nos rêves de bonheur et nos folles illusions ! Je me repens bien aujourd'hui de ma coquetterie passée et du temps perdu pour notre bonheur commun, que j'ai employé à vous tourmenter d'inquiétudes vaines. Je me disais : Demain est à moi, attendons à demain pour être heureux ; et je ne disposais que d'un jour. Me pardonnez-vous, Mayoribanks ?

« Au moins, si je pouvais vous voir, vous consoler, le temps me paraîtrait moins long, et notre malheur moins amer. Mais mon père me défend cette joie.

« Ce matin, prête à sortir, j'ai trouvé mon père en travers de la porte.

« Où vas-tu, Anita?

« — Père, vous le savez, je vais voir celui dont j'ai causé la perte.

« — Reste ici jusqu'à nouvel ordre. M. Mayoribanks est un gentleman fort distingué que j'aime et j'apprécie comme je le dois; mais une femme ne doit visiter que son mari ou son fiancé. »

« Ceci a été dit d'un ton qui ne souffrait pas de réplique. Cependant, j'ai osé répondre :

« Eh bien, mon père, à dater d'aujourd'hui, James sera mon fiancé! car je vous jure de n'épouser jamais que lui!

« — Qu'est ceci? D'où vient cette audace? Ma fille épouserait un assassin! » (Pardonnez-lui, James, il est prévenu contre vous par les calomnies que répandent les journaux de ce matin qui obéissent au mot d'ordre de M. Andrew Stephenson, votre mortel ennemi.)

« Je vous ai défendu avec courage, et mon père est sorti convaincu de votre innocence, mais bien résolu à ne souffrir jamais ce mariage.

« Pour moi, cher bien-aimé, je vous jure que je ne serai qu'à vous, ou à personne.

» Adieu, James; prenez courage, et fiez-vous à la

Providence, qui n'abandonne jamais ceux qui ne s'abandonnent pas eux-mêmes.

« Tout, à vous.

« ANITA BRADLEY. »

« O divine Anita ! s'écria Mayoribanks dans un transport d'enthousiasme. Elle m'aime et m'aimera toujours. »

En ce moment, il eût volontiers baissé la tête en passant sous la voûte céleste, pour ne pas cogner du front les étoiles.

Une heure après, il fut rappelé à la triste réalité par la voix du geôlier. Mayoribanks fut forcé de le suivre et de comparaître devant le coroner et le jury. Le coroner, gagné ou intimidé par Andrew Stephenson, fit un rapport très-défavorable, et Mayoribanks, accusé d'assassinat, fut renvoyé devant le grand jury. On refusa de le mettre en liberté sous caution.

Aussitôt après le verdict rendu il fut ramené en prison. En chemin il aperçut l'éditeur du *Baltimorean Courier and Enquirer*.

« Coquin, dit-il, rends-moi mon argent ou ne me calomnie pas.

— Mon cher monsieur, répliqua le cinique Macpherson de l'air d'Hippocrate refusant les présents d'Artaxercès, j'ai rendu l'argent à votre avocat. On connaît ma loyauté commerciale.

Ce brave homme ne mentait pas. On le payait pour accuser Mayoribanks, et il l'accusait de son mieux; mais il était trop loyal pour recevoir en même temps des deux mains et manger à deux râteliers. Coquin, mais non pas traître.

VI.

Comment la belle Anita fit connaissance avec un
philosophe aimable.

Le procès fut instruit rapidement. L'émotion
était grande à Baltimore, et les partis attaquaient
ou défendaient Mayoribanks avec une ardeur égale.
Les gens paisibles, les marchands, les pères de
famille, les propriétaires, tous ceux qui ont besoin de paix pour leur commerce ou leur industrie, demandaient à grands cris la tête de James.
Il faut, disait-on, faire un exemple et réprimer
l'insolence furieuse de ces planteurs qui se croient
tout permis, et qui ne parlent aux blancs comme
aux nègres qu'à coups de cravache. Mayoribanks
abuse depuis trop longtemps de la patience des
honnêtes gens et du nom illustre qu'il porte. Il a
vingt fois mérité la corde, et l'assassinat du colonel Antrobus est une excellente occasion de
venger la société tout entière menacée par de tels
scélérats.

Andrew Stephenson était à la tête de ce parti, et, cachant sa haine sous une hypocrite impartialité, agissait sous main pour perdre le malheureux Mayoribanks.

A dire vrai, James était un parfait gentleman, suivant les idées du sud des États-Unis. Il était brave, loyal, généreux. En temps ordinaire, ce meurtre n'eût été qu'une peccadille ; malheureusement, un concours de circonstances fâcheuses, le nom de la victime, la haine et les intrigues de Stephenson, la nécessité de réprimer les meurtres et les querelles particulières, si fréquentes dans les rues de Baltimore, tout cela menaçait d'un sort funeste le pauvre Mayoribanks.

Il avait cependant un parti, composé de quelques jeunes planteurs, et de la populace de Baltimore. Les dames mêmes faisaient hautement des vœux pour son salut. Au fond du cœur, chacune enviait le sort de la belle Anita. James seul savait aimer. Si le jury avait été composé de femmes, James aurait été mis en liberté et couronné de fleurs par ses juges enthousiasmés.

Seule, miss Antrobus gardait le plus profond silence. Soit tristesse, soit quelque autre sentiment plus difficile à définir ; elle s'était enfermée dans sa maison et ne recevait personne. Deux fois le vieil Andrew Stephenson voulut forcer la consigne, vanter son zèle contre le meurtrier de Persifer et mettre en avant la candidature de son fils George, deux fois le discours froid et poli de le hautaine Cécilia lui fit sentir qu'elle ne goûtait ni ses services ni ses insinuations.

« Souffrez, mon cher monsieur, dit-elle, que je sois tout entière à mon désespoir. Je ne hais pas le meurtrier, Dieu même nous ordonne de pardonner à nos ennemis ; je laisse M. Mayoribanks à ses remords et à la justice, entre les mains de laquelle il est tombé. »

Stephenson se leva et prit congé d'elle.

« Elle ne hait pas le meurtrier, pensa-t-il. Que veut dire ceci ? Serait-il vrai, comme on l'a prétendu, que la fière Cécilia le vît d'un œil favorable ? Peste ! l'aventure serait singulière. J'avais bien raison de vouloir le faire pendre. Une bonne corde me délivrera de ce gaillard-là, et assurera le mariage de mon héritier présomptif. »

Au milieu de ces intrigues et des rumeurs de toute espèce qui agitaient Baltimore, arriva le jour des funérailles du malheureux Persifer, qu'on avait longtemps retardées pour les célébrer avec plus de solennité.

Toute la milice de Baltimore, dont Antrobus était colonel, assistait à cette cérémonie. Plus de dix mille miliciens, partagés en compagnies qui portaient tous les uniformes connus de l'Europe, depuis celui des zouaves et des chasseurs de Vin-

cennes jusqu'à celui des gardes nationaux de la
république de Saint-Marin, marchaient à pas lents
derrière le char funèbre. Une musique lugubre,
où dominaient les tambours et le tam-tam, exprimait la tristesse publique. Andrew Stephenson
s'avança près de la tombe, et d'une voix émue,
prononça le discours suivant :

« Dors en paix, ô mon ami, le modèle des citoyens, dors en paix dans la tombe creusée par le
poignard de l'assassin !

« Le souvenir de tes vertus demeurera parmi
nous éternellement, comme le souvenir de cette
race illustre dont tu étais le dernier représentant,
et qui a fondé notre glorieuse patrie !

« En toi revivaient le courage et la générosité
de Cécilius Calvert, qui continua l'œuvre de Co-
lomb et de Raleigh, et qui ouvrit aux enfants
persécutés de l'Angleterre le sûr asile de la libre
Amérique.

« J'ai vu couler ton sang par deux blessures.
Ce sang généreux qui ne devait être versé que pour
la patrie, tu l'as perdu sans gloire, sous les coups
d'un misérable meurtrier.

« Je crains d'aller trop loin ; mes chers concitoyens, la douleur m'égare, je veux oublier le
traître et la trahison ; je veux prononcer des paroles de pitié et de pardon, et devant cette tombe

ouverte, je suis à peine maître de mon indignation.

« Dors en paix, noble Persifer ; ta mort ne sera
pas sans vengeance. »

A ces mots, Stephenson appuya sa main sur ses
yeux et parut accablé de désespoir. Il pleura abon-
damment.

« Comme il l'aimait ! dit un milicien naïf.

— Les devoirs de sa charge l'ont empêché de le
venger, dit un autre ; mais c'est à nous de punir
l'assassin. A la prison ! à la prison ! »

Ce cri fut répété par une centaine de miliciens,
dupes ou compères de Stephenson. Ils se mirent
en rang, et d'un pas régulier, sans désordre, ils
marchèrent droit à la prison avec l'intention de
juger Mayoribanks, suivant la loi de Lynch, et de
le pendre.

A cette vue, on barricada les portes, et les gardiens firent leurs préparatifs pour soutenir un
siége régulier.

« A mort Mayoribanks ! » criaient les miliciens.

Heureusement, la foule qui les suivait était fort
loin de haïr le pauvre James. Quelques bons citoyens, toujours prêts à réprimer l'émeute, croi-
sèrent la baïonnette et s'avancèrent d'un air fort
délibéré contre les mutins. Ceux-ci, honteux de
leur petit nombre, n'essayèrent pas de tenir, Ste-

phenson lui-même, qui comprit la faute qu'ils allaient commettre, feignit d'être fort irrité de leur conduite. Il les harangua avec sévérité et les renvoya dans leurs maisons.

Cependant miss Bradley ne restait pas inactive. Dans un pays où l'opinion publique décide de tout, et même des procès civils, il faut avoir des amis dans tous les rangs de la société. Anita n'était plus cette jeune fille gracieuse et vaine pour qui le suprême bonheur eût été de recevoir dans sa maison la noble Cécilia. Elle était devenue prévoyante, active, courageuse. L'amour et le danger de son amant l'avaient transformée. D'accord avec Mac-Grégor, elle résolut de tout préparer pour l'acquittement de Mayoribanks, ou pour sa fuite, s'il était condamné.

Elle fit appeler le célèbre Jim.

Comme ce héros, d'une espèce assez nombreuse en Amérique, n'est pas connu en Europe, il est à propos de faire son portrait.

Jim est le chef reconnu de la fameuse bande des « *Lapins bleus*. »

Les *Lapins bleus* sont un produit indigène de la glorieuse Amérique. C'est une association d'honnêtes gens qui haïssent naturellement la loi et ceux qui l'appliquent, et qui croient tous les biens de la terre comme communs à tous les hommes. Cette théorie, qu'on peut discuter, les engage, dans la pratique, à forcer les portes, à escalader les fenêtres, à briser les meubles, à prendre l'argent de tous ceux qui ont obtenu, par hasard ou par industrie, une plus forte part de l'héritage d'Adam. De là des combats dans lesquels la police a rarement le dessus.

Ces braves gens, parmi lesquels se mêlent aussi quelques ivrognes d'humeur brutale, sont à peu près maîtres absolus de la voie publique, à New-York et à Baltimore, de huit heures du soir à cinq heures du matin : témoin la quantité de meurtres qui sont consignés chaque semaine sur les registres de la municipalité de ces deux grandes villes.

Bien que les *Lapins bleus*, qui ne sont pas la seule confrérie de cette espèce, aient la loi en horreur, ils obéissent volontairement aux ordres du célèbre Jim.

Ce Jim était un horrible gredin, tout couvert de cicatrices, marques des glorieux combats auxquels il avait pris part. Son nez était privé d'une aile qu'un de ses adversaires avait mangée en un jour de boxe; sa lèvre était fendue en trois endroits; l'oreille droite avait été coupée et clouée à un arbre dans le pays des Comanches; l'oreille gauche, clouée également, mais non pas coupée, avait été déchirée à moitié dans les efforts qu'il faisait pour se dégager. Le corps sec et robuste, mais velu et hideux, répondait à cette agréable physionomie.

Tel qu'il était, Jim eut l'honneur de paraître devant la belle Anita. Si la présence de Mac-Grégor ne l'eût rassurée, miss Bradley aurait pris la fuite. Au fond, Jim était un bon garçon qui sentit l'horreur qu'il inspirait et qui n'en fut pas offensé : la flatterie, bien qu'il fût roi dans sa sphère, ne l'avait pas gâté.

Il s'avança d'un air fort convenable, sans embarras, sans fausse pudeur, sans forfanterie. Il tira sa pipe de sa bouche, et se contenta de chiquer, par égard pour miss Bradley. En un mot, il fit bie voir qu'il était homme du monde et qu'il avait de l'usage.

« Monsieur Jim, dit Anita, on dit que vous êtes un homme intrépide et habile dans son art.

— On ne s'est pas trompé, miss Bradley, aussi vrai que vous êtes la plus belle personne que j'aie vue jamais. »

Cette réponse délicate et flatteuse attestait la bonne éducation et les belles manières de Jim. Anita sourit, et continua.

« Il s'agit d'une entreprise dangereuse et délicate que je veux confier à votre zèle.

— Disposez de moi, miss Bradley, et de toute la société des *Lapins bleus;* nous serons trop heureux de nous faire tuer pour votre service. »

Jim parlait d'un ton chevaleresque et fort sérieux. Cet abominable gredin était ravi, sans savoir pourquoi, de rendre service à une jeune fille. Les Américains, même dans les classes les moins cultivées, sont plus polis pour les femmes qu'aucun peuple de l'Europe, et surtout que le peuple français, dont la politesse, à notre avis, est beaucoup trop vantée. Nous vivons sur la réputation de nos pères.

« Mon cher monsieur Jim, dit Anita, pouvez-vous faire évader James Mayoribanks ?

— Tout est possible, miss Bradley; mais il y aura du sang versé. M. Mayoribanks a des ennemis puissants, qui le font surveiller de très-près.

— Monsieur Jim, si vous le faites, ma reconnaissance n'aura pas de bornes. Ma fortune tout entière ne payerait pas assez cher ce service.

— Ce que c'est que l'amour, dit Jim d'un air philosophique; c'est ainsi que m'aimait la belle Hellen, il y a vingt-cinq ans.... Ne rougissez pas de la comparaison, chère miss Bradley. Hellen était une jolie fille au temps où j'étais un honnête et joli garçon. »

Mac-Grégor l'interrompit et lui dit qu'il ne fallait tenter cette évasion qu'après une condamnation. Le chef des *Lapins bleus*, sans expliquer de quels moyens il voulait se servir, garantit l'évasion sur sa tête et se retira.

VII.

Le 3 avril 1847 commença ce grand procès. Dès le matin, une foule immense se précipita dans la salle. Au premier rang, en face du siége où devait s'asseoir l'accusé, prit place la belle Anita, que les discours de son père n'avaient pu contraindre à demeurer au logis. Miss Antrobus, vêtue de noir et voilée, était confondue parmi les témoins. Andrew Stephenson assistait à l'audience. Par ses soins, la garde de police avait été doublée.

Quand le premier tumulte fut apaisé, Mayoribanks parut. Il s'avança d'un air fier et tranquille, comme s'il eût été le juge et non l'accusé. Il sourit à miss Bradley, regarda Stephenson avec dédain et tourna le dos à l'éditeur du *Baltimorean Courier and Enquirer*.

Une grande partie de l'assemblée salua son entrée par des applaudissements et des acclamations. Jim surtout était rempli d'enthousiasme.

« Voilà un vrai citoyen, dit-il tout haut, qui venge lui-même ses injures comme un brave, et ne laisse pas ce soin à de vils policemen. Longue vie à James Mayoribanks ! cria-t-il d'une voix qui retentit jusque dans la rue.

— Longue vie à James Mayoribanks ! » répétèrent les amis de Jim, groupés autour de lui.

Malheureusement ce cri attira l'attention de Stephenson sur le groupe qui obéissait à Jim ; il reconnut Jim, et devina les autres. En tacticien habile, il résolut de mettre à profit ce désordre. Il dit tout bas quelques mots à l'attorney, chargé d'accuser Mayoribanks.

L'attorney, plein de zèle, ordonna de saisir et de chasser les perturbateurs. Les policemen s'avancèrent en brandissant leurs bâtons.

« Aux couteaux ! » cria l'un des voisins de Jim.

Mais celui-ci sentit le danger d'engager trop tôt la lutte. Il donna l'exemple aux siens, et sortit de la salle. Tous le suivirent.

« Messieurs les jurés, dit l'attorney d'un ton pesant, vous voyez toute la gravité de l'affaire que vous allez juger, en votre honneur et conscience. Vous avez entendu les cris de ces hommes qui glorifient l'assassinat. C'est à vous de décider si nos personnes, nos biens, nos femmes et nos enfants doivent être en proie à ces misérables. Faites justice de l'accusé, et vous intimiderez tous ses complices. »

Mac-Grégor répliqua vertement, et les débats commencèrent. Mayoribanks, interrogé, déclara, suivant la formule américaine, qu'il voulait plaider « non coupable. »

La plupart des témoins chargèrent fortement le malheureux James. Outre la mort de Persifer Antrobus, qu'on avoua avoir été tué dans un combat loyal, on lui reprochait surtout le meurtre de l'Irlandais qui avait tenté de l'arrêter. Chacun des témoins sentait qu'il aurait pu être tué à la place de l'Irlandais, et croyait venger sa propre cause en vengeant celle du mort.

Cécilia, interrogée à son tour, leva son voile et laissa voir sa pâle et noble figure, encore embellie par la tristesse. Elle dit en peu de mots le motif de la querelle, et ajouta :

« Je ne me consolerai jamais de la mort de mon cher frère Antrobus ; mais je dois avouer que le caprice inexplicable de miss Bradley et le mien ont seuls causé ce funeste événement. »

Ces paroles émurent en sens divers toute l'assemblée. Mayoribanks fut touché pour la première fois d'un vif remords d'avoir tué Persifer. Les jurés admirèrent la générosité de Cécilia, qui justifiait volontairement son ennemi, et Stephenson, devinant que miss Antrobus aimait Mayo-

ribanks, n'en fut que plus acharné à la perte de
l'accusé.

Anita pâlit et garda le silence. Le généreux Mayoribanks ne voulait pas se justifier en déclarant la
part que les discours de sa maîtresse avaient eue
dans le meurtre de Pestifer.

Quand tous les témoins eurent parlé, Mac-Grégor
se leva et plaida la cause de son client. Suivant la
mode américaine, il commença par nier le meurtre
d'Antrobus; il émit ensuite l'opinion que si Antrobus avait été tué, il s'était enferré lui-même ou
brûlé la cervelle par accident; il ajouta que si l'on
admettait le meurtre, on pouvait douter encore du
meurtrier; que peut-être les témoins étaient les
vrais assassins. Il saisit cette occasion pour établir
qu'on ne pouvait ajouter foi au témoignage d'aucun
des témoins à charge; l'un était louche et par con-
séquent ne voyait pas Mayoribanks d'un bon œil;
l'autre était boiteux, et ne pouvait pas marcher
droit dans le chemin de la vie; un troisième battait sa femme; un quatrième buvait trop de whiskey; un cinquième n'allait ni à la messe, ni au
prêche; un sixième avait, sans qu'on sût pourquoi, mauvaise réputation dans son quartier;
un septième était un émigrant allemand récem-
ment arrivé d'Europe, et qui n'entendait rien aux
coutumes américaines; je passe les autres sous
silence.

Cela fait, il examina le caractère et les habitudes du défunt. Antrobus était, dit-il, violent, querelleur, haï de tous, avare, sensuel, orgueilleux, et ennemi du parti démocratique qui domine à Baltimore. James, au contraire, était le plus doux des hommes, et ne tuait jamais que pour sa défense personnelle.

Puis, il cita des textes et des précédents. Il vanta la sagesse de l'usage qui veut que de braves gentlemen qui se rencontrent et ne peuvent pas se supposer, terminent sur-le-champ leur querelle par de bons coups de couteau ou de revolver. Par là, on évite les longues rancunes qui jettent tant de froideur dans les relations sociales. On évite les procès qui sont une perte de temps et d'argent. On évite les injures des avocats qui salissent, sans profit pour personne, l'honneur de deux familles. Enfin, Hippocrate assure que la saignée est bonne de temps en temps et rafraîchit le sang.

Il y eut probablement aussi des raisons plus sérieuses, car le discours dura une demi-journée et fut fort applaudi. Malheureusement, le fier Mayoribanks, honteux de disputer sa vie à des ennemis qu'il méprisait, se leva, contre toutes les règles, et, au milieu de l'assemblée étonnée et silencieuse, parla ainsi :

« Je suis très-fâché d'avoir tué le colonel Persifer Antrobus, qui était du même sang que moi et presque mon ami; mais je l'ai tué loyalement, à armes égales. J'espère qu'aucun des gentlemen qui sont ici ne me blâmera de n'avoir pas reculé devant M. Antrobus.

« Quant à l'Irlandais dont on m'a reproché la mort, je le tuerais encore si j'avais à le faire. De quel droit cet homme osait-il mettre la main sur moi ? »

Mayoribanks se rassit. Son discours excita l'indignation de presque tous les assistants, et malheureusement aussi des jurés. On fut choqué de cet orgueil qui ne pliait pas même sous la menace de la potence. Les jurés, bons négociants, gens de métier, vivant de leur travail, ayant besoin de paix et d'ordre, furent indignés de voir le peu de cas que le planteur faisait de la vie de l'un d'entre eux.

Dès ce moment, Mayoribanks perdit son procès. L'attorney fit ressortir avec une cruelle habileté la hauteur de ce langage; il dit, ce qui n'était que trop vrai, que les rues de Baltimore étaient un continuel champ de bataille; que les assassins échappaient presque tous au châtiment par la faiblesse du jury qui n'osait les condamner; enfin, il appuya sur la nécessité de faire un exemple.

Mayoribanks, déclaré coupable à l'unanimité, fut condamné à être pendu.

Il entendit son arrêt avec fermeté.

« Pendu ! dit-il d'une voix haute. On ne pend pas le petit-fils de Cécilius Calvert, lord Baltimore ! »

Il se laissà ramener en prison. Anita fondit en larmes, et, saisissant le bras de Mac-Grégor, lui dit tout bas :

« Il est temps d'agir. Avertissez Jim. »

VIII.

Conclusion.

Malgré sa condamnation, Mayoribanks, revenu dans sa prison, et fatigué des émotions de la journée, s'endormit d'un profond sommeil.

Le lendemain, il fut plus étonné qu'alarmé en se rappelant les événements de la veille. Parfois il croyait rêver.

« Pendu! disait-il, en se promenant les mains derrière le dos, c'est une mauvaise plaisanterie du destin. Il est impossible qu'un homme de ma race soit pendu. Vraiment, cela n'est pas dans les règles. Au dernier moment quelqu'un interviendra, la divine Providence, ou le gouverneur du Maryland, ou le peuple de Baltimore, ou Anita. On tue un Mayoribanks, mais on ne le pend pas. Plutôt que d'être pendu, je tordrais le cou à trois ou quatre de cès gardiens stupides qui me surveillent le revolver au poing, et je me ferais tuer, ou je me poignarderais moi-même.... Me poignarder! avec quoi? Bah! je suis bien naïf de m'inquiéter de cela. Mon procès sera revisé. Mac-Gregor fera juger l'affaire deux fois, trois fois, dix fois s'il le faut, jusqu'à ce qu'on m'acquitte, par lassitude. Il a tant de tours dans son sac. »

A ce moment, l'Irlandaise entra et lui remit d'un air de mystère un billet d'Anita.

« Mon cher ami, »

« Ayez bon courage et ne craignez rien de cet
« infâme jugement. Je prépare tout pour votre
« fuite. Je ne sais ni quand ni comment vous
« pourrez fuir, mais soyez prêt à toute heure. Je
« partirai avec vous, que mon père le veuille ou
« non, et nous irons chercher le bonheur loin de
« cette odieuse ville de Baltimore.

« Adieu, mon cher et bien aimé mari.

« Votre toute dévouée,

« ANITA. »

Mayoribanks remercia le ciel. Sa joie était sans mélange. Il allait toucher au bonheur sans limites et sans fin. Il oubliait déjà Persifer, et le procès, et Stephenson, et ses amis et ses ennemis. Il ne voyait plus qu'Anita.

Un événement assez singulier mit fin à son extase. Une femme voilée ouvrit la porte et leva son voile. Mayoribanks reconnut miss Antrobus.

Cecilia était rentrée dans sa maison plus morte que vive. Elle aimait et haïssait tout ensemble le pauvre Mayoribanks. Elle aurait voulu le sauver; elle n'osait se livrer à cette pensée. Elle se croyait criminelle parce qu'elle ne haïssait pas assez le meurtrier de son frère et elle ne pouvait s'empêcher de le plaindre.

« Quel sévère châtiment, disait-elle, d'une faute qu'il n'a pas été seul à commettre! Ah! Persifer est trop vengé. Pardonne, ô mon frère, si je t'offense; mais voudrais-tu voir James Mayoribanks suspendu à une potence infâme comme le plus vil des scélérats? »

Peu à peu, cette idée s'empara tellement de Cecilia, qu'elle crut devoir à ses ancêtres d'épargner à Mayoribanks la honte du supplice. C'est dans ce dessein qu'elle gagna le geôlier, et obtint d'entrer déguisée dans la prison.

Petrus la regardait avec un morne étonnement. Il lui présenta une chaise sans savoir ce qu'il faisait et resta debout devant elle.

« Monsieur Mayoribanks, dit Cécilia sans lever les yeux sur lui, je ne viens pas pour ajouter à votre malheur. Je ne vous ferai pas d'inutiles reproches. Le passé ne nous appartient plus. Vous êtes condamné à mourir d'une mort infâme, déshonorante pour votre nom, pour votre race et pour vous-même. Le souvenir de mon frère et son sang versé

qui crie vengeance, me défendent de chercher à
vous sauver ; mais la petite-fille de lord Baltimore,
la cousine de James Mayoribanks, la sœur même
de Persifer, doit préserver de cette tache le nom
de la plus illustre famille des États-Unis. Voici des
armes qui vous sauveront de la potence, si elles ne
vous sauvent pas de la mort. »

Mayoribanks, ému, répondit simplement :

« Je vous remercie de ce soin, miss Antrobus ;
vous m'aviez deviné. »

Il lui prit la main avec respect ; mais elle le re-
poussa froidement.

« Il y a du sang entre nous, » dit-elle.

Et elle sortit, laissant Mayoribanks à ses réflexions.

« Oui, pensa-t-il, Cecilia a raison. Jim et les coquins de son espèce peuvent être pendus ; mais
James Mayoribanks a droit de mourir de sa propre
main.... Chose singulière, ajouta-t-il, malgré les
promesses d'Anita et l'espérance d'une délivrance
prochaine, je me sens triste et abattu. Est-ce un
pressentiment ? »

Miss Anita Bradley était, au contraire, de la plus
belle humeur du monde. Elle avait, à force d'argent, frété sous main un petit steamer qui devait
la transporter à Cuba avec son futur mari. Le
steamer, constamment chauffé, n'attendait, pour
partir, que ses deux passagers. Anita combi-

nait son plan, faisait sa malle et chantait tout à la fois.

Jim entra.

« Eh bien! Jim, quoi de nouveau?

— Tout est prêt, miss Bradley. Mes hommes ont reçu double ration de whiskey, et l'espoir de rosser quelques policemen leur cause une joie inexprimable.

— Voici mille dollars, Jim. Ceci n'est qu'un à-compte. Demain, vous en aurez vingt mille que M. Mac Gregor est chargé de vous compter.

— Chère miss Bradley, ne parlons plus de cela. Je travaille pour vous obliger et pour acquérir de la gloire. Il n'y a point d'âmes mercenaires parmi nous.

— Bon Jim! dit Anita en souriant. Et lui aussi il aime la gloire !

— Pourquoi non, miss Bradley? c'est de cela qu'on flatte les rois, et je suis roi dans ma troupe. Serais-je si bien obéi, si je n'étais le plus brave et le plus habile ?

— Et le plus vertueux, dit Anita.

— Tout est relatif dans la nature, miss Bradley, et la vertu comme le reste. L'éléphant est grand si on le compare à la fourmi; le chêne, à la violette; l'Océan, à la rivière Potomac. Et tout cela est petit en comparaison de ces amas de soleils qui roulent sans se heurter dans des espaces dont nous n'avons même pas d'idée.

— Très-bien, Jim. Vous avez dû prêcher quelque
part.

— Vous ne vous trompez pas, miss Bradley. J'ai
prêché parmi les quakers et les mormons dans ma
première jeunesse ; mais le métier ne valait rien.
J'ai jeté le froc aux orties, et je suis entré dans l'industrie. »

J'abrége à regret les discours de Jim, qui était
un philosophe et un moraliste fort savant ; mais
l'historien ne peut pas tout dire.

Le soir du même jour, à huit heures, Jim assem-
bla ses hommes et les disposa avec la régularité
d'un bataillon de milice ; puis il fit former le cercle,
monta sur une borne, mit la main dans son gilet
et dit :

« Mes chers amis,

« On veut pendre un brave gentleman, M. Mayoribanks. S'il est pendu, nous le serons tous un
jour ou l'autre. C'est d'un mauvais exemple. Il faut
à tout prix empêcher ce scandale. »

Un cri unanime s'éleva :

« Sauvons Mayoribanks ! »

— Plus bas, mes enfants ! dit Jim. Nous allons
forcer les portes de la prison en criant : A mort
l'assassin d'Antrobus ! On croira que nous voulons
appliquer la loi de Lynch , et pendre nous-mêmes

le prisonnier. On nous laissera faire ; car le maire et les gros bonnets de Baltimore détestent ce pauvre Mayoribanks.

— Et si la police fait feu, dit un des assistants, si elle casse des bras ou des jambes, qui payera le médecin.

— Moi, dit Jim. Vous recevrez cent dollars par homme. »

L'enthousiasme éclata de toutes parts. Pour cent dollars, ces braves gens eussent mis le feu aux quatre coins de Baltimore. On demandait moins à leur zèle ; aussi chacun d'eux montra une ardeur sans pareille.

Aussitôt Jim fit rompre le cercle, reforma sa troupe en colonne et marcha au pas de charge vers la prison.

A cinquante pas de l'entrée tous ces braves gens allumèrent des torches et se précipitèrent en criant : A bas Mayoribanks ! à la potence l'assassin du colonel Antrobus ! Avec des pics, des pioches et des leviers, ils soulevèrent la première porte sur ses gonds et la firent retomber au dedans.

Mayoribanks entendit le bruit et vit les torches allumées.

« Que veulent tous ces gens-là ? dit-il ; sont-ce les sauveurs promis par Anita ? »

Malheureusement, son nom était mêlé à d'affreuses imprécations. Il crut que ses ennemis, craignant l'issue d'un second procès ou quelque tentative d'évasion, avaient soulevé cette émeute contre lui. Il pensa à la loi de Lynch ; il vit les torches qu'on agitait et les coups furieux qu'on frappait pour enfoncer les portes.

« O Dieu ! s'écria-t-il, ne m'avez-vous fait espérer le bonheur que pour me replonger sitôt dans le désespoir et dans la mort ? »

Il prit un *bowie-knife* que Cécillia lui avait apporté.

« Ah ! dit-il, je suis libre, et ne crains plus la potence. » Il en essaya la pointe et le tranchant, et, d'un cœur ferme, attendit ce que la Providence déciderait de son sort.

Cependant le bruit redoublait. Un dernier effort enfonça les dernières barrières. Les gardiens éperdus s'enfuyaient en jetant leurs armes. Jim toujours criant: A la potence, Mayoribanks ! accourut, suivi des siens, et frappa à la porte de James. Celui-ci crut sa mort certaine ; il vit la potence préparée, et se frappa de deux coups de poignard.

Au même instant, Jim entrait dans la chambre.

— « Ah ! malheureux, s'écria-t-il, j'arrive trop tard pour vous sauver. »

Aidé de ses hommes, il le transporta hors de la prison. Mayoribanks, tout sanglant, étendu sur un matelas, était près d'expirer. Anita, qui attendait, près de la prison, le succès de l'entreprise, vit son amant à demi mort. Elle se jeta sur lui et le baigna de ses larmes. James ouvrit les yeux, lui prit la main, la baisa tendrement, et lui dit :

« Anita, je t'aime ! »

Aussitôt après, il mourut. Miss Bradley est inconsolable de la mort de son amant. Elle vit aujourd'hui dans la retraite, et, malgré les instances de son père, ne se mariera jamais. Cecilia Antrobus est entrée dans un couvent. M. Stephenson, à qui le peuple de Baltimore attribue le malheur de Mayoribanks, n'a pas été réélu aux dernières élections.

Le seul Jim, toujours actif, continue paisiblement son commerce. Il espère n'être pas pendu avant cinq ou six ans.

FIN.

TABLE DES MATIÈRES.

FIN DE LA TABLE.

Ch. Lahure et Cie, imprimeurs du Sénat et de la Cour de Cassation,
rue de Vaugirard, 9, près de l'Odéon.

BIBLIOTHÈQUE
DES CHEMINS DE FER.

FORMATS GRAND IN-16 OU IN-18 JESUS.

About (Ed.) : *Germaine.* 4ᵉ édition. 1 vol. 2 fr.
— *Le roi des montagnes.* 4° édition. 1 vol. 2 fr.
— *Les mariages de Paris.* 7ᵉ édition. 1 vol. 2 fr.
— *Maître Pierre.* 3ᵉ édition. 1 vol. 2 fr.
— *Tolla.* 5ᵉ édition. 1 vol. 2 fr.
— *Voyage à travers l'Exposition universelle des Beaux-Arts.* 1 vol. 2 fr.
Achard (Amédée) : *Le clos Pommier.* 1 vol. 1 fr.
— *L'ombre de Ludovic.* 1 vol. 1 fr.
— *Madame Rose;* — *Pierre de Villerglé.* 2ᵉ édition. 1 vol. 1 fr.
— *Maurice de Treuil.* 2ᵉ édit. 1 v. 2 fr.
Anonymes : *Aladdin* ou la Lampe merveilleuse, conte tiré des *Mille et une Nuits.* 1 vol. 50 c.
— *Anecdotes du règne de Louis XVI.* 1 vol. 1 fr.
— *Anecdotes du temps de la Terreur.* 1 vol. 1 fr.
— *Anecdotes historiques et littéraires,* racontées par Brantôme, L'Estoile, Tallemant des Réaux, Saint-Simon, Grimm, etc. 1 vol. 1 fr.
— *Assassinat du maréchal d'Ancre* (relation attribuée au garde des sceaux Marillac), avec un Appendice extrait des *Mémoires de Richelieu.* 1 v. 50 c.
— *Djouder le Pêcheur,* conte traduit de l'arabe par MM. *Cherbonneau* et *Thierry.* 1 vol. 50 c.
— *La conjuration de Cinq-Mars,* récit extrait de Montglat, Fontrailles, Tallemant des Réaux, Mme de Motteville, etc. 1 vol. 50 c.
— *La jacquerie,* précédée des insurrections des Bagaudes et des Pastoureaux, d'après Mathieu Paris, Froissart, etc. 1 vol. 50 c.
— *La mine d'ivoire,* voyage dans les glaces de la mer du Nord, traduit de l'anglais. 50 c.

— *La vie et la mort de Socrate,* récit extrait de Xénophon et de Platon 1 v. 50 c.
— *Le mariage de mon grand-père et le testament du juif,* traduits de l'anglais par *A. Pichot.* 1 vol. 1 fr.
— *Les émigrés français* dans la Louisiane. 1 vol. 1 fr.
— *Le véritable Sancho-Panza* ou Choix de proverbes, dictons, adages colligés pour l'agrément de son neveu E. L., par *A. J.,* amateur 1 vol. 1 fr.
— *Pitcairn,* ou la nouvelle île fortunée. 1 vol. 50 c.
Assollant : *Scènes de la vie des États-Unis.* 1 vol. 2 fr.
Auerbach : *Contes,* traduits de l'allemand par M. *Boutteville.* 1 vol. 1 fr.
Auger (Ed.) : *Voyage en Californie* en 1852 et 1853. 1 vol. 1 fr.
Aunet (Mme Léonie d') : *Étiennette;* — *Sylvère.* 1 vol. 1 fr.
— *Une vengeance.* 2ᵉ édit. 1 vol. 2 fr.
— *Un mariage en province.* 2ᵉ édition. 1 vol. 1 fr.
— *Voyage d'une femme au Spitzberg.* 2ᵉ édition. 1 vol. 2 fr.
Balzac (de) : *Eugénie Grandet.* 1 volume. 1 fr.
— *Scènes de la vie politique.* 1 v. 50 c.
— *Ursule Mirouët.* 1 vol. 1 fr.
Barbara (Charles) : *L'assassinat du Pont-Rouge.* 1 vol. 2 fr.
Belot (Ad.) : *Marthe;* — *Un cas de conscience.* 1 vol. 1 fr.
Bernardin de Saint-Pierre : *Paul et Virginie.* 1 vol. 1 fr.
Bersot : *Mesmer,* ou le Magnétisme animal : 2ᵉ édition, augmentée d'un chapitre sur les tables tournantes. 1 volume. 1 fr.
Boiteau (P.) : *Les cartes à jouer et la cartomancie.* Ouvrage illustré de 40 vignettes sur bois. 1 fr.

Brainne (Ch.) : *La Nouvelle-Calédonie*, voyages, missions, colonisation. 1 volume. 1 fr.

Brueys et **Palaprat** : *L'avocat Patelin*. 1 vol. 50 c.

Camus (évêque de Belley) : *Palombe*, ou la femme honorable, précédée d'une étude littéraire sur Camus et le roman au XVIIᵉ siècle, par *H. Rigault*. 1 volume. 50 c.

Caro (E.) : *Saint Dominique et les Dominicains*. 1 vol. 1 fr.

Castellane (comte de) : *Nouvelles et récits*. 1 vol. 1 fr.

Cervantès : *Costanza*, traduit par *L. Viardot*. 1 vol. 50 c.

Champfleury : *Les oies de Noël*. 1 volume. 1 fr.

Chapus (E.) : *Les chasses princières en France*, de 1589 à 1839. 1 vol. 1 fr.
— *Le sport à Paris*. 1 vol. 2 fr.
— *Le turf*, ou les Courses de chevaux en France et en Angleterre. 2ᵉ édition. 1 vol. 1 fr.

Chateaubriand (vicomte de) : *Atala*, *René*, *les Natchez*. 1 vol. 3 fr.
— *Le génie du christianisme*. 1 v. 3 fr.
— *Les martyrs et le dernier des Abencérages*. 1 vol. 3 fr.

Cochut (A.) : *Law*, son système et son époque. 1 vol. 2 fr.

Corne (H.) : *Le cardinal Mazarin*. 1 volume. 1 fr.
— *Le cardinal de Richelieu*. 1 vol. 1 fr.

Delessert (B.) : *Le guide du bonheur*. 1 vol. 1 fr.

Demogeot (J.) : *Les lettres et l'homme de lettres au XIXᵉ siècle*. 1 vol. 1 fr.
— *La critique et les critiques en France au XIXᵉ siècle*. 1 vol. 1 fr.

Des Essarts : *François de Médicis*. 1 vol. 2 fr.

Didier (Ch.) : *Cinquante jours au désert*. 1 vol. 2 fr.
— *Cinq cents lieues sur le Nil*. 1 v. 2 fr.
— *Séjour chez le grand-chérif de la Mekke*. 1 vol. 2 fr.

Énault (L.) : *Christine*. 1 vol. 1 fr.
— *La rose blanche*. 1 vol. 1 fr.
— *La vierge du Liban*. 1 vol. 2 fr.

Ferry (Gabriel) : *Costal l'Indien*, scènes de l'indépendance du Mexique. 1 vol. 3 fr.
— *Le coureur des bois*, ou les chercheurs d'or :
  Première partie. 1 vol. 3 fr.
  Deuxième partie. 1 vol. 3 fr.
— *Les Squatters ; — La clairière du bois des Hogues*. 1 vol. 1 fr.

— *Scènes de la vie mexicaine*. 1 v. 3 fr.
— *Scènes de la vie militaire au Mexique*. 1 vol. 1 fr.

Florian : *Les arlequinades*. 1 vol. 50 c.

Forbin (comte de) : *Voyage à Siam*. 1 vol. 50 c.

Fortune (Robert) : *Aventures en Chine*, dans ses voyages à la recherche du thé et des fleurs ; traduit de l'anglais. 1 vol. 1 fr.

Fraissinet (J. L.) : *Le Japon contemporain*. 1 vol. 2 fr.

Galbert (de Bruges) : *Légende du bienheureux Charles le Bon*, comte de Flandre. 1 vol. 50 c.

Gaskell (Mme) : *Cranford*, traduit de l'anglais par Mme Louise Sw.-Belloc. 1 vol. 1 fr.

Gautier (Théophile) : *Caprices et zigzags*. 1 vol. 2 fr.
— *Italia*. 1 vol. 2 fr.
— *Le roman de la momie*. 1 vol. 2 fr.
— *Militona*. 1 vol. 1 fr.

Gérard (J.) : *Le tueur de lions*. 3ᵉ édition. 1 vol. 2 fr.

Gerstäcker : *Aventures d'une colonie d'émigrants en Amérique*, traduites de l'allemand par *Xavier Marmier*. 1 vol. 1 fr.

Giguet (P.) : *Campagne d'Italie*, avec une carte gravée sur acier. 1 vol. 1 fr.

Gœthe : *Werther*, traduit de l'allemand par *L. Enault*. 1 vol. 1 fr.

Gogol : *Nouvelles choisies*, contenant : 1° les Mémoires d'un fou ; 2° un Ménage d'autrefois ; 3° le roi des gnomes, traduites du russe par *L. Viardot*. 1 vol. 1 fr.
— *Tarass Boulba*, traduit du russe par *L. Viardot*. 1 vol. 1 fr.

Goudall (Louis) : *Le martyr des Chaumelles*. 1 vol. 1 fr.

Guillemard : *La pêche en France*. 1 volume illustré de 50 vignettes sur bois. Prix. 2 fr.

Guizot (F.) : *L'amour dans le mariage*, étude historique. 6ᵉ édit. 1 vol. 1 fr.
  Les ouvrages suivants ont été revus par M. Guizot :
  Édouard III et les bourgeois de Calais, ou les Anglais en France. 1 volume. 1 fr
  Guillaume le Conquérant, ou l'Angleterre sous les Normands. 1 vol. 1 fr.
  La grande Charte, ou l'établissement du gouvernement constitutionnel en Angleterre, par *Camille Rousset*. 1 vol. 2 fr.

Morin (Fréd.) : *Saint François d'Assise et les Franciscains.* 1 vol. 1 fr.

Mornand (Félix) : *Un peu partout.* 1 vol. 1 fr.

Newil (Ch.) : *Contes excentriques.* 2ᵉ édition. 1 vol. 1 fr.

Pichot (A.) : *Les Mormons.* 1 vol. 1 fr.

Piron : *La métromanie.* 1 vol. 50 c.

Poë : *Nouvelles choisies,* contenant : 1° le Scarabée d'or ; 2° l'Aéronaute hollandais ; traduites de l'anglais par *A. Pichot.* 1 vol. 1 fr.

Pouschkine (A.) : *La fille du capitaine,* traduit du russe par *L. Viardot.* 1 volume. 1 fr.

Prevost (l'abbé) : *La colonie rocheloise,* nouvelle extraite de l'Histoire de Cléveland. 1 vol. 1 fr.

Quicherat (Jules) : *Histoire du siége d'Orléans* et des honneurs rendus à la Pucelle. 1 vol. 50 c.

Regnard : *Le joueur.* 1 vol. 50 c.

Reybaud (Mme Ch.) : *Hélène.* 1 vol. 1 fr.
— *Faustine.* 1 vol. 1 fr.
— *La dernière Bohémienne.* 1 vol. 1 fr.
— *Le cadet de Colobrières.* 1 vol. 2 fr.
— *Mlle de Malepeire.* 1 vol. 1 fr.
— *Misé Brun.* 1 vol. 1 fr.
— *Sydonie.* 1 vol. 1 fr.

Rousset (Ch.) : *Voyez Guizot (F.).*

Saint-Félix (J. de) : *Aventures de Cagliostro.* 2ᵉ édition. 1 vol. 1 fr.

Saint-Hermel (de) : *Pie IX.* 1 vol. 50 c.

Saintine (X.-B.) : *Un rossignol pris au trébuchet ; le château de Génappe ; le roi des Canaries.* 1 vol. 1 fr.
— *Les trois reines.* 1 vol. 1 fr.
— *Antoine, l'ami de Robespierre.* 2ᵉ édition. 1 vol., br. 1 fr.
— *Le mutilé.* 1 vol. 1 fr.
— *Une maîtresse de Louis XIII.* 1 volume. 2 fr.
— *Chrisna.* 1 vol. 2 fr.

Saint-Simon (le duc de) : *Le Régent et la cour de France* sous la minorité de Louis XV, portraits, jugements et anecdotes, extraits littéralement des *Mémoires* authentiques du duc de Saint-Simon. 2ᵉ édition. 1 vol. 2 fr.
— *Louis XIV et sa cour,* portraits, jugements et anecdotes, extraits littéralement des *Mémoires* authentiques du duc de Saint-Simon. 3ᵉ édit. 1 v. 2 fr.

Sand (George) : *André.* 1 vol. 1 fr.
— *François le Champi.* 1 vol. 1 fr.
— *La mare au Diable.* 1 vol. 1 fr.
— *La petite Fadette.* 1 vol. 1 fr.

Sarasin : *La Conspiration de Walstein,* épisode de la guerre de Trente ans, avec un Appendice extrait des *Mémoires* de Richelieu. 1 vol. 50 c.

Scott (Walter) : *La fille du chirurgien,* traduite de l'anglais par *L. Michelant.* 1 vol. 1 fr.

Sedaine : *Le Philosophe sans le savoir.* 1 vol. 50 c.

Sollohoub (comte) : *Nouvelles choisies,* contenant : 1° une Aventure en chemin de fer ; 2° les deux Étudiants ; 3° la Nouvelle inachevée ; 4° l'Ours ; 5° Serge ; traduites du russe par *E. de Lonlay.* 1 vol. 1 fr.

Soulié (Frédéric) : *Le lion amoureux.* 1 volume. 1 fr.

Staal (Mme de) : *Deux années à la Bastille.* 1 vol. 1 fr.

Sterne : *Voyage en France à la recherche de la santé,* traduit de l'anglais par *A. Tasset.* 1 vol. 50 c.

Thackeray : *Le diamant de famille* et *la Jeunesse de Pendennis,* traduits de l'anglais par *A. Pichot.* 1 vol. 1 fr.

Töpffer : *Le presbytère.* 1 vol. 3 fr.
— *Rosa et Gertrude.* 1 vol. 3 fr.

Tresca : *Visite à l'Exposition universelle de Paris en* 1855, publiée avec la collaboration de MM. Alcan, Baudement, Boquillon, Delbrouck aîné, Deherain, Fortin Hermann, J. Gaudry, Molinos, C. Nepveu, H. Péligot, Pronnier, Silbermann, E. Trélat, U. Trélat, Tresca, etc., etc., sous la direction de M. Tresca, inspecteur principal de l'Exposition française à Londres, ancien commissaire du classement à l'Exposition de 1855, sous-directeur du Conservatoire des arts et métiers. 1 fort volume in-16 de 800 pages, contenant des plans et des grav. 1 fr.

Ubicini : *La Turquie actuelle.* 1 v. 2 fr.

Ulbach (Louis) : *Les roués sans le savoir.* 1 vol. 1 fr.

Viardot (L.) : *Souvenirs de chasse.* 6ᵉ édition. 1 vol. 2 fr.

Viennet : *Fables complètes.* 1 vol. 2 fr.

Voltaire : *Zadig.* 1 vol. 50 c.

Wailly (Léon de) : *Stella et Vanessa.* 1 vol. 1 fr.

Yvan (Dr) : *De France en Chine.* 1 volume. 1 fr.

Zschokke (H.) : *Alamontade, ou le Galérien,* traduit de l'allemand par *E. de Suckau.* 1 vol. 50 c.
— *Jonathan Frock,* traduit par le même. 1 vol. 50 c.

Typographie de Ch. Lahure et Cⁱᵉ, rue de Vaugirard, 9.

www.ingramcontent.com/pod-product-compliance
Lightning Source LLC
Chambersburg PA
CBHW070302030726
47505CB00004B/885